# BONNE NUIT MAMAN

# BONNE NUIT MAMAN

THRILLER

Traduit du coréen
par Kwon Jihyun et Rémi Delmas

SEO MI-AE

Matin Calme

Ouvrage publié et traduit avec le concours
de l'Institut coréen pour la traduction littéraire (LTI of Korea).

Titre original : 잘자요, 엄마 (*Goodnight Mommy*)

Couverture et maquette : Barbario
Photo : © yupachingping-stock.adobe.com


ISBN 978-2-491290-05-4

www.matincalme-editions.com

Il y a une vieille chambre
remplie des souvenirs que je ne veux pas affronter.
Elle est fermée à double tour.
Au fil du temps, mes souvenirs s'effacent,
j'oublie même l'existence de cette chambre.
La mémoire est étrange.
Ce qui est inoubliable
peut finir un jour par être oublié.
On raconte que c'est un dispositif de sécurité
prévu pour nous protéger des traumatismes.
Le cerveau s'en débarrasse automatiquement
parce que sinon, à force de ruminer, on peut devenir fou.
On se souvient seulement de ce qu'on veut.
De ce qu'on peut supporter.

Parfois, je me demande : qu'est-ce qui ne va pas
dans ma tête ?

Oui, j'avais une chambre comme ça, moi aussi.
Elle me terrifiait.
Je l'ai enfouie dans un coin de ma tête
et l'ai fermée avec plusieurs dizaines de cadenas.
Pendant quelque temps, j'ai oublié qu'elle existait.
Mais ça n'a pas duré.
Un jour, tous les cadenas ont lâché en même temps.
J'avais le choix de ne pas entrer.
Mais je n'ai pas résisté à ma curiosité.
Je suis entré
et j'ai compris...

que j'avais ouvert la porte de l'enfer...

# I

# 1

Le dix-sept juin, à trois heures trente-sept du matin, un feu fut signalé dans le quartier d'Eungam.

Un message d'alerte apparut aussitôt sur l'écran de la salle de contrôle du service d'incendie et de secours de Séoul. Au même moment, l'information était transmise à la caserne de pompiers et au poste de police du quartier ainsi qu'au département scientifique du commissariat central de la ville.

Quand son téléphone sonna, Sang-uk, de garde cette nuit-là, dormait dans la salle de repos du service d'incendie et de secours. L'oreille collée à l'appareil, il se réveilla et se frotta les yeux. Ayant terminé son rapport vers une heure du matin, il n'avait pu dormir longtemps.

À moitié somnolent, il avait du mal à garder les yeux ouverts. Ce n'est qu'une fois dehors qu'il reprit vraiment ses esprits. L'air frais de la nuit, dissipant la moiteur étouffante du lit, l'arracha définitivement au sommeil.

Dans le parking, avant de monter en voiture, il appela Dong-sik, son coéquipier de la police scientifique. Une voix encore endormie répondit :

– Oui, oui, j'arrive...

Le commissariat central l'avait de toute évidence déjà contacté. Sang-uk devinait dans quel état se trouvait son collègue à l'autre bout du fil. Debout à côté de son lit, secouant la tête pour ne pas succomber au sommeil. Les yeux fermés, s'efforçant de tendre l'oreille en dépit de la fatigue.

Réprimant un sourire, Sang-uk annonça qu'il se rendait sur place.

– Dépêche-toi, ajouta-t-il, s'apprêtant à raccrocher.

– Attends ! l'interpella Dong-sik.

– Qu'est-ce qu'il y a ?

– C'est où déjà ?

Quelle question ! s'étonna Sang-uk. On avait pourtant déjà dû lui dire. Avait-il oublié l'adresse ou voulait-il la vérifier encore une fois ?

– C'est à Eungam. Dans les environs du lycée Choongam.

Sang-uk l'entendit soupirer. Ensuite, plus rien ; il tentait probablement de se remettre les idées en ordre. Dong-sik poussa enfin un grognement puis marmonna dans sa barbe. Il doit maudire la terre entière, se dit Sang-uk, avant de préciser, comme pour signifier qu'il le comprenait :

– Moi aussi, ça me fait chier.

– Ouais... Je vais me mettre en route. On se retrouve là-bas.

Après cet échange, Sang-uk monta dans sa voiture.

Il vérifia l'heure tout en mettant le contact. Quatre heures passées.

À cette heure-ci, la route serait déserte. S'il passait par Sungnyemun et Muakjae, il pourrait être sur place dans les vingt minutes. Il sortit du parking sans tarder. Durant le trajet, il pensa au nombre d'incendies qui s'étaient déclarés à Eungam depuis le début du printemps.

C'était déjà le cinquième. Ça le mettait à cran, il sursautait à la moindre fausse alerte concernant ce quartier.

Le premier avait éclaté au pied du mont Baegnyeon, près d'un complexe d'immeubles résidentiels en construction. L'endroit était un vrai bazar : des montagnes de matériaux encombraient les lieux et de gros camions allaient et venaient sans discontinuer.

Le feu avait pris à l'entrée du chantier. Heureusement, un ouvrier qui passait par là avait pu l'éteindre immédiatement. Hormis quelques dégâts matériels, aucune perte humaine à déplorer. Les sapeurs-pompiers, n'ayant trouvé aucun indice révélant une origine criminelle, avaient conclu qu'une origine accidentelle, probablement un mégot mal éteint, devait en avoir été la cause.

Par la suite, plusieurs incendies s'étaient déclarés dans le quartier, et les autorités avaient décidé de rouvrir l'enquête. Elles redoutaient que quelqu'un n'ait volontairement mis le feu dans la soirée, à une heure où le chantier était normalement désert.

Le troisième avait été le plus destructeur.

Lee Sang-uk, enquêteur au sein du service d'incendie et de secours de Séoul, et Yu Dong-sik, inspecteur de la police scientifique, avaient alors été mobilisés.

Le feu avait pris dans les environs d'une église. Il s'était rapidement propagé en raison d'une tempête de sable, fréquente en cette saison. Il avait fini par consumer tout un bâtiment. Le bilan était lourd : une famille entière, surprise dans son sommeil, avait péri dans les flammes.

Malgré l'heure tardive – trois heures du matin –, un des habitants avait aperçu un suspect.

En rentrant du travail, il avait remarqué quelqu'un s'éloigner rapidement vers l'avenue. Quelques instants plus tard, des flammes avaient jailli de la ruelle d'où il venait de sortir. Malheureusement, à cause de l'obscurité, il n'avait pas été en mesure de le décrire.

Accompagné de Dong-sik, Sang-uk avait passé les ruines au peigne fin dans l'espoir d'identifier le point de départ et la cause de l'incendie. Peine perdue. Le récit du témoin ne concordait pas avec le résultat de leur investigation. Certains habitants avaient pointé du doigt le promoteur immobilier avec qui ils étaient en conflit. Sang-uk était sur le point de s'engager dans un carrefour lorsque son téléphone sonna.

— T'es où ? s'enquit Dong-sik d'une voix calme.

— Ah, t'es déjà arrivé ?

— Non, je suis en route.

— Bah... On devait pas se retrouver là-bas ? Qu'est-ce qu'il y a ?

— C'est déjà le sixième incendie. Tu te rends compte ?

— Plutôt, oui.

Dong-sik observa un long silence. Sang-uk, se demandant s'il n'avait pas raccroché, ajouta :

— T'as quelque chose à me dire ?

— Tout à l'heure... j'ai fait un mauvais rêve.

— Comment ça ?

Dong-sik semblait troublé qu'un cauchemar ait précédé cette nouvelle alerte. Pour lui, c'était de mauvais augure. Sang-uk était déconcerté : il n'avait jamais vu son coéquipier dans cet état.

Ils avaient beau enquêter ensemble, leur situation n'était pas comparable. Sang-uk était en charge de l'inspection des lieux ; autrement dit, de recueillir des indices et des témoignages pour identifier l'origine et les causes de l'incendie. Dong-sik entrait en jeu dès lors qu'une piste criminelle était jugée plausible. Il reprenait alors l'affaire depuis le début.

Si le lieu de l'incendie était le point final de la mission de Sang-uk, ce n'était qu'un point de départ pour son coéquipier.

Ils fouillaient ensemble les lieux, échangeaient des avis, mais les responsabilités qui pesaient sur les épaules du policier étaient bien plus lourdes. Avec ces crimes successifs sur les bras, il était sur des charbons ardents. Cette fois-ci, la situation semblait grave, comme en témoignait leur détachement immédiat sur place, chose peu ordinaire.

Sang-uk ne savait pas quoi dire. Tout ce qu'il souhaitait, c'était arrêter le coupable et que les incendies cessent.

— Tu crois pas aux rêves prémonitoires, toi ?

— Si, ma mère a fait un rêve merveilleux quand elle était enceinte de moi. C'est d'ailleurs pour ça que je suis devenu pompier. Je t'en ai jamais parlé ?

Sang-uk se mit à raconter son anecdote, exagérant un peu pour remonter le moral de son collègue. Mais ce dernier, ayant déjà entendu l'histoire un nombre incalculable de fois, lui raccrocha au nez.

Un petit sourire aux lèvres, Sang-uk posa son téléphone et appuya sur l'accélérateur.

Un embouteillage, conséquence de l'incendie, commençait à quelques mètres du lycée Choongam. Les voitures qui roulaient au pas, du fait des curieux sortis en masse et occupant la chaussée, rendaient l'endroit difficile d'accès.

Sang-uk posa son gyrophare sur le toit de sa voiture. Il lui fallut tout de même klaxonner à plusieurs reprises pour se frayer un chemin jusqu'à l'entrée de la rue. Il réussit à se garer dans un coin. Sur place, l'agitation était à son comble.

Des sapeurs-pompiers occupés à éteindre le feu, aux ambulanciers s'affairant à transporter les blessés à l'hôpital, en passant par les agents de police tentant de mettre un peu d'ordre dans ce chaos, tous étaient débordés. Il fallait ajouter à cela les habitants du quartier, réveillés en sursaut par l'alerte, qui trépignaient d'impuissance face au désastre.

Par réflexe, Sang-uk tourna son regard vers les flammes. Le feu était heureusement en passe d'être maîtrisé et les secours s'apprêtaient à pénétrer dans les bâtiments. Il reconnut plusieurs visages désormais familiers en raison des événements récents. Tandis qu'il les encourageait, il jeta un coup d'œil à la ronde.

Au milieu d'une foule de gens qui s'activaient, il reconnut Dong-sik. Les cheveux rasés, de grande taille, un corps athlétique... difficile de le rater.

Tout en observant le travail des pompiers, debout derrière une voiture de police, il secouait la tête avec force pour s'empêcher de bâiller.

Sang-uk s'approcha de lui.

— T'es pas encore réveillé ?

Pas de réponse. Dong-sik gardait les sourcils froncés, les yeux rivés sur les pompiers combattant le feu. Il paraissait épuisé. Bien sûr, le manque de sommeil y était pour quelque chose, mais c'était surtout la fatigue accumulée ces derniers jours, passés à courir ici et là dans l'espoir de régler au plus vite ces mystérieuses affaires.

— Quel gâchis ! Et tout ça à cause d'un dégénéré ?

— Tu l'as dit.

Dong-sik frotta nerveusement son visage puis regarda autour de lui. Il repéra un agent de police s'occupant de la circulation. Ils se dirigèrent vers lui.

Quand ils lui demandèrent où mettre la main sur la personne ayant signalé l'incendie, le policier désigna la supérette du doigt.

De nombreux badauds bavardaient depuis un moment devant le magasin. Rassurés de voir le feu maîtrisé, certains commençaient à rentrer chez eux.

Les deux hommes trouvèrent la supérette vide. Dong-sik ressortit pour chercher qui avait appelé les pompiers. Un jeune garçon vêtu d'un tee-shirt rayé tourna anxieusement la tête vers lui. Employé à mi-temps et curieux de la suite des événements, il avait laissé le magasin à l'abandon.

— C'est moi.

— Pouvez-vous nous décrire ce que vous avez vu?

Gêné par l'attention soudaine de l'assemblée, le garçon se gratta la tête avant de répondre:

— Il était environ trois heures et demie. Je somnolais à moitié parce qu'il y avait pas de client. Je suis sorti prendre l'air. J'ai vu des flammes et une grosse fumée noire, au-dessus des toits, là-bas, dans la ruelle en face. Au début, j'en croyais pas mes yeux, mais comme le feu devenait de plus en plus intense, j'ai paniqué et j'ai appelé les pompiers.

Tout en regardant dans la direction que le garçon pointait du doigt, Dong-sik s'absorba dans ses pensées.

— Elle débouche où cette ruelle? interrogea-t-il.

— C'est un cul-de-sac, je crois.

— Vous n'avez pas remarqué quelqu'un de suspect? Quelqu'un sortir en courant par exemple, ou un inconnu rôdant dans le coin ces derniers jours?

— Je ne sais pas, normalement, je bouge pas de la caisse...

Dong-sik lui laissa sa carte de visite, le priant de l'appeler s'il se souvenait de quelque chose. Il gagna ensuite la ruelle.

Le désordre régnait dès l'entrée. Des tuyaux d'incendie gisaient sur le sol inondé. Alors qu'il tentait de se frayer un chemin, Dong-sik remarqua un pompier sortir du fond de la ruelle, encore noire de fumée, une fillette d'environ dix ans dans les bras.

Sans vraiment comprendre pourquoi, elle attira son attention. Quelque chose clochait, il ne parvenait pas à en détacher ses yeux. Il tourna finalement les talons et emboîta le pas au pompier.

Ce dernier laissa la gamine dans une ambulance avant de disparaître de nouveau vers le sinistre.

Un secouriste enveloppa la fillette dans une couverture et lui demanda si elle avait mal quelque part. Elle se contentait de fixer la ruelle sans dire un mot, serrant avec force un gros ours en peluche dans ses bras. Elle paraissait étrangement calme pour quelqu'un venant d'échapper aux flammes. Dong-sik l'observa attentivement. En état de choc, elle jetait de temps à autre des regards effrayés autour d'elle. À première vue, elle n'était pas blessée.

Quelques minutes plus tard, ayant apparemment retrouvé ses esprits, la fillette descendit du véhicule et se mit à scruter les alentours. Elle tournait en rond, l'air perdu : devait-elle retourner chez elle ou attendre sur place ? Elle semblait chercher quelqu'un qui pourrait lui répondre.

Le cœur de Dong-sik se serra.

Sur les lieux d'un crime, c'étaient toujours les victimes qui l'ébranlaient le plus.

Pour elles, un incendie est comme un coup de tonnerre dans un ciel serein. Elles perdent leur maison du jour au lendemain. Dans le pire des cas, elles perdent aussi leurs proches. Traumatisées, la plupart d'entre elles n'en dorment plus, rongées par l'angoisse. Les flammes les hantent.

À la vue de cette gamine cherchant sa famille au milieu de la foule, Dong-sik pensa au responsable de tout ça et sentit la fureur l'envahir.

Il s'approcha tandis qu'elle tentait de s'éloigner de l'ambulance.

— Où tu vas comme ça? Il vaut mieux rester ici. On va t'emmener à l'hôpital.

Elle fixa Dong-sik avec de grands yeux innocents. Il y lut une certaine méfiance à l'égard des inconnus. Il essaya de la rassurer :

— Ne t'inquiète pas. Dès que l'incendie sera maîtrisé, tu pourras retrouver ta famille.

À ces mots, la fille cligna des yeux, elle semblait se souvenir de quelque chose. Elle remua imperceptiblement les lèvres. Mais bientôt, elle éleva la voix, regardant Dong-sik bien en face :

— Papa...

— Pardon ?

— Je veux voir mon papa.

L'inspecteur vérifia dans l'ambulance. Les portières arrière étaient ouvertes et il n'y avait personne à l'intérieur. Il se pouvait que son père, secouru avant elle, ait déjà été transporté à l'hôpital. Il était également possible qu'il soit toujours chez lui, encerclé par les flammes. Dong-sik ne souhaitait pas envisager cette option. Sans pouvoir répondre, il chercha autour de lui un peu de soutien.

La fillette l'attrapa par le bras, comme pour le supplier de l'aider. Quand leurs regards se croisèrent, son expression lui transperça le cœur. Elle était sur le point de fondre en larmes. Plus longtemps elle serait séparée de sa famille, plus l'angoisse allait l'envahir, pensa-t-il.

Il repéra Sang-uk au milieu de la foule.

Celui-ci interrogeait les pompiers qui finissaient juste d'éteindre le feu et commençaient à ranger le matériel. Pour le bon déroulement de son enquête, il se devait de connaître leur intervention en détail. Dong-sik attendit qu'il termine.

Ayant enfin salué le dernier pompier, Sang-uk s'approcha.

— T'es prêt ? lui lança-t-il, l'invitant à se mettre au travail.

Sang-uk dirigea naturellement son regard vers l'enfant, avant de se tourner de nouveau vers son coéquipier, d'un air interrogateur. Dong-sik désigna la ruelle du menton. Sang-uk comprit aussitôt qu'il s'agissait d'une rescapée. Il s'inclina pour lui caresser la tête.

— T'as dû avoir peur, hein? T'as rien? Où est ta maman?

— ... Elle est morte, répondit l'enfant.

Les larmes qu'elle retenait péniblement finirent par dévaler le long de ses joues. Désemparé, Sang-uk resta silencieux, puis tenta:

— Elle est encore... dans ta maison?

Elle secoua violemment la tête. De toute évidence, elle n'avait pas envie d'en dire plus. Renfrognée, elle serra sa peluche encore plus fort et y enfonça la tête afin d'éviter le regard de Sang-uk.

Dong-sik vint au secours de son collègue.

— Apparemment, son père a réussi à s'en sortir. Elle m'a demandé de le retrouver.

— On n'a qu'à la mettre dans une ambulance. Il doit être à l'hôpital Seobu. Tu veux que je vérifie?

— Papa est à l'hôpital Beonso.

La petite fille, qui encore quelques instants plus tôt semblait déterminée à ne plus ouvrir la bouche, se mêlait soudain à la conversation.

— L'hôpital Beonso?

Dong-sik fixa le visage de l'enfant un moment avant de se tourner vers Sang-uk.

— Y a un hosto qui s'appelle comme ça par ici?

— Ça me dit rien.

En cas de sinistre, les victimes étaient normalement réparties entre les hôpitaux désignés par les autorités. Mais dans cette région de Séoul, aucun établissement ne portait ce nom. Impatiente, la fillette essuya ses larmes du revers de sa main et sortit de sa poche une carte de visite qu'elle tendit à Sang-uk.

— Voilà son numéro. Vous pouvez l'appeler?

Sang-uk regarda son collègue d'un air perplexe.

— Qu'est-ce que tu fous? Appelle-le!

Sang-uk dégaina son portable pour téléphoner.

— Allô? Monsieur Yun... Jae-seong?

Une voix ensommeillée répondit. Apparemment, il n'était pas au courant de l'incendie. L'homme ne se gêna pas pour exprimer son mécontentement. À vrai dire, qui serait ravi de recevoir un appel à une telle heure ? Sang-uk lui expliqua la situation :

– Votre fille vous cherche. Ah, on est dans le quartier d'Eungam. Il y a eu un incendie... Oui, oui, c'est ça... Du côté de la villa Jeongseong. Oui... Non, ne vous inquiétez pas. Elle est saine et sauve. Oui, oui...

Atterré par la nouvelle, le père confirma une nouvelle fois l'adresse et dit qu'il partait tout de suite.

Au moment même où Sang-uk lâcha son portable, l'enfant le tira par un bout du pantalon.

– Il arrive ? demanda-t-elle, les yeux brillants.

– Oui, tu vas l'attendre ici. Il ne devrait pas tarder.

Le visage de la petite fille se détendit. Son angoisse et sa peur disparurent en un instant. Comme l'ambulance était partie, Dong-sik et Sang-uk confièrent la fillette à un policier et se rendirent sur les lieux de l'incendie.

Les secouristes s'étaient tous retirés. Quelques pompiers enfonçaient encore les portes noircies par les flammes afin de vérifier l'intérieur des habitations.

Une maison individuelle ainsi qu'un petit immeuble divisé en appartements semblaient les plus touchés.

Ils décidèrent d'inspecter la maison en premier.

De la porte principale, ils aperçurent une petite bâtisse de plain-pied ainsi qu'un jardin parsemé de quelques arbres. Ce dernier, suite à l'intervention des pompiers, était dans un état lamentable. L'eau qui se déversait encore de la maison calcinée formait de grosses flaques noirâtres un peu partout. Une lampe torche à la main, les deux hommes examinèrent d'abord les murs extérieurs.

Presque tout avait été ravagé par les flammes. Aucune fenêtre n'avait résisté, les murs étaient couverts de suie. Le premier étage de l'immeuble attenant à la maison n'avait pas été épargné non plus : les fenêtres du balcon étaient brisées, au travers desquelles on pouvait entrevoir un intérieur dévasté. Les meubles et les appareils électroménagers avaient fondu sous l'effet de la chaleur et ruisselaient d'eau sale. À la vue de cette scène épouvantable, difficile d'imaginer que l'endroit était encore habité quelques heures plus tôt. Les flammes avaient tout détruit sur leur passage, ne laissant derrière elles qu'une scène sortie de l'enfer.

Le feu avait laissé les traces de son passage sur les murs.

Dong-sik et Sang-uk les étudièrent minutieusement, tâchant d'éviter autant que possible les nombreuses flaques d'eau.

— On dirait que le feu s'est propagé de la maison vers l'immeuble, déclara Sang-uk.

Dong-sik hocha la tête. Il passa derrière les bâtiments qu'un simple mur séparait.

Effectivement, on avait entassé là tout un bric-à-brac, qui n'était désormais plus qu'un gros tas de charbon. Complètement trempé, il laissait échapper un filet de fumée, semblable à un soupir de regret.

Sang-uk ramassa un peu de cendre qu'il frotta entre ses doigts. Puis, il remua les débris du bout du pied et se baissa pour en renifler l'odeur.

— Probablement du bois et des produits chimiques... Du polystyrène aussi.

— Ce qui restait après la construction de leur maison, tu crois pas ?

— On dirait bien.

Sans ça, l'immeuble aurait probablement pu être épargné. Le bois et le polystyrène avaient joué le rôle de conducteur, permettant au feu de se propager librement.

Ils retournèrent dans le jardin. Soudain, un pompier cria à l'intérieur de la maison : il y avait des victimes. Un autre pompier se précipita dehors pour aller chercher une civière.

Dong-sik fronça les sourcils.

Les incendies nocturnes sont souvent les plus meurtriers, les victimes étant surprises dans leur sommeil. De toute évidence, c'était ce qui était arrivé ici. Dong-sik entra dans la maison, accompagné d'un sécouriste, au cas où il y aurait des survivants.

Une odeur âcre de brûlé agressa ses poumons. Il enfila un masque puis pénétra dans la chambre. Le pompier qui avait découvert les corps lui adressa un signe de tête. Dong-sik n'y répondit même pas, tant il était concentré sur les dépouilles.

Il y avait deux cadavres, complètement calcinés, couchés côte à côte. Apparemment, ils étaient morts dans leur sommeil. Probablement un couple. Dong-sik pressa son masque d'une main, retenant avec peine une bordée d'injures.

En observant attentivement les cadavres et la chambre, il sentit que quelque chose n'allait pas.

N'arrivant pas à se défaire de cette impression, il s'approcha des corps et souleva la couverture à moitié brûlée pour en avoir le cœur net. Chose étrange, l'intérieur de la couette était intact. Interloqué, il se garda de précipiter ses conclusions.

Sang-uk entra dans la chambre mais, à la vue des corps, il recula aussitôt. Tout ancien qu'il soit dans le métier, il évitait autant que possible de voir les cadavres. Dong-sik demanda au pompier de veiller à ce que personne ne touche à rien dans la chambre et sortit de la maison. Son coéquipier, qui l'attendait dehors, l'interrogea :

– Tu vas où comme ça ?

– J'ai besoin de mon appareil photo, il est dans ma bagnole.

– Tu sais que j'en ai un.

– J'ai besoin du mien. Je dois prendre les photos avec, répondit Dong-sik d'une voix tendue.

Sang-uk garda le silence. S'il voulait prendre ces photos lui-même, se dit-il, c'est qu'ils avaient probablement affaire à un incendie criminel.

Le téléphone de Sang-uk sonna. Il vérifia le numéro affiché avant de décrocher. C'était le père de la gamine. Sur le point d'arriver, il voulait savoir où était sa fille.

– Il y a une voiture de police garée à l'entrée de la ruelle, elle est là-bas, répondit Sang-uk.

– C'est le père ? demanda Dong-sik en lui barrant le chemin.

— Qu'est-ce que tu fous ?

— Je vais le rencontrer. Toi, tu restes là et tu montes la garde. Surtout, que personne ne touche à rien !

Dong-sik laissa son partenaire et se dirigea vers la voiture de police.

L'endroit, qui grouillait encore de monde plus tôt, était maintenant relativement calme. Presque tous les camions de pompiers et les ambulances avaient quitté les lieux. Il ne restait que le minimum nécessaire de véhicules. La plupart des curieux étaient aussi rentrés chez eux : le feu désormais éteint, certains essayaient sans doute de retrouver le sommeil tandis que d'autres se préparaient pour aller au travail.

Dong-sik attrapa en vitesse son appareil photo dans sa voiture et se précipita à la rencontre du père. Arrivé près du véhicule de police, il ne trouva personne. Il jeta des regards de tous côtés, puis scruta l'intérieur de la voiture.

La fillette dormait sur le siège arrière.

Savoir que son papa arrivait avait dû la rassurer après le choc de l'incendie.

Elle dormait, serrant toujours son ours en peluche dans ses bras. De temps à autre, elle toussait ou grimaçait, comme si elle avait mal quelque part. Elle avait sûrement dû inhaler de la fumée. Elle caressait alors sa peluche et se rendormait, rassérénée. Dong-sik se sentit navré de la voir dormir ainsi, épuisée après une telle épreuve. Combien de nuits blanches passerait-elle à l'avenir à cause de tout ça ?

— Elle dort ? Zut ! J'ai apporté du lait pour elle. Elle a dit qu'elle avait mal à la gorge.

Dong-sik découvrit derrière lui l'agent de police, une bouteille de lait et un sachet de chips dans les mains. Lui aussi devait se sentir navré pour elle.

— Et sa famille ? demanda-t-il à Dong-sik.

— Son père arrive.

— Très bien.

Dong-sik se mit à guetter le père.

Il vit un homme descendre à la hâte d'une voiture.

Celui-ci s'élança d'abord vers la ruelle, mais s'arrêta à la vue des camions et des pompiers qui travaillaient encore. Son visage se crispa.

— Monsieur Yun Jae-seong ?

L'homme tourna la tête et s'approcha rapidement. Il tremblait de peur. Sa voix transpirait d'impatience.

— Où... où est-elle ?

— Ne vous inquiétez pas. Elle n'a rien. Elle dort dans cette voiture.

Il se rua vers le véhicule pour vérifier que sa fille allait bien. Rassuré, il poussa un grand soupir et revint vers Dong-sik.

— Et mes beaux-parents ? Ils sont blessés ? Où sont-ils ?

— Les blessés ont tous été transportés vers les hôpitaux les plus proches.

Sur le point de lui proposer de vérifier dans quel hôpital étaient ses beaux-parents, il se ravisa. Il avait un mauvais pressentiment.

— Où se trouve leur maison ?

— Tout au fond, là-bas.

— Une maison individuelle, à côté d'un immeuble ?

— Oui, pourquoi ?

À cette réponse, l'image des deux cadavres recouverts d'un drap vint à l'esprit de Dong-sik. C'étaient donc les grands-parents de cette petite fille...

Voyant la réaction de son interlocuteur, l'homme comprit tout de suite. Il restait la bouche ouverte, clignant sans cesse des yeux.

— Ils sont... morts... tous les deux ?

Dong-sik hocha la tête, sans pouvoir affronter son regard. L'homme s'avachit sous le choc.

— Où sont... les corps ?

— ...

Dong-sik ne savait pas quoi dire. Il ne voulait pas parler à la légère.

Pour savoir ce qui s'était passé, il faudrait une enquête et procéder à une autopsie. Il ne pouvait pas annoncer à cet homme qu'il s'agissait peut-être d'un meurtre. Il jugea préférable d'attendre que celui-ci se remette de l'atroce nouvelle.

— Rentrez chez vous avec votre fille. Je vous contacterai. Ça a été une nuit très pénible pour elle.

Comme s'il sortait d'un songe, l'homme opina et tourna la tête vers la voiture où sa fille dormait.

— Dites-moi. Votre femme était dans cette maison ?

— Comment ?

L'homme regarda Dong-sik, ébahi.

La fillette, un peu plus tôt, avait bien dit que sa mère était morte. Il était donc possible qu'il y ait une autre victime.

— Non, non... Ma femme... est morte il y a un an.

— Ah, excusez-moi. Je n'ai pas bien compris ce que votre fille m'a dit.

L'homme esquissa un geste de la main pour signifier que ce n'était rien, puis se dirigea vers la voiture de police.

Dong-sik le vit prendre la fillette dans ses bras, puis tourna les talons.

Tout en tripotant son appareil, il sentait son cerveau bouillonner.

Un double meurtre... Cette fois, faut vraiment que j'envisage les choses sous un autre angle.

Le jour se levait. La ruelle s'illuminait peu à peu.

# 2

C'est quoi ton plus vieux souvenir ?

Aller à la crèche, en tenant la main de ta maman ? Non, je te parle de quelque chose de plus lointain encore. De la première chose jamais gravée dans ton cerveau.

On dit souvent qu'on ne se souvient pas de ses premières années. Peut-être parce que tout ça remonte à trop loin ? Ou qu'on les oublie, car trop insignifiantes ? Qu'importe. Moi je suis curieux, curieux de connaître le premier souvenir que chacun d'entre nous a conservé.

C'est quoi ton plus vieux souvenir ?

Voilà la question que je pose à tous ceux que je rencontre pour la première fois. Je ne sais pas pourquoi mais je crois que leur destin ou leur personnalité en dépendent entièrement. Cela me permet aussi de mieux cerner mon interlocuteur.

Le plus vieux souvenir que j'aie jamais entendu est celui d'un homme qui se rappelait ce qu'il avait mangé pour son premier anniversaire : de la soupe d'algues.

Autrement dit, c'était encore un nourrisson. Comment est-ce possible ? Quand je lui ai demandé, il m'a dit que c'était parce qu'il avait vomi dans son bol. On dirait bien que pour lui, c'était un moment inoubliable. Il n'a jamais plus mangé ce genre de soupe. C'est peut-être aussi de ce jour-là qu'a commencé son incorrigible habitude de vomir. Je le sais, parce qu'on a bu quelquefois ensemble.

Une image aussi répugnante comme premier souvenir? Moi aussi, ça me ferait vomir. Mais ça reste mieux que le mien...

Parfois, je m'imagine chez un hypnotiseur.

Installé confortablement dans un divan, je me laisse aller; je suis les chemins de la mémoire grâce à ses indications. À remonter le temps comme ça, il paraît qu'on peut se rappeler son enfance, sa naissance, voire même les jours où l'on était dans le ventre de sa mère. On dit même que certains découvrent leur vie antérieure! Non... Je n'y crois pas à ce truc. En plus, ça ne m'intéresse pas vraiment.

Tout ce que je veux, c'est voir l'expression de ma mère posant pour la première fois ses yeux sur moi après l'accouchement; sur moi, qui venais de m'arracher à l'obscurité pour voir le jour. Quelle tête faisait-elle à ce moment-là? J'aimerais tant le savoir. Pourquoi?

Parce qu'elle me haïssait déjà bien avant ma naissance et n'a jamais arrêté ensuite.

Elle m'a dit qu'elle ne m'avait même pas jeté un regard lorsque je suis né. Elle avait refusé de me toucher quand l'infirmière m'avait tendu vers elle. Elle s'était endormie, après m'avoir relégué dans le coin du lit. Quand elle se réveillait, elle frémissait d'horreur en me découvrant à ses côtés. Elle racontait que je lui collais la frousse à rester allongé sagement, tout seul, sans jamais pleurer.

J'aimerais vraiment savoir si ce qu'elle m'a dit est vrai. Qu'elle ne m'avait pas jeté un regard, ni esquissé un sourire. Peut-on vraiment détester à ce point un enfant qu'on a porté neuf mois dans son ventre, qui vient au monde sans rien avoir demandé?

Ne m'avait-elle pas, ne serait-ce qu'une seule fois, souri? N'avait-elle jamais eu le désir de tendre la main pour toucher mes tout petits doigts qui s'agitaient? Ou d'embrasser ma joue de bébé, toute douce et fragile? Tout ça remonte à loin, mais qui sait, peut-être qu'en fouillant dans tous les recoins de ma mémoire je pourrais découvrir le moment, le seul, où ma mère fut tendre avec moi.

Tu comprendrais si tu voyais les images que je garde d'elle dans ma mémoire.

Pour moi, tout commence dans l'obscurité.

Mon cœur est sur le point d'éclater, j'ai du mal à respirer, je me débats. Soudain, de la lumière déchire la pénombre, je vois le regard inexpressif de ma mère posé sur moi. À bout de souffle, je vois le monde, brouillé par mes larmes. Lorsque la douleur au cœur commence à se dissiper, que je parviens à respirer à peu près normalement, ma mère, qui me fixe toujours, se met à hurler. Elle éclate en sanglots, mordant l'oreiller de toutes ses forces. Je suis terrifié et je commence à pleurer, à m'en rompre les cordes vocales. Les larmes que je retenais avec peine coulent à flots. Ma mère renchérit : elle hurle encore plus fort et se met à me secouer. Quel âge j'avais ce jour-là ? Un an ? Deux ans ? Probablement. Je ne savais pas encore parler.

Voilà. Mon premier souvenir, c'est ça. Me débattre sous un oreiller que ma mère presse de toutes ses forces contre mon visage. Maintenant, je n'ai pas besoin de t'expliquer davantage. Tu devines la suite, non ?

Quand je pense à elle, je me revois en train d'être battu, de fuir, ou recroquevillé dans une cachette de peur qu'elle ne m'attrape.

Parfois, elle me souriait. Quand elle s'approchait, un bâton caché dans le dos ou quand elle machinait quelque chose contre moi. Chaque fois je me faisais avoir. Naïf, je m'approchais. Elle m'attrapait alors brutalement, pour me tordre le bras ou m'allonger une grande gifle.

Je me jurais de ne plus me laisser berner, mais je tombais dans le panneau à chaque fois. J'étais idiot.

Avec le temps, j'ai fini par courir plus vite qu'elle. Elle devait se contenter de crier à tue-tête et de me lancer des insultes.

Pourtant, tu sais quoi ?

Les mots font plus mal que les gifles. Ils laissent des blessures plus profondes, plus douloureuses. Ma mère, exaspérée de me voir hors d'atteinte, criait comme une folle. Tout ce qu'elle disait pénétrait en moi, même si je me bouchais les oreilles. Ses mots m'ont lacéré, les plaies se sont infectées en moi.

Je n'étais plus que pus, sang souillé, mots et pensées contaminés.

Quand j'étais petit, je ne pouvais pas regarder les gens dans les yeux. Si quelqu'un s'approchait de moi, tout mon corps se tendait, mon cœur battait à tout rompre. Si d'aventure nos regards se croisaient, je décampais. J'étais convaincu que tout le monde me détestait.

Je croyais mériter les coups de ma mère. Pour moi, mon existence elle-même était une chose horrible... Plus tard, j'ai compris qu'il n'y avait que ma mère qui me détestait.

Quoi donc ? Je déteste ma mère ?

Non, jamais. Comment pourrais-je ? C'est ma mère.

Je l'aime, maman.

# 3

Quand la lumière s'alluma dans la salle de classe, les étudiants poussèrent un soupir de soulagement, comme s'ils se réveillaient d'un affreux cauchemar.

Certains s'empressèrent de tirer les rideaux et d'ouvrir les fenêtres. Un rayon de soleil pénétra dans la salle, accompagné d'un courant d'air frais. Les étudiants tendus durant tout le cours, retrouvèrent vite leur entrain habituel. Les heures qu'ils venaient de passer devant les scènes de crime les plus effroyables s'évanouirent au soleil.

Seon-gyeong éteignit le vidéoprojecteur, puis se tourna vers son auditoire qui discutait à voix basse.

L'angoisse, la peur étaient encore palpables dans la salle. Heureusement, ils oublieraient tout ça: les cauchemars ne règnent que sur le sommeil, ils s'effacent vite devant le quotidien.

Au début du cours, les regards brillaient de curiosité et d'excitation.

Il faut dire qu'ils avaient attendu ce jour depuis le début du semestre. Mais dès la première diapositive, ils s'étaient tus et une atmosphère pesante s'était installée.

Chaque nouvelle photo avait arraché des exclamations de frayeur. Extrêmement concentrés, ils sursautaient au moindre bruit. Les visages se crispaient au fur et à mesure que la projection avançait.

Quoi de plus effrayant que la réalité ?

Les lugubres scènes de crime que Seon-gyeong faisait défiler devant leurs yeux témoignaient de la cruauté de l'être humain. Chose qu'aucun film d'horreur ne saurait imiter. Même le délégué de classe était blême ; lui qui avait prétendu que rien ne pourrait être plus horrible qu'un *slasher*. La distance entre fiction et réalité dépassait l'entendement. Voyant de leurs propres yeux à quoi pouvait mener la perversité d'un criminel, les étudiants avaient pu se forger une idée concrète de ce qu'était une véritable scène de crime.

Seon-gyeong avait obtenu un poste dans cette école grâce à une conférence donnée un an plus tôt. En préparant ses cours, elle avait déjà en vue le dernier. Sa classe ayant pour objectif d'initier les étudiants à la psychologie criminelle, elle était obligée de s'en tenir, pour une grande part, à de la théorie. Mais ce n'était pas vraiment ce qu'elle souhaitait, et eux non plus.

Dès le premier jour, très excités à l'idée de suivre son cours, ces derniers l'avaient dévisagée avec curiosité. Sa conférence de l'an dernier, ainsi que sa page personnelle sur le site internet de l'école avaient attisé un certain engouement à son égard.

Ils n'avaient pas tardé à lui donner un surnom : Clarice Starling, l'héroïne du *Silence des agneaux*. Dans le film, cette jeune étudiante du FBI résolvait une série de meurtres grâce à l'aide du criminel Hannibal Lecter. Le stage que Seon-gyeong avait suivi au sein du FBI avait certainement inspiré ses auditeurs. Pour son premier cours, elle avait eu droit à un flot de questions.

Elle n'avait d'abord pas compris ce qui lui arrivait. Pourquoi demandaient-ils tout ça ? Ce n'est qu'après avoir vu sa page sur le site web de l'école que tout était devenu clair.

« Formation au département des sciences du comportement du FBI. »

L'école n'avait pas oublié de le mentionner, encore qu'elle n'en ait parlé que brièvement lors de son entretien d'embauche. Cette phrase avait été source d'un malentendu. Les étudiants étaient persuadés que Seon-gyeong avait suivi le parcours de

Clarice Starling. Elle avait pensé rectifier le tir mais s'était ravisée : elle avait eu peur de les décevoir.

Elle avait bel et bien suivi une formation au FBI, mais ce n'était pas ce qu'ils croyaient.

Il s'agissait simplement d'un stage de deux semaines destiné aux meilleurs inscrits des universités de l'est des États-Unis. En vérité, si on enlevait les week-ends, il n'avait duré que dix jours. Une durée tout juste suffisante pour arriver à se repérer parmi les vastes immeubles de l'Académie du FBI. Les stagiaires n'avaient même jamais mis les pieds dans les locaux du département des sciences du comportement. Ils avaient dû se contenter d'apercevoir son panneau. Ils avaient assisté à une conférence donnée par un agent spécial, une sommité du profilage criminel, mais n'avaient pas pu l'approcher. Bref, cela avait été plus une visite guidée de l'école qu'un stage pédagogique.

Les étudiants, bien entendu, n'en savaient rien. Seon-gyeong leur avait donné des réponses évasives, affirmant qu'il ne s'était pas passé grand-chose. Cependant, ils n'en démordaient pas. Elle n'avait réussi à se tirer d'affaire qu'en racontant quelques anecdotes croustillantes de sa colocataire d'alors.

Elle leur avait également promis de leur parler des tueurs en série qu'elle avait découverts lors de son stage. Et eux, ils n'avaient pas oublié. Voilà comment avait été décidé son dernier cours du semestre. En fin de compte, l'idée n'était pas mauvaise ; c'était le thème parfait pour clôturer sa classe.

Pour être à la hauteur de leurs attentes, elle s'était préparée minutieusement. Elle avait passé des heures, assise devant son ordinateur, à faire des recherches sur internet ; elle avait contacté son amie Jessie, aux États-Unis, pour lui demander de l'aide. Grâce à Google, elle avait pu obtenir un certain nombre d'images, mais son amie avait été d'un grand secours.

Une fois ses études terminées, son ancienne colocataire avait intégré un institut de criminologie privé. Elle avait donc accès aux archives. Quand Seon-gyeong lui avait écrit, elle avait accepté sans hésiter. Les documents officiels étant plus facilement accessibles aux États-Unis, son amie avait pu lui en envoyer une grande quantité. Seon-gyeong l'avait remerciée chaleureusement. Elle lui avait mentionné être surnommée Clarice Starling par ses étudiants. Jessie lui avait répondu de passer le bonjour de sa part à l'Hannibal Lecter coréen, si d'aventure elle le croisait un jour.

Seon-gyeong se mit à ranger ses affaires, se promettant d'envoyer un e-mail à son amie dans la soirée. Elle voulait qu'elle sache que son dernier cours avait été un succès grâce à elle. Un étudiant l'interpella.

– Madame ?

Elle se tourna et remarqua un garçon assis près de la fenêtre, levant la main.

À son signe de tête, il se leva aussitôt pour poser sa question.

– On parle souvent de l'enfance des tueurs en série, ça veut dire qu'on peut les reconnaître dès leur plus jeune âge ?

Elle comprit pourquoi il demandait ça. Il avait sûrement du mal à digérer ce qu'il venait de voir.

– Les criminologues se sont penchés sur le problème tout au long du XXe siècle. Comment, pourquoi et quand devient-on un criminel ? Certains chercheurs ont opté pour la génétique, déclarant qu'on naissait ainsi ; d'autres, au contraire, ont affirmé que l'environnement était responsable. Il y a aussi ceux qui, se basant sur des radiographies du cerveau, ont prétendu qu'une malformation cérébrale était sûrement à l'origine du problème.

Elle fit une pause et dévisagea les élèves un à un.

– Qui a raison d'après vous ? lança-t-elle.

Ils étaient trop absorbés dans leurs réflexions pour dire quoi que ce soit. Ils attendaient qu'elle réponde à sa propre question et avaient l'air de ne pas vouloir partir. Satisfaite, Seon-gyeong réfléchit à ce qu'elle allait dire.

– Vous avez déjà entendu parler de la triade MacDonald ?

– Moi j'connais plutôt ses hamburgers.

À la plaisanterie lâchée par un étudiant du fond, toute la salle éclata de rire. Seon-gyeong sourit en hochant la tête.

– Désolée, mais on ne parle pas de la même chose. Le MacDonald en question est un psychologue américain. Selon lui, trois caractéristiques comportementales – l'énurésie nocturne, la pyromanie et la cruauté envers les animaux – permettent d'identifier la présence d'une psychose chez un enfant. Vous avez déjà entendu parler de tout ça, non ?

— Ce sont des symptômes qu'on retrouve dans l'enfance des tueurs en série, répondit quelqu'un du premier rang.

— Exactement. Ce sont des traits communs à ces criminels. Et si des exceptions existent, elles sont rares. Qui parmi vous a déjà fait pipi au lit dans son enfance ? interrogea Seon-gyeong en levant elle-même la main.

Les étudiants regardèrent autour d'eux. Quand le garçon qui avait posé la première question leva la sienne, des rires fusèrent, puis plusieurs autres le suivirent.

— Pour ceux qui n'ont pas levé la main, votre visage parle pour vous, plaisanta-t-elle.

Les rires redoublèrent. Tout le monde se détendait peu à peu.

— Ensuite, que ceux qui ont déjà joué avec le feu lèvent la main.

De nombreux doigts se levèrent. Ils n'hésitaient plus à se dévoiler.

— Qui a déjà maltraité des animaux ?

Cette fois, personne ne se manifesta. Seon-gyeong parcourut l'auditoire du regard avant de reprendre la parole :

— Quand j'étais petite, il y avait un jeu très populaire parmi les élèves. Le jour où le marchand de poussins venait devant l'école, les garçons vidaient leur poche et lui achetaient tous ses animaux. Ils montaient ensuite sur le toit d'un grand immeuble et puis... eh bien... vous devinez la suite.

Les filles froncèrent les sourcils, se couvrant la bouche de leur main. La réaction des garçons fut quelque peu différente. Ils se jetaient des coups d'œil, acquiesçaient de la tête, comme s'ils se souvenaient de quelque chose. Ils semblaient partager le même secret, faire partie de la même conspiration.

— Comme vous l'avez probablement deviné, ils jetaient les poussins de là-haut. Juste par curiosité. On ne peut pas vraiment dire que c'était de la cruauté. Pour eux, c'était plutôt une sorte d'expérimentation. En fait, ils voulaient savoir si ces oiseaux pourraient survivre à une telle chute, ils testaient leur aptitude à voler...

À ces mots, l'hésitation sembla se dissiper chez les garçons. Seon-gyeong reposa sa dernière question, un sourire au coin des lèvres :

— Qui a déjà fait ce genre d'expérimentation ?

— Disséquer une grenouille, ça compte ?

— Seulement si c'était pour satisfaire votre curiosité, pas dans le cadre scolaire.

Beaucoup levèrent la main, dont plusieurs filles.

— Qui a levé trois fois la main ?

Il y avait quatre étudiants. L'un d'entre eux regarda autour de lui, puis baissa la main promptement en dodelinant de la tête. La classe éclata à nouveau de rire.

— Vous voyez ? Rien que dans cette pièce, quatre personnes ont répondu oui aux trois questions. Pour autant, y a-t-il parmi vous un tueur en série ?

Un garçon se désigna malicieusement du doigt afin d'attirer l'attention, ce qui lui valut les moqueries de ses camarades.

— Vous avez compris où est le problème ? On commet souvent des erreurs quand on veut passer du général au particulier. Même si ces trois caractéristiques se retrouvent presque toujours dans l'enfance des tueurs en série, on ne peut pas en déduire que quiconque présente ces traits en soit un pour autant. En fait, la plupart du temps, ce n'est pas le cas.

— Madame, vous adhérez à quelle théorie, vous ?

— C'est là tout le problème. Il n'existe pas de réponse claire. Pour paraphraser Einstein, ce qu'il reste à explorer, ce n'est pas l'univers, mais le cerveau humain.

Pour ces jeunes, habitués à obtenir des réponses précises, la psychologie pouvait paraître vague et frustrante. Ils se taisaient, comme s'ils ruminaient ce que Seon-gyeong venait de dire. Celle-ci regarda l'horloge sur le mur de la salle. Le cours était terminé depuis un moment.

— D'autres questions ?

Les étudiants rassemblèrent leurs affaires à la hâte. Un garçon aux grosses lunettes noires leva la main. Tous s'immobilisèrent pour se tourner vers lui.

— Si, enfant, tout le monde vit plus ou moins les mêmes expériences, pourquoi certains deviennent des tueurs en série ? demanda-t-il.

Elle s'attendait à cette question. En fait, elle se la posait elle-même sans cesse.

Pourquoi ? Pour quelles raisons les criminels deviennent-ils ce qu'ils sont ?

C'était une question épineuse, les humains étant trop complexes pour se résumer en une seule réponse. Voilà pourquoi Seon-gyeong pensait avoir encore beaucoup à apprendre. Sa courte carrière de criminologue ne lui permettait pas de donner une explication satisfaisante. D'ailleurs, parviendrait-elle seulement un jour à la trouver ?

— Je peux vous expliquer le mode opératoire d'un tueur en série. Comment il a attaqué sa victime, comment il a démembré son corps, comment il l'a mangée. Mais franchement, je ne pourrais pas vous dire pourquoi il est ce qu'il est. Il y a toujours une part d'inexplicable. Bien souvent, le criminel lui-même ne sait pas pourquoi il agit ainsi.

Voyant la déception du garçon, elle ajouta :

— J'ai une hypothèse là-dessus. Je pense que le plus important c'est la façon dont on vit et ressent ses actes durant l'enfance. Plus jeune, vous avez sûrement déjà tous enlevé les ailes d'un papillon ou d'une libellule, donné un coup de pied à un chiot, ou encore jeté un poussin du haut d'un toit. Mais une fois votre curiosité satisfaite, vous n'avez pas recommencé. Vous vous êtes peut-être même sentis coupables devant l'horreur de vos actes. Comme je vous l'ai dit tout à l'heure, on peut supposer que c'est une sorte d'épreuve initiatique pour les enfants, une étape nécessaire dans leur développement.

Seon-gyeong s'arrêta un moment avant de continuer.

— Mais chez certains, la curiosité est insatiable. Ils commencent avec un petit insecte. Puis ils cherchent un animal plus grand comme un oiseau ou une souris, et ainsi de suite. Leurs comportements atroces ne leur donnent aucun remords. Au contraire, ils se laissent de plus en plus prendre au jeu, s'y adonnent corps et âme. Finalement, ils finissent par prendre un être humain comme objet d'expérimentation. Ils mutilent le corps de leurs victimes, y laissent leur signature, pour ainsi dire. Et c'est ce qui nous permettra de comprendre ce qui leur passe par la tête.

— Vous croyez donc qu'ils sont nés comme ça, dit le garçon.

— Dans un certain sens, oui. Mais ce n'est pas tout. Je me rappelle avoir lu quelque part qu'un tueur en série et un chirurgien ont de nombreux points communs, comme leur froideur ou leur audace, par exemple. Ils sont tout aussi curieux des hommes l'un que l'autre. Mais selon l'environnement où ils grandissent, ils finissent par se retrouver dans des situations diamétralement opposées.

Le garçon hocha la tête. Seon-gyeong continua de le fixer, heureuse qu'on l'écoute aussi attentivement. Elle était contente que son semestre s'achève ainsi.

Elle retourna vers son bureau pour terminer son histoire.

— Il y a de multiples facteurs à prendre en compte quand on considère un tueur en série. C'est comme un puzzle, composé de milliers de pièces : les gènes, le caractère, l'environnement, la famille, l'état psychologique, etc. À la manière d'une loupe qui fait converger la lumière du soleil en un seul point, quelque chose chez cette personne assemble tous ces facteurs pour en faire un tueur en série. Un jour, toutes les pièces sont réunies, il passe alors à l'acte.

Certains acquiescèrent d'un signe de tête, attendant la suite.

— Le célèbre criminologue britannique Paul Britton s'est lui-même décrit comme un amateur de puzzle. Il n'a pas tort. Notre travail consiste à déchiffrer la psychologie d'un criminel à partir des innombrables pièces qu'il a dispersées ici et là. Chaque pièce correspond à un des éléments constitutifs du tueur en série. Si une seule pièce manque, impossible de comprendre pourquoi il est devenu ce qu'il est.

— On ne peut pas tout simplement lui poser la question? demanda naïvement une étudiante du premier rang.

Sa camarade assise à côté lui donna un léger coup de coude. La fille reformula sa question.

— Non... je veux dire... les profileurs ou les criminologues interrogent les tueurs en série. Ils peuvent bien leur poser la question, non?

— Vous croyez qu'ils diront la vérité?

La fille ne trouva rien à répondre. Elle se contenta d'incliner la tête, l'air perplexe.

Elle ne semblait pas avoir envisagé qu'un tueur puisse mentir. Tout serait si simple s'ils répondaient avec sincérité. Or d'après l'expérience de Seon-gyeong, un criminel qui ne mentait pas, ça n'existait pas.

— S'ils acceptent volontiers d'avoir un entretien avec vous, ce n'est pas pour dire la vérité. C'est avant tout par orgueil, pour vérifier une fois encore la puissance qu'ils exercent sur les autres. C'est pour ça qu'ils mentent, exagèrent et se vantent...

— Comment peut-on savoir qu'ils mentent?

— En examinant les lieux du crime. Eux, ils disent toujours la vérité. Malheureusement, ils sont difficiles à déchiffrer. Toutes ces scènes de crime qu'on vient d'examiner, c'est exactement là où on cherche les pièces du puzzle pour pouvoir le reconstituer dans son ensemble.

La fille hocha la tête. Seon-gyeong parcourut la salle du regard pour vérifier qu'il n'y avait pas d'autres questions. Tous semblaient prêts à partir.

— Bien... le semestre est donc terminé. Merci à tous. Bonne chance pour l'examen et passez de bonnes vacances!

Les étudiants s'empressèrent de quitter la salle. Seon-gyeong rassembla ses affaires.

Contente d'avoir achevé avec succès son premier semestre, elle poussa un grand soupir de soulagement. Un étrange mélange de mélancolie et d'une agréable fatigue l'envahit. Durant ce cycle, elle avait fini par comprendre le plaisir qu'on pouvait éprouver à enseigner. Quand elle sortit de la salle, son téléphone vibra dans son sac à main.

Elle vérifia le numéro qui s'affichait avant de décrocher.

— Allô ?

C'était Han Dong-cheol, le président de l'association coréenne de criminologie.

Elle était surprise de son appel. Ils se connaissaient à peine. Ils s'étaient tout au plus croisés une fois ou deux lors de conférences. Ils ne s'étaient jamais vraiment parlé. Elle doutait même qu'il se souvienne de sa tête.

# 4

J'ai déjà mentionné ma chambre, non ? Celle verrouillée par une dizaine de cadenas ?

Je croyais pourtant l'avoir fermée à double tour... Et voilà qu'un jour, tous ses cadenas se sont ouverts en même temps.

Tout ça à cause d'une chanson.

Si je ne l'avais pas entendue, le souvenir de ma mère ne me serait jamais revenu à l'esprit, lui qui était comme enfoui à plusieurs kilomètres sous terre !

J'avais onze ans. Ou peut-être douze ? Une fois de plus, je m'étais enfui de la maison pour échapper à ma mère. Mais cette fois-ci, une véritable envie de m'évader me tenait. De partir aussi loin que possible. J'ai commencé à marcher, sans vraiment savoir où aller. Une fois ou deux, je me suis même glissé en douce dans un camion. Bref, je suis parti aussi loin que possible. Si je n'ai pas continué, c'est parce que j'ai eu un accident.

Une nuit, je fouillais des poubelles pour trouver à manger quand j'ai repéré un camion garé sur le parking. Sa plaque d'immatriculation indiquait la province de Gangweon. C'était si loin ! Ça m'a laissé rêveur. Quelques secondes plus tard, le conducteur est descendu du véhicule, sans fermer la porte à clé ! Il comptait sûrement revenir vite. Pour moi, c'était une aubaine. L'opportunité de trouver quelque chose à grignoter ou un peu d'argent, si j'avais vraiment de la veine.

Je me suis précipité dans le camion. Le conducteur avait laissé son blouson. Dans la poche intérieure, j'ai trouvé son portefeuille. Il était bien garni. Me voyant déjà le ventre plein, j'étais aux anges. Au moment où je posais la main dessus, j'ai entendu les pas du conducteur qui revenait. J'ai regardé autour de moi pour trouver une cachette. Faute de mieux, je suis passé à l'arrière et me suis réfugié dans un coin.

Soudain, le moteur a commencé à vrombir. J'avais l'intention de sauter dehors à la première occasion, mais il s'est aussitôt engagé sur une autoroute. Je résistais péniblement au sommeil, guettant le moment où il s'arrêterait. Pourtant, bercé par les secousses, j'ai fini par m'endormir.

Je ne me suis réveillé qu'une semaine plus tard.

Pendant que je dormais, le camion a franchi la ligne blanche et percuté un véhicule qui arrivait en face. Le conducteur est mort sur le coup. Moi, j'ai été éjecté de l'habitacle, me retrouvant étalé sur le sol, la tête en sang.

En ouvrant les yeux, j'ai découvert un nouveau monde.

J'étais installé dans un lit douillet, les infirmières venaient me voir régulièrement pour s'assurer avec un sourire d'ange que tout allait bien. Quand j'avais soif, elles m'apportaient de l'eau. Quand j'avais mal à la tête, elles me donnaient un médicament.

Je ne pouvais ni bouger ni parler mais, étrangement, je me sentais bien. J'avais l'impression d'être au paradis. En vérité, ça ne m'aurait pas dérangé de mourir dans cet accident.

Mon lit était près de la fenêtre. Les jours de soleil, il y avait toujours quelqu'un pour venir fermer les rideaux dès que je fronçais les sourcils. Ça me faisait chaud au cœur. Pour la première fois, j'avais le sentiment d'être aimé. Et je trouvais ça merveilleux.

Avec le temps, je me suis rétabli. Quand j'ai pu recommencer à parler, un médecin est venu me poser des questions. Je ne voulais pas répondre. Parce que je savais qu'il finirait par me réclamer mon nom, mon adresse, et qu'il contacterait ma mère. Cette idée m'épouvantait. J'ai donc fait semblant d'avoir des migraines, comme si me rappeler ce qu'il me demandait m'était pénible. Il m'a laissé tranquille. Il s'est contenté de prendre quelques clichés de mon cerveau.

Le lendemain, il a posé son diagnostic : je souffrais d'amnésie. Bizarrement, quand j'ai entendu ça, j'ai vraiment eu l'impression que ma mémoire pourrait s'effacer pour de bon. J'ai alors préparé une chambre dans mon cerveau pour y fourrer mes souvenirs les plus horribles. Et quand une infirmière m'a caressé la tête avec un gentil sourire, j'ai installé un cadenas sur la porte et l'ai fermé à clé. Puis, j'en ai rajouté un autre lorsque les patients de ma chambre m'ont applaudi en me voyant bouger les doigts pour la première fois depuis l'accident. Et ainsi de suite...

Chaque fois que j'ajoutais un cadenas, un de mes souvenirs s'effaçait. Pour finir, j'ai vraiment oublié qui j'étais...

La police, après avoir découvert le portefeuille du conducteur dans mes vêtements, a cru que j'étais son fils. Ils ont donc contacté sa famille. La femme du défunt et ses enfants étaient bouche bée en arrivant à l'hôpital. Néanmoins, ils n'ont rien dit.

En toute logique, cette dame aurait dû me demander comment je connaissais son mari et pourquoi j'étais avec lui le jour de l'accident. Mais ayant appris que je souffrais d'amnésie, elle n'en a rien fait. Voyant que je mangeais de la main gauche, elle s'est contentée de dire que son mari aussi était gaucher. Je ne sais pourquoi, mais après les funérailles elle continuait à venir me voir. Comme si elle rendait visite à son fils.

Quand je suis sorti de l'hôpital, elle m'a emmené chez elle. Elle possédait un vaste verger de plusieurs centaines de pommiers.

Je l'ai suivie parce que je n'avais nulle part où aller. Je me disais que, de toute façon, je pourrais partir quand ça me chanterait. Arrivé chez elle, j'ai été surpris par l'accueil chaleureux de sa famille. Deux adolescentes – une lycéenne et une collégienne – ainsi qu'une petite fille de quatre ans nous attendaient devant la maison.

Elles devaient patienter depuis un moment car elles étaient assises à l'ombre d'un arbre devant la maison. En voyant notre taxi arriver, elles ont bondi de leur siège pour venir ouvrir la portière.

Une des adolescentes a couru vers moi pour m'aider à marcher – j'avais des béquilles – tandis que l'autre a pris mon sac. La plus jeune s'est jetée dans les bras de sa mère, tout en me fixant du regard, plus curieuse qu'autre chose.

Aujourd'hui encore, j'ai l'impression que c'était un rêve.

Devant le portail, la dame m'a dit que je pourrais rester chez elle aussi longtemps que je le voudrais. Par la porte entrouverte, j'ai observé le jardin et la maison. J'ai eu le sentiment d'être enfin chez moi. D'être de retour à la maison après une longue errance.

Tu sais à quel point un verger est magnifique au mois de juin ?

Contempler tous ces arbres constellés de pommes encore vertes suffit à te remplir de joie. Quand j'ai désigné du doigt une pomme, la dame m'a souri. Attends encore peu, m'a-t-elle conseillé, mais quand elles seront mûres, régale-toi !

Ce jour-là, j'ai enfoui ma chambre à souvenirs au plus profond de mon inconscient.

C'est décidé, je vais vivre ici, me suis-je dit. Je vais renaître ici. Je n'ai plus besoin de m'enfuir, ni de trembler tout le temps de peur.

J'y ai vécu six ans.

J'ai mangé des pommes à m'en exploser le ventre. J'en avais la saveur dans la bouche tout au long du jour. Chaque matin, mes sœurs allaient dans le verger et revenaient avec un panier de pommes qu'elles avaient ramassées par terre. Des pommes abîmées ou véreuses. Mais moi, les miennes, je les prenais directement sur les arbres. Je choisissais toujours les plus grosses, les plus appétissantes. La dame ne me disait jamais rien. Au contraire, elle me souriait.

Sans cette chanson, je serais toujours chez elle. À élaguer des arbres, cueillir des fruits, répandre des pesticides. J'aurais passé ma vie à contempler ces pommes mûrir.

Un jour, je me trouvais dans l'entrepôt, occupé à réparer des caisses à l'aide d'un marteau. Je m'étais mis à aider la dame dans son travail, pour la remercier. On était au début du printemps et les pommiers n'avaient pas encore fleuri. Le stock ayant été vendu durant l'hiver, je rangeais l'entrepôt vide.

Soudain, j'ai entendu un air sortir de la radio posée dans un coin. J'ai interrompu ce que je faisais.

J'avais les oreilles comme transpercées. Mon cœur s'est accéléré, j'étouffais, ma poitrine me faisait mal.

D'abord, je n'ai pas compris ce qui m'arrivait.

J'ai épongé ma sueur, tout en lâchant un grand soupir. L'angoisse et la peur, elles, me tenaient à bras-le-corps. Ma main tremblait, j'avais des vertiges. Je me suis dépêché d'éteindre la radio, mais j'ai bien senti que quelque chose de terrible m'arrivait.

Je me suis affaissé sur le sol, les yeux rivés sur mon marteau. La musique résonnait toujours dans ma tête. Je t'ai déjà parlé de mon plus vieux souvenir, hein ? Oui, c'est bien ça. Le jour où j'ai failli mourir étouffé sous un oreiller. À cette époque, une autre chose s'est gravée en moi : cette chanson.

J'avais tout juste l'âge de marcher. Ma mère me battait tout le temps, Dieu sait pour quelles raisons. Je pleurais et criais à tue-tête. Elle me traînait jusqu'à la salle de bain pour m'enfoncer la tête dans la baignoire remplie d'eau. Tout en me regardant me débattre, elle fredonnait, d'une voix impassible. J'avais l'impression que mon cœur se déchirait à cause de l'eau qui me rentrait par la bouche et par le nez. Mais j'écoutais. Je savais qu'une fois la chanson terminée, elle me lâcherait pour aller chercher sa bouteille d'alcool. Ce manège a duré longtemps. Quelques années plus tard, j'y étais complètement habitué.

Quand elle sortait, je rampais hors de la baignoire. Je vomissais de l'eau, essuyais mes larmes. Bizarrement je fredonnais moi aussi. Pas moyen de me débarrasser de cette horrible mélodie. Je ne voulais pas chanter, mais c'était plus fort que moi.

Je ne me souviens que vaguement des moments où elle me battait comme plâtre. Parfois, j'étais transporté à l'hôpital en urgence. Tout ça reste très flou dans ma tête, un peu comme un clip qui défile en fond dans un karaoké. Par contre, cette chanson, cette chanson qui me perçait le cœur comme une multitude d'aiguilles, qui me cisaillait les nerfs, cette chanson est restée intacte dans ma mémoire.

Dès la première note, je savais à quoi m'attendre. C'était pour moi l'annonce de mes souffrances proches.

Et voilà que plusieurs années plus tard, elle résonnait de nouveau.

Ce jour-là, au début du printemps, dans l'entrepôt du verger, cette chanson a fait sauter tous les cadenas de ma chambre à souvenirs.

J'avais beau avoir échappé aux griffes de ma mère depuis des années, en l'espace d'une seconde, la mélodie avait ravivé toutes mes heures de supplice. Comme par magie. J'étais redevenu ce petit garçon de trois ans, cherchant son souffle, à moitié noyé dans la baignoire, tailladé avec des ciseaux, mordu, et j'en passe. Je tremblais de peur.

Si j'avais reconnu la chanson dès les premières notes, j'aurais aussitôt éteint la radio. Mais ce n'est qu'au refrain que je l'ai identifiée. Je n'en avais jamais entendu la version originale et ma mère la chantait d'une manière bien à elle. Je ne comprenais pas les paroles, mais la voix de l'interprète était beaucoup plus douce. Je n'arrivais pas à croire que cette musique, si joyeuse, si bienveillante, ait servi de fond sonore à toutes mes tortures.

J'ai balancé mon marteau et me suis réfugié dans ma chambre. J'ai attendu, caché sous les draps, qu'elle disparaisse de ma tête. Mais elle ne disparaissait pas. Tout au contraire. Elle retentissait de plus en plus fort, comme pour célébrer sa renaissance. Soudain, je me suis rendu compte que j'étais en train de la fredonner. J'ai frémi d'horreur.

Une des filles du verger m'a entendu et m'a demandé comment je connaissais cette chanson. Je n'ai d'abord pas su quoi répondre. Puis, je lui ai simplement dit que je l'avais dans la tête, sans savoir pourquoi.

Elle semblait tout excitée à l'idée que cette musique pourrait m'aider à retrouver la mémoire. Elle m'en a indiqué le titre. Plus tard, je lui ai demandé les paroles. C'était un vieux morceau pop, tellement connu qu'elle n'a pas eu du mal à les trouver.

Tu connais les Beatles ? Oui, tu les as sûrement déjà écoutés. C'est un groupe de rock britannique dont un des membres racontait qu'ils étaient plus populaires que Jésus. D'ailleurs, c'est celui qui a été assassiné d'un coup de pistolet, tu le savais ? Mais si moi je les avais rencontrés, je les aurais tous tués de mes mains. Je veux vraiment savoir pourquoi ils ont écrit cette foutue chanson.

Je suis sûr qu'ils l'ont écrite juste pour ma mère. Ça lui collait trop bien. Quoi ? Le titre ? *Maxwell's Silver Hammer* !

*Bang ! Bang ! Maxwell's silver hammer*
*Came down upon her head*
*Clang ! Clang ! Maxwell's silver hammer*
*Made sure that she was dead*

Maxwell a tué sa copine, son professeur et son juge.

Il se débarrasse de tous les gêneurs avec son marteau en argent. Et boum ! Leurs têtes explosent.

Pourquoi ma mère chantait ça ? Même elle ne pourrait sans doute pas le dire.

J'imagine qu'après l'avoir écoutée pour la première fois, elle n'a jamais pu se défaire de cette mélodie diabolique.

Moi, je voulais la sortir de ma tête. Mais comment faire ? J'avais beau crier, me boucher les oreilles, elle revenait sans cesse, toujours plus fort. La porte de l'enfer n'était pas près de se refermer.

Pour l'oublier, j'ai plongé ma tête dans la rivière qui coulait devant le verger. Au moment de perdre conscience, la voix de ma mère a retenti de plus en plus clairement dans les eaux noires. Exactement celle que j'entendais dans la baignoire. Finalement, j'ai fait le choix le plus stupide.

C'est-à-dire que j'ai décidé d'aller voir la personne qui avait gravé cette chanson en moi.

J'étais idiot. Ou trop sûr de moi. Je pensais que ces six dernières années m'avaient fait grandir tant physiquement que psychologiquement.

J'ai cru que j'avais changé. Que je ne resterais pas sans défense contre les poings qui fondraient sur moi ! Que je pourrais me protéger ! Que je pourrais même faire peur à ma mère !

J'ai plongé de plein gré en enfer.

J'étais de retour à l'endroit que j'avais fui si désespérément.

# 5

Quand Seon-gyeong passa la station de métro Sadang, le ciel s'assombrit à l'ouest, comme si de l'encre noire s'y répandait. Très vite, de gros nuages menaçants se formèrent. Il faisait sombre, à croire qu'il y avait une éclipse. Elle alluma les phares de sa voiture.

L'orage annoncé pour l'après-midi était sur le point d'éclater.

Des gouttes de pluie mêlées de grêle commencèrent à frapper le capot de sa voiture. Quand elle arriva dans le quartier de Namtaeryeong, il pleuvait des cordes. L'endroit était réputé pour sa mauvaise circulation. Avec la pluie, les véhicules restaient au point mort. Elle pouvait à peine apercevoir la voiture devant elle.

Elle actionna les essuie-glaces et vérifia l'heure. Normalement le trajet aurait dû lui prendre vingt minutes. Il restait encore trente minutes avant le rendez-vous. À cette allure, elle serait tout juste à l'heure. Le fracas de la pluie sur le toit de la voiture était assourdissant.

Se sentant étouffer, elle descendit un peu la fenêtre.

Comme si elles avaient guetté ce moment, des gouttes d'eau s'invitèrent à l'intérieur, lui mouillant l'épaule. Elle n'y prêta pas attention, contente d'avaler enfin une bouffée d'air frais. Une migraine tenace la harcelait depuis son départ.

Des questions défilaient sans fin dans sa tête. Plus le rendez-vous approchait, plus son esprit s'embrouillait.

Après son dernier cours, Seon-gyeong avait reçu cet appel du président Han.

— Lee Byeong-do voudrait vous rencontrer. Qu'en dites-vous ? avait-il demandé.

Lee Byeong-do ? Abasourdie, elle était d'abord restée sans voix. Elle avait eu besoin d'un peu de temps pour digérer la nouvelle.

Il veut me voir ? Mais pourquoi ?

C'était la première question qu'elle s'était posée.

Jusqu'à présent, il avait toujours refusé d'avoir un entretien avec quiconque. Il avait changé d'avis, mais à une condition : que ce soit avec elle. Pourtant, elle ne le connaissait pas.

Comment me connaît-il ?

Cette deuxième question la troublait davantage.

Elle savait qu'un autre membre de l'association avait déjà demandé à le rencontrer. Il avait essuyé un refus catégorique. Il était donc peu probable que ce soit lui qui ait parlé d'elle au détenu.

— Pour quelles raisons ?

— Comment ça ?

— Pourquoi m'a-t-il choisie ? Il ne me connaît même pas !

Le président Han n'en avait pas la moindre idée. Il avait simplement répondu que peu importe la raison, interroger ce criminel était indispensable. Il fallait prendre rendez-vous avant qu'il ne change d'avis. Seon-gyeong avait accepté et lui avait indiqué ses dates de disponibilité.

Le président lui avait expliqué tous les détails concernant les futurs entretiens. Elle avait l'impression d'avoir reçu un violent coup de marteau sur la tête. Néanmoins, son cerveau commençait déjà à s'activer.

Le semestre était terminé. Pendant l'été, elle n'avait que deux ou trois articles à écrire. Elle pourrait donc se consacrer à ces entretiens. Pour le moment, elle avait décidé de ne plus penser aux raisons qui avaient poussé Lee Byeong-do à la choisir.

Le président Han avait conclu leur conversation en disant qu'il l'appellerait quand le premier rendez-vous serait fixé.

Seon-gyeong était ensuite passée dans le bureau de son département universitaire pour remercier ses collègues avant de se diriger vers le parking. Le président n'avait pas traîné : son téléphone sonnait déjà.

Le rendez-vous était prévu dans trois jours.

Tout avait été arrangé très rapidement. Han lui enverrait par courrier express les documents pour préparer l'entretien. La rumeur avait filé comme une traînée de poudre. Avant même d'arriver chez elle, Seon-gyeong avait reçu de nombreux appels de ses amis et de ses collègues. Ils avaient tous eu la même réaction : ils étaient stupéfaits par la nouvelle et surtout curieux de savoir comment il connaissait Seon-gyeong. Chaque fois, elle avait répondu par une question.

— Tu saurais pas pourquoi il m'a choisie ? On s'est jamais vus...

Ils ne la croyaient pas. Ils étaient même persuadés du contraire. Pourquoi souhaiterait-il rencontrer une inconnue ? Se rendant finalement compte qu'elle ne mentait pas, chacun avait émis sa petite hypothèse. Aucune n'était convaincante. Certains, plaisantant à moitié, avaient affirmé que le criminel, ennuyé par sa vie en prison, avait passé son temps à éplucher l'annuaire de l'association pour y piocher son nom. Sauf qu'il lui aurait été impossible de mettre la main sur cette liste. Sans compter que le nom de Seon-gyeong n'y figurait pas encore.

Son téléphone ne s'était calmé qu'une fois arrivée à la maison. Elle avait pris une douche puis découvert devant sa porte les documents envoyés par le président Han. Une grosse pile, de la taille de trois encyclopédies. Elle s'était aussitôt mise au travail. Le visage de Lee Byeong-do, qu'elle avait aperçu à la télé et dans les journaux, lui revint à l'esprit.

Lee Byeong-do.

Trois ans durant, il avait enlevé puis assassiné treize femmes à Séoul et dans la province de Gyeonggi. Il avait été arrêté voilà un an. L'apparition d'un nouveau tueur en série après Yoo

Young-chul et Kang Ho-soon avait suscité un grand émoi dans la société coréenne. Il faut dire qu'il se démarquait des autres tueurs.

Il avait fait une entrée triomphale devant les caméras de télévision et le parterre de journalistes rassemblés devant le commissariat. Les policiers avaient voulu cacher son visage sous un blouson, mais il avait refusé. Au contraire, il avait fixé fièrement les caméras en souriant.

Les téléspectateurs avaient été choqués.

Le matin même, un débat avait éclaté entre les partisans du droit à l'information et les défenseurs des droits de l'homme. Fallait-il ou non dévoiler son identité ? Byeong-do avait rendu le débat obsolète. Il avait voulu signifier au monde qu'il était le seul en droit de décider.

Les téléspectateurs avaient été scandalisés par son impertinence. Il osait s'exposer ainsi, sans la moindre gêne, devant les objectifs ?

D'un autre côté, sa beauté les avait impressionnés. Ils avaient cru que son apparence serait en accord avec l'ignominie de ses actes. Or, Byeong-do était un beau garçon aux magnifiques cheveux bouclés ; il avait le teint clair et des traits bien dessinés. Ses yeux tombants réveillaient l'instinct maternel des femmes. Les gens avaient imaginé qu'il ressemblerait au diable. En découvrant son physique séduisant, ils étaient restés bouche bée. Des hypothèses absurdes s'étaient propagées sur internet.

« Lee Byeong-do n'est pas le vrai coupable », prétendaient certains, « Il a commis tous ses meurtres inconsciemment », racontaient d'autres. Des histoires dignes d'un scénario de film... Un fan-club intitulé « David » – car il était aussi beau que le *David* de Michel-Ange – avait même été créé. Plusieurs milliers de personnes y avaient adhéré, mais il avait été interdit après sa médiatisation.

Son procès avait duré un peu moins d'un an. Lee Byeong-do avait été condamné à mort et il était détenu dans une prison de Séoul.

Après avoir examiné les documents, Seon-gyeong avait rencontré les inspecteurs chargés de l'affaire.

Selon les rapports, le commissariat central de Séoul et le poste de police de Gangbuk avaient travaillé ensemble. En vérité, c'étaient surtout les inspecteurs de Gangbuk qui avaient été sur le front, de l'ouverture de l'enquête jusqu'à l'arrestation du criminel.

Le poste de police de Gangbuk se trouvait à cinq minutes de la station de métro Suyu.

Prévenus de la visite de Seon-gyeong, la plupart des inspecteurs concernés avaient répondu présent. Visiblement, ils étaient impatients de la rencontrer. Ils avaient tous été surpris d'apprendre que Byeong-do voulait parler à une criminologue.

Elle avait d'abord voulu savoir ce qui s'était passé depuis l'arrestation du criminel. Quand elle leur avait demandé ce qu'ils pensaient des hypothèses qui circulaient sur internet, ils n'avaient pas pu s'empêcher de rire.

– Qu'ils passent une journée... non, seulement quelques heures avec lui !

Pour eux, Byeong-do était le diable avec un visage d'ange.

Comme Ted Bundy, le tueur en série américain, il avait probablement attiré ces femmes grâce à sa beauté. Son apparence était une arme redoutable. Un diable au visage d'ange... l'expression était judicieuse.

Mais si ses victimes lui avaient fait si facilement confiance, ce n'était pas seulement à cause de son physique. Byeong-do devait avoir autre chose. Ted Bundy, par exemple, avait feint une blessure ou un handicap pour amadouer ses proies. Byeong-do avait dû lui aussi élaborer une sorte de piège.

Les inspecteurs avaient répété à Seon-gyeong ce qu'elle savait déjà : les dates des crimes, l'identité des victimes, les traces qu'il avait laissées... Elle cherchait autre chose.

Pour les inspecteurs, seuls les éléments factuels de l'affaire comptaient. Seon-gyeong voyait les choses différemment.

Quels types de victimes préférait-il ? Comment les avait-il approchées ? Que leur avait-il dit ? Qu'avait-il ressenti au moment de passer à l'acte ? Comment avait-il évolué depuis son premier meurtre ? Toutes ces questions les intéressaient peu.

Chacun, trop absorbé par la mission qui lui était attribuée, n'avait envisagé l'affaire que sous un seul angle.

Seon-gyeong les avait longuement interrogés sur les lieux des crimes. Ils n'avaient rien eu de particulier à signaler, que ce soit à propos de son domicile ou des collines où les corps avaient été retrouvés. Elle avait tenté de reformuler plusieurs fois ses questions, mais les réponses demeuraient les mêmes. Déçue et fatiguée de les entendre seulement fanfaronner, elle avait décidé de partir.

C'est à ce moment qu'un des inspecteurs s'était souvenu du jour de la reconstitution du crime. Tous s'étaient ébroués d'un seul coup.

Émus, ils lui avaient enfin dévoilé ce qu'ils avaient sur le cœur.

L'affaire était fortement médiatisée. Le jour de la reconstitution, les lieux grouillaient de journalistes, de curieux, ainsi que des familles des victimes. Les inspecteurs avaient prétendu que la foule avait été deux fois plus nombreuse que lors de l'exhumation des victimes de Yoo Young-chul.

Lorsque Lee Byeong-do était arrivé, tout le monde s'était rué à sa rencontre. Les journalistes braquaient leurs caméras, les familles des victimes se jetaient sur lui pour en découdre malgré la présence des policiers. Encerclé par quatre inspecteurs, Byeong-do avait eu du mal à se frayer un chemin.

– Ça criait de partout, mais lui, il n'a même pas sourcillé.

D'habitude, même les tueurs en série les plus féroces étaient intimidés par une foule en colère. Byeong-do était resté complètement serein.

– Un vrai dur à cuire ! s'était exclamé un inspecteur.

– Il a même fait taire tout le monde d'un seul coup, avait remarqué un autre qui semblait revoir la scène défiler devant ses yeux.

– Il souriait à ceux qui l'insultaient. Ça a rendu la foule encore plus enragée. C'est un provocateur. Il dévisageait tranquillement les gens et à un moment, il a pointé quelqu'un du doigt en faisant signe qu'il allait l'égorger. Tout le monde en est resté médusé.

— C'est vrai, je m'en souviens moi aussi. T'as vu la tête qu'il faisait ? Ça m'a foutu la frousse. Heureusement, on l'empoignait ferme. Il aurait été capable d'attaquer le gars, ajouta un vétéran.

Durant ses quinze ans dans la brigade criminelle, il avait vu défiler tout un tas de dangereux criminels, mais Byeong-do semblait l'avoir particulièrement impressionné.

— Pourquoi ce changement d'attitude soudain ? avait demandé Seon-gyeong.

— Aucune idée. Quelqu'un peut répondre ?

Les policiers s'étaient regardés les uns les autres et avaient secoué la tête.

— On était trop occupés à repousser les gens qui se jetaient sur lui ! Ça criait et insultait dans tous les sens. Comment voulez-vous qu'on sache pourquoi il a changé d'humeur ?

Ils n'avaient pas tort. Pour autant, Seon-gyeong n'avait pas pu s'empêcher de regretter qu'un indice aussi important leur ait filé entre les doigts. Comment stimuler leur mémoire ? Fallait-il les rencontrer ailleurs, dans une ambiance moins formelle ?

Pourquoi Byeong-do avait-il subitement changé d'attitude ? À cause des insultes ? Quelqu'un avait-il touché son talon d'Achille sans s'en rendre compte ? En répondant à cette question, elle pourrait préparer l'entretien plus précisément. Pour le moment, elle n'avait aucun moyen de le savoir.

Heureusement, les inspecteurs s'étaient aussi rappelé d'autres choses. Un détail avait notamment attiré l'attention de Seon-gyeong.

— Il m'a vraiment épouvanté le jour de la reconstitution. Pour lui, il commettait une nouvelle fois son crime ! Il était absorbé par ce qu'il faisait, presque en extase. Il se foutait complètement des gens autour ! L'inspecteur Choi a même failli se précipiter sur lui pour sauver le mannequin qui faisait office de victime. Son... son regard bestial pendant qu'il commettait ses actes... je ne l'oublierai jamais.

Une lueur de peur avait traversé les yeux de l'inspecteur.

Qui était donc Lee Byeong-do pour être capable de terrifier tous ces hommes? Si seulement elle avait pu voir sa tête ce jour-là... Elle ne saurait jamais à quoi il ressemblait sur le moment. C'était quelque chose d'indicible et elle pouvait les écouter autant qu'elle le voudrait, le portrait resterait incomplet, comme noyé dans le brouillard. Elle devait se contenter de l'imaginer au travers de leur récit.

— Même quand on l'a arrêté, on n'en était pas vraiment sûr. Comment dire... On avait beau l'avoir attrapé physiquement, on avait l'impression que dans son esprit, dans son monde à lui, il continuait d'assassiner des gens.

Il avait sûrement senti, instinctivement, que Byeong-do avait une âme sombre, d'une violence et d'une cruauté inégalées. Qu'il ruminait sans cesse dans sa tête les derniers moments de ses victimes, les sensations qu'il avait eues au moment de les tuer. Seon-gyeong avait tenté d'imaginer l'état d'esprit de Byeong-do le jour de la reconstitution.

Il devait être comme coupé du monde. Ne sentir ni ses menottes, ni les cris, ni les insultes de la foule. Il devait probablement retourner à ce moment précis où seuls lui et sa victime existaient; histoire de savourer encore une fois le plaisir de retirer sa vie à un être humain.

En sortant du commissariat, Seon-gyeong avait eu l'impression de s'être un peu rapprochée de Byeong-do. Non pas de celui figé dans les archives, mais de celui qui existait en chair et en os.

Le chef de la brigade l'avait raccompagnée jusqu'à la sortie et lui avait demandé :

— J'ai longtemps réfléchi avant de vous parler... Est-ce que vous pourriez nous aider?

— Oui, bien sûr. Dites-moi en quoi je pourrais vous être utile.

— En fait, il y a plusieurs affaires qu'on n'a pas réussi à résoudre. Parmi les pièces à conviction retrouvées chez lui, il y avait des objets appartenant à des personnes disparues. Il n'a jamais voulu rien dire là-dessus.

— Vous sous-entendez qu'il y aurait d'autres victimes ? Pourtant, dans le procès-verbal que j'ai lu...

— Il a refusé d'en dire plus. On n'a pas eu le choix.

En d'autres termes, tous les meurtres de Byeong-do n'étaient pas connus du public.

— Je ne sais pas s'il acceptera de se confier à vous, mais qui sait ? On pourrait peut-être obtenir des indices. S'il lâche quelque chose, contactez-nous.

Le message était passé. Visiblement, le chef de la brigade excluait de laisser la question en suspens. Peut-être d'autres victimes de Byeong-do étaient-elles enterrées quelque part sur une colline. Peut-être faisaient-elles partie des personnes disparues affichées en permanence sous ses yeux sur les murs du commissariat.

— D'accord. Je vous tiendrai au courant.

— Merci.

La pluie s'arrêta net tandis que Seon-gyeong traversait le carrefour d'Indeokweon. L'orage n'était-il pas encore arrivé jusqu'ici ? Toujours est-il qu'il n'y avait plus une seule goutte. Elle avait l'impression d'entrer dans un autre monde. Le soleil brillait dans le ciel.

Le sol était tellement sec que de la poussière tourbillonnait sur la route menant à la prison.

Sur le chemin bordé de ginkgos, elle se rappela sa discussion de la veille avec le président Han. Il l'avait suppliée de venir le voir avant son entretien avec Byeong-do.

— Les documents que je vous ai envoyés vous ont été utiles ?

— Oui, merci beaucoup de me les avoir transmis aussi vite.

— Je les avais rassemblés à la fin de son procès, on les avait préparés en vue d'un entretien avec le comité.

Le comité avait été créé voilà dix ans au sein de la police scientifique. Composé de psychologues, de criminologues et de psychanalystes, il se chargeait d'établir le bilan psychologique des criminels.

Certains membres de l'association de criminologie en faisaient partie, dont le président Han. Ce comité avait pour objectif de mener des études approfondies sur les criminels les plus dangereux.

— Au vu des circonstances avant et après son arrestation, on avait cru qu'il serait fier de parler de ses crimes.

Ils avaient eu tort. Byeong-do avait refusé tout entretien, il ne voulait voir personne. Lorsqu'il avait désigné Seon-gyeong, tout le monde avait été déconcerté.

— Il y a eu de vifs débats à cause de vous.

— Pardon ?

— On voulait surtout savoir si vous le connaissiez.

— Je vous l'ai déjà dit l'autre jour au téléphone. Tout ce que je sais de lui, c'est ce que les médias en ont raconté. Je ne l'ai jamais rencontré.

Le président Han fixa quelques secondes Seon-gyeong avant de hocher la tête.

— C'est ce qu'on pensait au comité. On est inquiets.

— ... ?

— Vous ne le connaissez pas, mais lui, il vous connaît. C'est le problème ! On ne sait pas pourquoi, mais il vous a désignée, vous spécialement ; et ce n'est certainement pas pour papoter.

Sa remarque avait réveillé les interrogations et les angoisses qu'elle avait tant bien que mal mises de côté.

— Quelle serait son intention ?

— Ça, on n'a aucun moyen de le savoir avant de le rencontrer. On est inquiets mais on a tout de même décidé de vous contacter, parce que ce sera peut-être la seule et unique occasion de l'entendre parler de ses propres crimes et...

Le président s'était passé la main sur le front, comme s'il hésitait à lui lâcher le morceau.

— ... et parce que la raison pour laquelle il vous a choisie nous permettra de mieux le cerner.

Elle avait compris où il voulait en venir.

Personne ne savait pourquoi il s'intéressait à elle. Ce qui était certain, c'est qu'il voulait la rencontrer et qu'il était peut-être décidé à sortir de son mutisme. Autrement dit, Seon-gyeong semblait quelqu'un d'important pour lui.

— On ne sait pas ce qui va se passer, mais vous avez toute notre confiance. On ne peut pas savoir ce qu'il a derrière la tête ; restez vigilante et ne vous laissez pas faire.

Il l'avait regardée comme une enfant au bord d'une rivière.

Il ne savait pas quel danger l'attendait dans l'eau, ni quelle en était sa profondeur. Il ne pouvait que souhaiter qu'elle parvienne à la traverser saine et sauve.

Alors, Seon-gyeong fut envahie par la peur. Elle n'était pas sûre de pouvoir mener à bien ces entretiens. Elle savait qu'elle n'était plus en mesure de reculer. Et c'était aussi une occasion pour elle de se faire connaître dans son milieu. Même si le chemin était semé d'embûches, il lui suffirait de rester vigilante. Je peux y arriver, se répétait-elle sans cesse.

Après sa rencontre avec le président Han, elle n'avait pas réussi à dormir.

Elle se réveillait aussitôt qu'elle s'endormait. Le manège avait duré jusqu'à l'aube, où son mari avait reçu un appel urgent de l'hôpital. Elle en avait profité pour se lever et se réfugier dans son bureau.

Sur la table gisaient les documents concernant Byeong-do.

Elle devait les parcourir plus en détail, mais n'avait aucune envie de le faire en pleine nuit.

Les repoussant, une photo avait glissé par terre. C'était un cliché de Byeong-do, pris le jour de la reconstitution. Il était sur le point de remonter dans la voiture de police.

La photo avait été prise de dos. Il s'était retourné pour fixer l'objectif. Son visage était impassible, son regard perdu dans le vide.

Que regardait-il ?

Seon-gyeong arriva enfin devant la prison.

Elle s'arrêta, prit une grande inspiration et ouvrit la fenêtre de sa voiture.

Des gardes vinrent vers elle en la saluant. Elle sortit sa carte d'identité et expliqua le but de sa visite.

Pendant qu'ils vérifiaient son identité, elle se sentait étouffer dans l'habitacle.

# 6

C'est étrange. J'avais cru avoir complètement oublié. Mais je me suis rappelé comment aller chez ma mère. Sans aucun problème. Le quartier avait certes beaucoup changé avec le temps : durant ces six années, de nouveaux magasins avaient ouvert, certaines maisons étaient désormais en ruine. Pas assez pour que je ne puisse m'y retrouver.

La maison était toujours là, telle que je l'avais quittée.

À l'instant même où je l'ai revue, j'ai compris que le temps passé loin d'elle n'avait aucun sens. Le petit garçon qui avait fugué il y a six ans n'avait pas grandi. Cours ! hurlait une voix dans ma tête. Je restais figé. Mon passé m'avait rattrapé ; il me tenait par les chevilles, m'empêchant de bouger.

Ce jour-là, pour la première fois, j'ai regretté ma fugue.

Si je ne m'étais pas enfui, j'aurais pu grandir aussi bien physiquement que psychologiquement. J'aurais pu affronter ma mère, lui faire arrêter de chanter cette chanson. Regret futile...

Tu sais quoi ? Les gens ne changent pas facilement. Une fois un rapport de force établi entre deux personnes, il est très difficile de l'inverser. L'homme s'habitue à tout, peu importe la dureté de son environnement.

Par exemple, ceux qui naissent en Sibérie, où il fait moins quarante degrés, s'adaptent au froid à grands coups de vodka. Quant à ceux qui subissent des violences depuis leur naissance ils s'habituent aux coups, au sang, aux blessures et aux croûtes. Les jours tranquilles, ils s'endorment dans un soupir de soulagement ; le reste du temps, ils s'évanouissent sous les coups. S'ils ont une jambe brisée, ils passeront plusieurs jours allongés sur leur lit en gémissant. Les plus chanceux se rétabliront et marcheront comme si de rien n'était.

Une demi-journée a suffi pour effacer de ma mémoire six ans passés au verger. C'était devenu comme un rêve lointain. Avais-je vraiment vécu là-bas ? Je me demande parfois si je n'ai pas imaginé tout ça.

Ma mère ? Elle a été surprise de me voir. Les sourcils froncés, elle s'est mise à m'insulter d'une voix furieuse. Elle n'avait pas changé. Moins d'une heure après mon retour, je recevais de nouveau des coups de poing, de pied et de bâton.

J'étais terrifié à l'idée que le même scénario allait se renouveler encore et encore... J'aurais préféré qu'elle me tue, tout simplement. Je ne comprenais pas pourquoi elle me torturait de la sorte. En fait, le problème ne pouvait se résoudre que par la mort de l'un d'entre nous. Tu as déjà fait ce rêve où tu as beau fuir, mais où tu ne parviens jamais à semer ton poursuivant ? Tu cours, tu cours, mais au bout d'un moment, tu t'épuises. Tu t'écroules par terre et tu attends qu'il te rattrape. Qu'il te tue ou non, peu importe, pourvu que tout soit fini pour toujours.

Si ce chat n'avait pas débarqué, rien ne serait arrivé. Ou peut-être que ce n'était qu'un prétexte. Que j'attendais une occasion. J'aurais sûrement agi de la même façon, quoi qu'il arrive.

Ce jour-là, il pleuvait tristement.

J'ai découvert un chat sous la terrasse. Il m'agaçait depuis plusieurs jours car il miaulait jusqu'à tard dans la nuit. Et voilà qu'il osait entrer chez nous ! J'ai voulu le punir, je lui ai lancé le premier objet qui m'est tombé sous la main. Mais il était trop rapide. Il a évité le projectile sans effort et m'a regardé en ronronnant, comme s'il se moquait.

J'étais hors de moi. Je ne supportais pas l'idée que même un chat puisse me mépriser. J'ai cherché autre chose à lui balancer et j'ai remarqué une pelle. Ça y est, t'es mort maintenant ! je me suis dit. Je me suis précipité vers lui, j'ai jeté la pelle. Touché ! Il s'est mis à courir en cercle en miaulant. Il était blessé à la queue.

C'est à ce moment que j'ai vu trente-six chandelles.

Étourdi, je me suis retourné.

Ma mère se tenait derrière moi, une brique à la main. Choqué, j'ai regardé maman puis la brique, tour à tour. J'ai senti une vive douleur à la nuque. J'ai glissé mes doigts dans mes cheveux, j'ai senti du liquide chaud couler entre mes doigts. Du sang.

Ma mère n'en avait rien à faire de moi. Elle appelait le chat qui continuait de courir dans la cour en miaulant. Elle avait une boîte de thon à la main. Elle l'appelait d'une voix douce, qu'elle n'avait jamais eue pour moi. D'ailleurs, elle ne m'avait jamais appelé pour me donner à manger. Pour elle, je valais moins que ce chat errant.

J'avais perdu trop de sang, j'étais épuisé. Je perdais conscience. J'ai senti mon corps bouger, comme s'il était traîné par quelqu'un. Je n'entendais plus la pluie. J'étais à moitié inconscient.

Étrangement, sa chanson sortait de ma bouche. J'avais aussi la pelle à la main. Celle que j'avais lancée sur le chat. Ma mère était étonnée de me voir fredonner sa chanson. Elle a remarqué la pelle.

Elle m'a parlé pour la première fois d'une voix tremblante.

— Qu'est-ce que tu crois que tu vas faire ? Hein ?

Je n'avais aucune idée précise en tête, en revanche je me suis rendu compte que j'étais désormais beaucoup plus grand qu'elle. Plus costaud aussi. Je ne voulais plus... m'enfuir. J'étais fatigué. J'avais l'impression d'être au pied du mur.

J'ai serré la pelle plus fort encore. Je n'oublierai jamais le visage de ma mère à ce moment.

— Maman, tu te souviens de cette chanson ? ai-je dit, avant de me mettre à divaguer.

*Bang ! Bang ! Maxwell's silver hammer*
*Came down upon her head*

*Clang! Clang! Maxwell's silver hammer*
*Made sure that she was dead*

Oui, c'est toi qui me l'as apprise. Tu la chantais tout le temps. Tu te rappelles? Je suis sûr que tu t'en souviens. Maintenant, c'est mon tour. Eh ben, tu dis que je t'ai donné tellement de mal. Je dois bien faire quelque chose en guise de reconnaissance, non? Non, non, ne t'inquiète pas. Je connais les paroles par cœur. Pendant plus de dix ans, je l'ai eue dans la tête.

Je ne sais pas combien de fois je l'ai fredonnée jusqu'à maintenant.

Quand j'ai repris mes esprits, je ne chantais plus.

Debout au milieu de la cour, je regardais la pluie dégouliner du visage de ma mère. Ses yeux ouverts me fixaient froidement. Sa bouche, toujours pleine d'insultes pour moi, gardait un parfait silence. J'ai alors compris... pourquoi j'étais rentré.

J'avais attendu durant tout ce temps. Attendu ce moment où je me mettrais à chanter. Je voulais absolument lui chanter cette chanson, à elle. Fredonner une dernière fois ce refrain, le sortir à tout jamais de ma tête.

# 7

Seon-gyeong pénétra dans l'enceinte de la prison et gara sa voiture. Elle se dirigea ensuite vers l'accueil. Après un second contrôle d'identité, le surveillant lui remit un badge qui portait en gros la mention de « Visiteur ».

Elle le passa autour de son cou puis emboîta le pas au gardien.

Les visites aux détenus s'effectuaient habituellement au parloir. Mais pour son tête-à-tête avec Byeong-do, la prison avait préparé une salle à part.

Un terrain vague prolongeait les premiers bâtiments de détention. Les prisonniers y faisaient du sport ou se contentaient de s'y dégourdir les jambes. Il était vide; de toute évidence, leur promenade était terminée. À l'autre bout, un mur gigantesque bloquait la vue. Une autre aile de détention. L'endroit, qui avait pourtant vocation à empêcher les gens de sortir, ressemblait paradoxalement à une forteresse imprenable, impossible à pénétrer.

Seon-gyeong était déjà venue plusieurs fois ici. Encore le mois dernier, elle avait visité la prison avec ses étudiants. Mais c'était la première fois qu'elle s'enfonçait aussi profondément dans les lieux. Les yeux sur les hautes murailles, elle demanda au surveillant :

— Là-bas... ?

— C'est le quartier réservé aux condamnés à mort.

Le bâtiment se trouvait au cœur de la prison. Derrière ces murs, se dit-elle, des criminels attendaient leur exécution. Elle promena lentement son regard le long de l'édifice.

La prison avait été construite en 1987. Rien d'étonnant à ce que tout semble vieux. Mais ce bâtiment dégageait quelque chose de particulier, que son âge ne suffisait pas à expliquer. C'était comme regarder une photo ternie par le temps, aux couleurs délavées, sans qu'elle soit pour autant en noir et blanc.

Là-bas se trouvait un tout autre monde ; ils respiraient un autre air, vivaient un autre temps.

Au-dessus de cette muraille haute de deux mètres se déroulaient des barbelés et, de loin en loin, s'élevaient des miradors. Tout était rongé par la rouille, la peinture s'écaillait. Devant ce spectacle écrasant, Seon-gyeong resta bouche bée.

Une petite porte en acier, tout juste assez grande pour laisser passer deux personnes, constituait la seule ouverture de l'enceinte. Après un nouveau contrôle, elle put pénétrer dans le bâtiment. Elle eut le sentiment de franchir la porte de l'Enfer.

La lourde porte en fer se referma derrière elle.

Les joints rouillés laissèrent échapper un crissement insupportable. Un bruit aussi atroce qu'une griffure sur un tableau noir. Fronçant les sourcils, elle se sentit envahie par l'angoisse ; ses nerfs étaient sur le point de rompre.

L'atmosphère des lieux l'oppressait, elle avait du mal à respirer. Elle avait l'impression qu'une lourde pierre écrasait sa poitrine. Elle prit une profonde inspiration pour se calmer, sans succès.

Elle eut tout d'un coup envie de tourner les talons, de s'enfuir.

Calme-toi. Tu n'as rien à craindre, se dit-elle vainement pour retrouver son sang-froid.

Le surnom que lui avaient donné ses élèves lui revint à l'esprit.

Clarice Starling. Agent stagiaire du FBI.

Elle se rappela l'allure de Jodie Foster dans *Le Silence des agneaux*. De la scène où elle descendait doucement les marches, visage fermé, tressaillant à chaque bruit, vers le quartier de haute sécurité. Cela n'était pas sans similitude avec sa situation présente. Elle n'allait certes pas rencontrer Hannibal, mais elle se rendit compte que Lee Byeong-do la dominait déjà psychologiquement, avant même leur première rencontre.

Les rapports de police, son entretien avec les enquêteurs, son étude à la hâte de l'affaire durant les trois derniers jours, elle en sentait maintenant le contrecoup. Elle n'avait pas eu le temps de considérer tout ça la tête froide. Elle tenta de se vider l'esprit.

Tout ce qu'elle avait lu et entendu à propos de Byeong-do ne constituait qu'une pièce du puzzle. Il fallait qu'elle découvre un autre aspect de sa personnalité, qu'elle déniche de nouvelles pièces. Cette pensée la calma quelque peu. La peur enfantine qui s'était emparée d'elle s'estompait. Elle contracta le ventre et ravala son angoisse. Pour la première fois, elle jeta un regard autour d'elle.

Ce n'était rien d'autre qu'un bâtiment banal, à l'aspect grossier. Elle s'arrêta pour regarder le ciel.

Juin ne faisait que commencer, pourtant un implacable soleil dominait déjà le monde. Les gros nuages de pluie qu'elle avait croisés plus tôt semblaient s'être volatilisés. Elle prit de nouveau une grande inspiration. Elle pouvait sentir remonter la chaleur du sol de la cour. De la sueur perlait sur son visage. Un étrange frisson la parcourut. Elle ne voyait rien alentour.

– Vous ne venez pas? lui lança le surveillant qui s'était arrêté devant une porte.

Se rendant compte qu'il l'attendait, elle se dépêcha de le rejoindre. Elle aurait bien aimé rester plus longtemps au soleil, pouvoir se débarrasser de ce courant d'air froid qui s'insinuait en elle. Ses paumes étaient moites de sueur.

Les cellules des condamnés à mort. Au plus profond de la prison. Elle s'approcha de ce bâtiment à l'allure glaciale, même en plein été.

— C'est sinistre, n'est-ce pas ? lui confia doucement le surveillant, comme s'il voulait la détendre un peu.

— Je ne pensais pas que je viendrais aussi loin.

— Normalement, ce n'est pas le cas. Les visites ou les entretiens se font au parloir, à côté de l'accueil.

Sa réponse était étrange. Il savait parfaitement pourquoi Seon-gyeong était ici. Pourtant, il semblait n'avoir aucune envie de lui expliquer où il la conduisait. Il utilisa son badge de sécurité pour ouvrir la porte avant de continuer :

— L'année dernière, il y avait encore trente champions enfermés ici.

Par ce terme, il entendait les prisonniers ayant écopé la peine capitale.

— Maintenant, ils ne sont plus que dix, les autres ont été transférés dans des prisons à travers tout le pays.

Elle avait entendu parler de ça à la télé. Pour qu'une exécution ait lieu, il fallait d'abord que le détenu soit condamné à mort par un tribunal. Entretemps, il était traité comme les autres prévenus. L'an passé, une loi avait changé le système. Voilà pourquoi une grande partie des détenus d'ici avaient été transférés dans des établissements de province. Ce qui expliquait que ce bâtiment était désormais à moitié vide.

En entrant, ils tombèrent d'abord sur le poste de sécurité. Sur un des murs, Seon-gyeong remarqua une dizaine d'écrans diffusant ce qui se passait dans chaque cellule occupée.

Des caméras étaient installées pour pouvoir surveiller toutes les cellules d'un seul coup d'œil.

Certains détenus restaient couchés, d'autres arpentaient sans répit leur cellule comme des maniaques. Ils étaient tous au courant de la présence de la caméra. De temps à autre, ils jetaient un regard noir dans sa direction ou s'approchaient d'elle, le majeur tendu, lâchant une bordée d'insultes.

Naturellement, Seon-gyeong cherchait Lee Byeong-do.

— Après le dernier incident, on a décidé de les surveiller vingt-quatre heures sur vingt-quatre, prononça une voix inconnue.

Se retournant elle tomba sur un homme corpulent, d'une quarantaine d'années. Il se présenta comme étant le chef de la sécurité. « Après le dernier incident. » Elle savait très bien à quoi il faisait allusion : au suicide de Seong Ki-cheol, un ancien condamné à mort.

Elle connaissait l'affaire pour avoir publié un article sur l'état psychologique des détenus dans une revue spécialisée.

– Ça n'a pas l'air de leur plaire, répondit-elle en regardant les écrans.

À être surveillés en permanence, ils étaient à cran. Elle savait que c'était pour empêcher un autre suicide, mais cette méthode ne lui semblait pas être la bonne. En plus d'enfreindre les droits de l'homme, le résultat sur l'état mental de ces hommes, qui ne savaient pas quand leur exécution aurait lieu, était probablement désastreux.

Comme s'il avait deviné les inquiétudes de Seon-gyeong, le chef de la sécurité tourna nonchalamment la tête vers les écrans.

– Au moins, surveillés comme ça, ils n'auront pas l'idée de tenter quelque chose.

Sur le point de lui répondre, elle se ravisa. Elle n'avait pas à se mêler de ce problème. Elle n'était pas ici pour ça. L'important, c'était sa rencontre avec Byeong-do.

– Quel raffut après la mort de Seong Ki-cheol ! Si ça avait été quelqu'un d'autre, on n'en aurait pas autant parlé... dit-il en secouant la tête.

Il avait l'air d'avoir mal encaissé le déchaînement médiatique qui avait suivi le drame.

– Sans cette histoire, qui se serait jamais soucié de ce qui se passe ici ?

Seong Ki-cheol s'était servi d'un sac-poubelle pour mettre fin à ses jours.

Peu importe la rigueur de la surveillance, se dit Seon-gyeong. Un homme déterminé à mourir trouvera toujours un moyen. Il fera une corde en déchirant ses vêtements, trouvera un caillou pointu durant sa promenade et le ramènera en douce dans sa chambre.

Avec le peu de personnel qu'il y avait, surveiller en permanence ces détenus n'était pas une tâche facile. Tant qu'il ne se passait rien, tout le monde pensait que le système carcéral était bon. Par contre il suffisait du moindre problème pour qu'il devienne la cible des critiques, aussi injustes soient-elles.

Le chef de la sécurité semblait avoir fait son choix. Il préférait être accusé d'enfreindre les droits de l'homme plutôt que d'être de nouveau réprimandé pour sa gestion des prisonniers.

Tout en parlant il fixa un des écrans. Suivant son regard, Seon-gyeong remarqua Byeong-do, assis, adossé à un mur de sa cellule. Il remuait la tête doucement.

— Vous allez vraiment rencontrer ce salopard?

— Pardon?

Le chef se tourna vers elle, les traits tendus.

— Pour être tout à fait franc, j'aurais préféré que cet entretien n'ait pas lieu.

— Si c'est pour des raisons de sécurité...

— Pas d'inquiétude de ce côté-là. Tout est parfaitement sous contrôle.

— Dans ce cas, quel est le problème?

— J'ai un mauvais pressentiment. Je trouve étrange qu'il vous ait demandée spécialement, vous. Je lui ai demandé. D'où est-ce qu'il vous connaissait.

— Et qu'a-t-il répondu? demanda-t-elle, curieuse.

— Rien, il s'est contenté de sourire. J'en avais la chair de poule. Il a une idée derrière la tête, j'en mettrais ma main à couper.

Lui qui était si nonchalant au début de leur discussion était désormais tout à fait sérieux.

— Êtes-vous sûre de ne pas vouloir tout annuler maintenant? Si vous refusez, il ne pourra rien faire.

Il paraissait sincèrement inquiet pour Seon-gyeong. Après avoir observé le visage tendu de son interlocuteur, elle lui lança un sourire confiant.

— Tout ira bien, vu que vous me protégez, dit-elle, pour refuser poliment sa proposition.

Il releva légèrement les sourcils. Comprenant qu'il n'allait pas la dissuader, il se tourna, résigné, vers le surveillant, et lui fit un signe.

Ce dernier ouvrit alors une porte et invita Seon-gyeong à le suivre.

En sortant, elle remarqua du coin de l'œil le chef de la sécurité remuer de la tête en signe de dépit.

Elle n'ignorait pas ce qu'il pensait. Il serait en première ligne si un incident se produisait. Quel genre de personne est Lee Byeong-do ? Qu'a-t-il à dire ? Tout cela était le cadet de ses soucis. Tout ce qu'il voulait, c'était garder le contrôle sur ce qui se passait entre ces murs.

Le voir aussi inquiet rassura Seon-gyeong. Sa sécurité allait être entre les mains de cet homme. Si l'entretien tournait mal, il interviendrait avant qu'un accident ne se produise.

L'esprit plus léger, elle était désormais impatiente de se mettre au travail. Elle pressa le pas derrière le surveillant.

La salle dans laquelle l'entretien allait avoir lieu avait été provisoirement aménagée par la prison. Au milieu de la pièce, vidée pour l'occasion, une table et deux chaises les attendaient. À en croire les traces d'infiltration de pluie et la moisissure noire, personne n'était entré ici depuis longtemps. L'humidité et une odeur âcre de champignon lui prirent le nez. Sans même les toucher, elle pouvait ressentir la froideur des murs.

La table carrée et ses deux chaises, toutes neuves, ne collaient pas avec l'endroit, et donnaient une impression étrange.

– Attendez un instant.

Elle répondit d'un hochement de tête puis embrassa la salle du regard.

Il n'y avait pas une seule fenêtre dans ces murs décrépis. Seule une petite vitre sur la porte, tout juste de la taille d'un visage, donnait sur l'extérieur. Au plafond, elle remarqua un long néon allumé, unique source de lumière.

Un endroit parfaitement hermétique, qui semblait même enfermer l'air ; un claustrophobe aurait suffoqué dès son entrée. Seon-gyeong se rendit compte qu'elle avait le souffle court.

Le surveillant, parti chercher Byeong-do, ne revenait toujours pas. Cinq minutes passèrent, puis dix.

Anxieuse, elle jeta un regard à sa montre, puis s'assit sur la chaise faisant face à la porte. Elle s'imagina Byeong-do de l'autre côté de la table et prit soudain conscience de sa position. S'il se levait pour bloquer la porte, elle ne pourrait plus sortir. Elle alla s'installer de l'autre côté, tout en se reprochant de s'inquiéter pour rien.

Elle ouvrit son sac pour en sortir un cahier. Elle attrapa également son dictaphone et vérifia qu'il fonctionnait. La porte s'ouvrit à ce moment-là.

Sans s'en rendre compte, elle se leva d'un bond et se retourna.

Il était debout devant elle.

# 8

L'uniforme bleu des détenus sur les épaules, menottes aux poignets, Byeong-do paraissait étrangement serein.

Était-ce à cause du manque de soleil ? Il était plus pâle que sur les photos, au point que ses veines ressortaient nettement. Son visage, aux lèvres fines et aux sourcils bien dessinés, était doux, surtout à cause de ses yeux tombants. Il méritait son surnom de David. Ses cheveux courts mettaient en valeur ses traits délicats.

Était-ce vraiment ce garçon angélique qui avait commis ces crimes effroyables ?

Sans bouger d'un pouce, Byeong-do examinait Seon-gyeong. Sentant son regard passer de son visage à sa poitrine, elle sentit son cœur palpiter. Il examina ensuite la pièce avant de revenir au visage de Seon-gyeong. Quand leurs regards se croisèrent, il plissa les yeux dans un sourire. S'ils s'étaient rencontrés ailleurs, elle n'aurait pas manqué d'être attirée par cet homme.

Le gardien le secoua par le bras. Byeong-do avança lentement, comme s'il sortait d'un songe.

Il s'installa de l'autre côté de la table. Pendant que le surveillant attachait ses menottes à la chaise, Byeong-do considérait Seon-gyeong en silence. Il semblait heureux, comme s'il rencontrait une vieille connaissance.

Une fois son affaire terminée, le surveillant resta debout aux côtés du prisonnier. Ce dernier leva la tête vers lui :

— Vous... allez rester là?

— C'est le règlement.

— J'aurais aimé parler en privé.

La rumeur racontait qu'il se conduisait comme s'il était le patron de la prison. Visiblement, c'était vrai.

— Si vous restez là, moi je ne pourrai pas parler. Pas vrai? continua-t-il en se tournant vers Seon-gyeong.

Elle aussi préférait qu'il se sente à l'aise pour discuter; du moment que sa sécurité à elle était garantie.

— Sans la présence d'un agent, tout entretien est interdit, dit fermement le gardien avant même qu'elle n'ait pu ouvrir la bouche.

Que ce soit lui ou le chef de la sécurité, tous semblaient voir cette rencontre d'un mauvais œil. Un surveillant ne pouvait évidemment pas se soumettre au bon vouloir d'un détenu. Elle proposa donc un compromis:

— Vous l'avez dit, il y a un règlement à respecter. Dans ce cas, pourriez-vous vous asseoir près de la porte? Il se peut que cela dure longtemps.

Le surveillant regarda Byeong-do et Seon-gyeong tour à tour. Résigné, il accepta la concession. À vrai dire, où qu'il soit dans la pièce, il pourrait entendre leur conversation. À rester debout près de Byeong-do, il n'avait rien à y gagner. En procédant ainsi, tout le monde y trouvait son compte. Chacun fit preuve de bonne volonté et s'installa à sa place.

Ayant vérifié que le surveillant était près de la porte, Byeong-do se tourna vers Seon-gyeong. Il avait l'air d'encore meilleure humeur. Toujours un léger sourire aux lèvres, la regardant en face, il ouvrit doucement la bouche:

— Vous êtes curieuse, n'est-ce pas?

— ...

— Comment est-ce qu'il me connaît? Pourquoi m'a-t-il choisie? C'est ce que vous vous demandez, non? dit-il en plissant les yeux.

Seon-gyeong était déroutée. D'emblée il avait lu en elle. Elle choisit de ne pas dissimuler son embarras, se disant que si elle jouait franc jeu avec lui, leur entretien ne s'en passerait que mieux. À y regarder de plus près, elle trouva quelque chose de froid dans ce regard pourtant si avenant. Il en allait de même de son sourire.

— Oui, c'est vrai. Ça m'a trotté dans la tête ces derniers jours. Vous pouvez m'éclairer ?

Au lieu de répondre, il se contenta de s'adosser tranquillement contre sa chaise en la transperçant du regard. De toute évidence, il était satisfait de contrôler la situation. Il répondit par une autre question :

— Quel est votre plus vieux souvenir ?

— ... Pardon ?

Elle ne s'attendait pas le moins du monde à cette question. Son plus vieux souvenir ? Elle était perplexe. Connaissait-il quelque chose de son enfance ? Cherchait-il à savoir quelque chose en particulier ? Elle avait l'impression d'avoir étudié toute la nuit pour un examen et de se retrouver face à un sujet sur lequel elle avait fait l'impasse.

Il eut un sourire en coin. Il attendait la réaction de Seongyeong et l'observait de ses yeux perçants. Cette fois, elle prit la décision de ne pas entrer dans son jeu.

Souriant, elle ouvrit son cahier et déclara :

— Passons à autre chose, voulez-vous ?

Il n'avait pas répondu à sa première question, elle n'avait donc aucune raison de répondre à la sienne. Une guerre des nerfs débutait. Comment allait-il réagir ?

— Pourquoi évitez-vous la question ? Votre premier souvenir n'est pas agréable ?

— Je ne suis pas venue parler de moi, mais vous écouter.

— Vraiment ? Moi j'ai plutôt l'impression que vous n'avez pas envie de vous rappeler ce qui vous est arrivé.

— ...

— Moi aussi, j'ai envie de vous entendre. Je m'ennuie tellement ici, vous savez.

Sensation de déjà-vu. Une scène revint à l'esprit de Seongyeong. La pauvre Clarice Starling. C'était quasiment une des répliques de Hannibal Lecter.

*I tell you things, you tell me things.*

– Vous vous croyez dans un film ?

Il ricana.

– Je ne vois pas ce que vous voulez dire. C'est simple comme un jeu d'enfant. Si vous me donnez quelque chose, je vous donne autre chose en retour. Comme ça, c'est équitable.

Elle n'en revenait pas. Cet homme qui avait, au bas mot, tué treize personnes lui parlait d'équité ? Elle voulut lui demander ce qu'il leur avait offert en échange de leur vie.

– Je n'y ai jamais réfléchi, je ne saurai vous dire.

– Eh bien, faites donc. Nous avons tout le temps qu'il faut.

Seon-gyeong posa son stylo et observa son interlocuteur. Il ne comptait pas plier. Pour le faire parler, elle décida de faire un pas dans sa direction. Baissant les yeux, elle réfléchit un instant avant de déclarer :

– Des chaussures rouges. Des chaussures rouges que ma mère m'avait achetées.

Byeong-do la fixait du regard, perdu dans ses pensées. Il semblait essayer de démêler le vrai du faux dans les paroles de Seon-gyeong. Enfin, secouant la tête, il déclara :

– Quelle déception ! Je m'attendais à quelque chose de plus original !

Elle haussa les épaules en reprenant son stylo, puis interrogea :

– Et vous ?

– Moi ? C'est d'être en train de nager dans le ventre de ma mère, répondit-il d'un air impassible.

Il attendait la réaction de Seon-gyeong, les yeux brillants. Elle s'apprêtait à prendre des notes quand elle se rendit compte qu'il se moquait d'elle.

– Parfait. Et c'était comment ?

– Suffocant. L'eau était vraiment dégueulasse, vous voyez ?

Visiblement, il ne gardait pas un bon souvenir de sa mère. Un éclair de haine avait traversé son visage.

Elle se rappela soudain que, chez la plupart des gens, le premier souvenir était en rapport avec la mère. Évidemment, il était dur de croire qu'il se rappelait être dans son ventre, mais il venait d'exprimer un sentiment important. Ce qu'elle avait lu la veille sur l'histoire de sa famille lui revint à l'esprit. Sa mère l'avait élevé seule, avant de disparaître alors qu'il n'avait que dix-sept ans. Après quoi, il avait été livré à lui-même.

— Et si nous commencions par parler de votre mère ?

Il eut un mouvement de recul. Le dos appuyé contre la chaise, il considérait Seon-gyeong, tentant de deviner ce qui se cachait derrière cette question. Elle soutint son regard, comme si de rien n'était, attendant sa réponse.

Très vite, il se redressa. Puis se pencha en avant et rapprocha son visage de celui de Seon-gyeong. Et il se mit à fredonner :

*Bang ! Bang ! Maxwell's silver hammer*
*Came down upon her head*
*Clang ! Clang ! Maxwell's silver hammer*
*Made sure that she was dead*

Elle resta figée ; elle ne s'était pas attendue pas à ça.

Il riait aux éclats, les yeux pleins de malice. Elle savait très bien qu'il essayait seulement d'attiser sa curiosité. Tout le problème pour elle était de trouver le sens caché derrière tout ça.

Elle connaissait cette chanson : *Maxwell's Silver Hammer.*

Si sa mémoire était bonne, elle datait des années soixante.

Elle savait ça grâce à Klen, son ancien directeur de thèse.

Celui-ci, grand fan des Beatles, aimait réunir de temps à autre ses étudiants dans son jardin à l'occasion d'un barbecue. C'étaient toujours les Beatles qui tournaient en musique de fond. Quand quelqu'un lui demandait le titre de la chanson qui passait, il s'approchait, les yeux brillants, et commençait par raconter le jour où il avait pour la première fois acheté un de leurs albums. Puis il se mettait à expliquer tout un tas de leurs chansons. Son laïus se terminait par sa visite sur la tombe de John Lennon devant laquelle il avait compris que les Beatles ne seraient plus jamais les Beatles.

Elle était surprise que Byeong-do connaisse cette chanson. Ce n'était pas vraiment de son âge. Avait-il lui aussi rencontré un professeur Klen ?

— C'est les Beatles ça, non ? C'est donc votre premier souvenir ?

Il écarquilla soudain les yeux. Puis, l'ayant dévisagée un instant, il éclata de rire.

— Je suis vraiment ravi de rencontrer une connaisseuse, prononça-t-il d'une voix forte.

Il était tout à fait réjoui. Avoir quelque chose en commun allait grandement faciliter leur discussion. Tout en remerciant son ancien professeur en son for intérieur, Seon-gyeong demanda, sans trop réfléchir :

— On dirait que c'est une chanson particulière pour vous ?

Il rapprocha encore un peu plus son visage. Tout en la regardant droit dans les yeux, il murmura, d'une voix presque inaudible :

— Toutes les femmes à qui je l'ai chantée... je les ai tuées de mes mains.

Elle eut l'impression qu'un glaçon lui glissait le long du dos. De nouveau, elle remarqua cet éclat dur au fond de ses yeux. Dans ce visage si innocent et joueur se mélangeait une sorte de vide, de vide glacial. Qui était-il vraiment ?

Elle ne pouvait pas détourner le regard. Elle sentait que ce qu'il venait de dire était la stricte vérité.

Ce n'était pas une chanson banale qu'il avait fredonnée simplement parce qu'elle lui plaisait. Si ce qu'il avait dit était vrai, elle était pour lui un symbole. Elle se rendit compte que toutes ses paroles constituaient les pièces d'un seul et même puzzle.

Pour ne pas perdre une miette de l'effet de sa petite phrase, il fixait Seon-gyeong, observant avec satisfaction la surprise dans ses yeux, ses sourcils froncés par la stupeur. Il venait de jeter une pierre dans un lac et contemplait les ondulations s'étirer à la surface de l'eau.

Sans détacher son regard, il se passa lentement la langue sur les lèvres. Elles luisaient sous la lumière. Comme hypnotisée, Seon-gyeong scrutait le moindre de ses mouvements. Visiblement content de lui, il esquissa un sourire puis tourna lentement la tête.

Il interpella le surveillant d'une voix forte :

— L'entretien est terminé.

Il ne s'était pas écoulé dix minutes. Décontenancée, Seon-gyeong se leva lentement.

Quant au surveillant, il avait l'air habitué à ce genre de caprice. Il s'approcha pour détacher les menottes de Byeong-do. Puis, lui menottant de nouveau les mains derrière le dos, il le releva de sa chaise.

Byeong-do se dirigea vers la porte sans un regard pour Seon-gyeong.

Elle se précipita pour lui bloquer le passage.

— Mais, mais... nous n'avons même pas commencé.

— Pour des présentations, je trouve ça plutôt bien.

Elle en resta pantoise.

Cet homme était un vrai caméléon.

Quelques instants plus tôt, il semblait sincèrement ravi de la rencontrer. Voilà que désormais il la considérait froidement, à croire que sa présence le révulsait. Il s'écarta et se planta devant la porte. Le gardien jeta un œil en direction de Seon-gyeong, puis ramena Byeong-do dans sa cellule.

Stupéfaite, Seon-gyeong resta un instant sans bouger avant de s'élancer à sa suite.

Elle avait mis plus d'une heure pour venir de Séoul. Elle refusait que leur entretien finisse ainsi.

— Vous n'avez donc aucune envie de discuter ? cria-t-elle à Byeong-do, déjà à l'autre bout du couloir. Il s'arrêta, se tourna vers elle.

— Ce sera tout pour aujourd'hui. On se verra dans deux jours. Même heure. Ah, au fait ! Maintenant, quand vous viendrez me voir, vous m'apporterez une pomme. Une belle grosse pomme, bien savoureuse, bien appétissante, bien croquante.

Il se retourna et laissa Seon-gyeong à sa perplexité. Il réintégra sa cellule, semblable à un prince venant de donner des ordres à son serviteur.

Elle était sans voix. Elle avait le sentiment d'avoir été flouée. Elle trépignait de colère quand elle vit le chef de la sécurité s'approcher d'elle.

— Je vous l'avais dit, non ? Qu'il valait mieux ne pas rencontrer ce type.

Une caméra devait être installée dans la pièce.

— L'autre jour il devait donner une interview pour une émission de télévision. Le producteur de l'émission pensait tenir son scoop, il est arrivé avec son équipe de tournage le jour dit. Vous savez comment ça a fini ?

— …

— Il les a fait poireauter pendant trois heures avant d'annuler. Le producteur ne pouvait plus s'arrêter de l'insulter.

Essayait-il de la consoler en lui disant qu'elle avait malgré tout eu plus de chance que cet homme ? Elle eut un petit rire forcé. Elle se doutait que ce ne serait pas facile. Mais elle n'avait pas imaginé que leur entretien serait aussi court. Elle n'avait pas eu le temps de lui poser la moindre question.

— Vous n'obtiendrez pas grand-chose de lui. Il s'ennuie dans sa cellule, les jours passent et se ressemblent. Personne ne vient le voir. Il veut simplement jouer avec vous. Je pense que ce serait mieux d'arrêter ici. C'est une perte de temps. Vous voulez vraiment devenir le jouet de ce sale type ?

Étrangement, les paroles du chef de la sécurité la soulagèrent.

À bien y réfléchir, cette brève rencontre avec Byeong-do n'avait pas été inutile.

Son attitude, sa gestuelle, sa manière de la regarder, ses réactions, ses questions, sans oublier cette chanson des Beatles, autant d'informations qu'elle n'aurait jamais pu obtenir en épluchant des archives. Vu sous cet angle, elle n'avait aucune raison de se sentir abattue. Tout au contraire. Un grand sourire aux lèvres, cachant tant bien que mal sa frustration, elle lança à l'adresse du chef de la sécurité :

— On se verra donc dans deux jours !

Il répondit par une grimace. Seon-gyeong récupéra ses affaires. Elle entendit marmonner derrière elle, suffisamment fort pour qu'elle entende :

– Qu'est-ce qu'elle cherche à frayer avec cette ordure... Tu vas t'en mordre les doigts, ma pauvre...

# 9

Seon-gyeong se gara devant sa maison.

Elle se sentait lourde, comme si son corps était de plomb. Elle laissa échapper un soupir. La fatigue l'envahit tout à coup. Elle n'avait qu'une envie: prendre un bain bien chaud. Elle se sentait encore sous pression suite à sa rencontre avec Byeong-do. Puis elle se réveillerait avec une douche froide avant de se mettre au travail: elle voulait analyser la brève discussion qu'elle avait eue avec lui. C'était sans compter sur un événement inattendu.

Ouvrant la porte d'entrée, elle remarqua une petite paire de baskets à côté des chaussures de son mari.

Elle alla dans le salon où elle tomba sur une fillette d'une dizaine d'années. Celle-ci ne l'avait pas entendue entrer et semblait perdue dans ses pensées.

Seon-gyeong regarda autour d'elle. La porte de la chambre était ouverte, les chaussures lui revinrent à l'esprit.

Ce doit être sa fille, se dit-elle.

Elle savait qu'il avait eu une enfant de son premier mariage. Mais elle n'avait jamais imaginé qu'elle la rencontrerait de cette manière. Il lui avait dit qu'après leur divorce, son ex-femme l'empêchait de voir sa fille. Suite à leur séparation, il n'avait pas pu la voir une seule fois.

Alors pourquoi apparaîtrait-elle comme par magie sur notre canapé ? s'étonna Seon-gyeong.

Elle s'approcha doucement de la petite fille.

Celle-ci regardait distraitement devant elle. La sentant probablement arriver, elle se tourna vers Seon-gyeong.

Elle ne parut pas surprise. Son visage ne reflétait aucune émotion.

Ses grands yeux, contrastant avec sa peau blanche, captèrent immédiatement l'attention de la jeune femme. De longs cils enveloppaient un regard mélancolique. Sa bouche, résolument fermée, annonçait une enfant plus mûre que son âge.

Après avoir observé Seon-gyeong d'un air indifférent elle dirigea la tête vers la fenêtre du salon qui donnait sur une partie du jardin et sur le portail. Seon-gyeong se rendit compte que l'enfant l'observait certainement dès son arrivée.

Alors qu'elle s'apprêtait à lui adresser la parole, elle entendit quelqu'un derrière elle :

— Ah, tu es rentrée ?

La voix de son mari tremblait un peu. Visiblement, il était inquiet. Il ne devait pas s'attendre à ce qu'elle revienne si tôt.

— Ha-yeong, dis bonjour, dit-il en se pressant vers elle pour la lever du canapé.

Seon-gyeong remarqua qu'elle serrait un ours en peluche dans ses bras. Un vieux nounours délavé et plein de taches.

Debout, tenant la main de son père, la fillette se contentait de la regarder du coin de l'œil.

— Allez, dis bonjour.

L'enfant gardait la bouche fermée. Il voulut lui appuyer sur la tête pour la forcer à saluer, mais Seon-gyeong l'interrompit :

— Arrête. Si elle n'a pas envie, inutile de la forcer.

Son mari, gêné par l'attitude de sa fille, secouait la tête.

— ... Tu peux m'expliquer ?

— Assieds-toi là, il faut que papa parle avec la dame, dit-il en reposant sa fille sur le canapé.

Il prit Seon-gyeong par le bras et l'entraîna dans la chambre. Elle se sentait mal à l'aise. En plus de la fatigue, la nervosité insolite de son époux lui portait sur les nerfs.

Après s'être assuré que sa fille était toujours assise sur le canapé, il ferma précautionneusement la porte de la chambre. Incapable de parler, il arpenta d'abord la pièce un moment en prenant soin d'éviter le regard de sa femme.

– Qu'est-ce qui se passe ? finit par demander Seon-gyeong.

Comme s'il attendait la question, il se laissa tomber sur un coin du lit et la regarda en se passant la main dans les cheveux. Seon-gyeong remarqua de profondes rides autour de ses yeux.

– Je ne sais vraiment pas par où commencer et comment tu vas prendre tout ça...

– Qu'est-ce qui se passe, bon sang ? Parle.

– Tôt ce matin, j'ai reçu un coup de téléphone, tu te souviens ?

– Tu m'as dit qu'il y avait une urgence à l'hôpital...

Seon-gyeong ne termina pas sa phrase et regarda son mari dans les yeux. Réveillé par un coup de téléphone en pleine nuit, il s'était habillé et avait déguerpi à toute vitesse. Sur le moment, il lui avait dit qu'un de ses patients était dans un état critique.

– ... C'était pour ta fille, c'est ça ?

– Des policiers m'ont appelé. Ils m'ont demandé de venir la chercher, Ha-yeong...

– ... Qu'est-ce que ça veut dire ? Elle n'était pas censée être avec sa mère ?

– Je ne te l'ai jamais dit, mais... Peu de temps après t'avoir épousée, mon ex-femme est morte. Depuis, Ha-yeong vivait chez ses grands-parents.

Voilà plus d'un an qu'ils étaient mariés. La nouvelle lui fit un pincement au cœur.

– Tu l'as appris quand ?

– On m'avait appelé à ce moment-là et j'étais allé à son enterrement. J'ai... pas réussi à t'en parler sur le moment. On venait juste de se marier. Je ne pouvais pas te dire ça.

Tout un tas de pensées et d'émotions tourbillonnaient dans la tête de Seon-gyeong. Elle ne trouvait rien à répondre.

Ce n'était certes pas un sujet facile à aborder. Dans un certain sens, la mort de cette femme ne la concernait pas. Rien, effectivement, n'obligeait son mari à lui en toucher un mot. Néanmoins, elle aurait aimé être au courant. Lui cachait-il autre chose ?

Elle cligna des yeux, essayant de remettre ses idées en ordre. Après leur divorce, la garde de l'enfant avait été confiée à son ex-femme. Celle-ci étant morte, leur fille n'aurait-elle pas dû retourner chez son père à ce moment-là ? L'affaire remontait à plus d'un an déjà. Pourquoi débarquait-il aujourd'hui sans crier gare accompagné de sa fille ?

– Je ne comprends pas. Pourquoi tu ne l'as pas récupérée au moment de la mort de sa mère ?

– C'est que... ses grands-parents ne voulaient pas la lâcher.

– Et maintenant ils t'appellent comme ça, pour te demander de la récupérer ? Ils n'en veulent plus ?

– ... Il y a eu un incendie. Toute la maison a brûlé. Ses grands-parents... eh bien, ils n'ont pas survécu...

– Mon Dieu...

Instinctivement, elle regarda son mari. Elle comprenait pourquoi son visage avait pris autant de rides en une seule journée.

Sans s'en rendre compte, elle tourna la tête vers le salon. Cette petite a perdu sa mère il n'y a pas un an et maintenant ses grands-parents ? Se rappelant son air absent, assise sur le canapé, Seon-gyeong eut mal au cœur pour elle.

Pour cette enfant, incapable de réagir à leur première rencontre.

Elle avait tout perdu dans l'incendie de la veille. Sa maison avait brûlé, ses grands-parents étaient morts. Le choc et la tristesse l'avaient fermée au monde extérieur ; un peu comme lorsqu'on devient sourd suite à un bruit trop puissant. Il n'y avait probablement plus qu'un grand vide en elle.

C'était une épreuve terrible pour une enfant si jeune.

Maintenant qu'elle savait pourquoi cette petite fille était dans son salon, hébétée Seon-gyeong sentit sa poitrine se serrer.

– Je sais que c'est soudain et que je n'ai pas le droit de te demander ça, mais... est-ce qu'elle ne pourrait pas vivre avec nous ?

– Qu'est-ce que tu racontes ? Bien sûr que c'est à nous de nous en occuper !

Surpris, il écarquilla les yeux. Ses lèvres tremblaient légèrement. Elle pouvait sentir combien il avait hésité, combien il lui avait été difficile de lui parler. Il n'arrivait pas à croire que sa femme ait accepté aussi facilement.

– Vrai... vraiment ?

– Tu es son père ! C'est normal qu'elle vive avec toi.

– Chérie, vraiment... Merci. Je suis désolé.

Il avait les larmes aux yeux. Ses épaules s'affaissèrent dans un soupir de soulagement. Seon-gyeong s'approcha de lui et le serra dans ses bras :

– C'était si dur pour toi de me dire tout ça ?

De fait, avant leur mariage, lorsqu'il lui avait parlé de son ex-femme et de sa fille, elle avait déjà envisagé cette situation. Il lui avait dit qu'après leur divorce son ancienne compagne refusait catégoriquement qu'il rencontre sa fille. Pour autant, elle savait que cela ne signifiait pas que leur lien était coupé à jamais. Parents et enfants finissent toujours par se retrouver.

Elle s'était donc plus ou moins préparée psychologiquement à tout ça.

– Je... J'aurais jamais imaginé que tu puisses accepter aussi facilement, dit-il d'une voix nasillarde.

Elle lui caressa le dos sans rien dire.

Ce n'est pas facile. Je n'ai pas le choix. En réalité, je m'y attendais. Toutes sortes de pensées dansaient dans son esprit, elle fit de son mieux pour les repousser.

Cette enfant n'avait nulle part où aller, elle ne pouvait pas demander à son père de la renvoyer. Seon-gyeong n'était pas ce genre de personne. Elle n'avait pas d'autre choix que d'accepter et s'adapter le plus rapidement possible à la situation. Ce ne serait pas facile de vivre avec cette petite fille, mais avec le temps, les choses iraient mieux. Après tout, ils formaient une famille.

Elle était résolue à faire face. Ils avaient du pain sur la planche.

— Elle serait bien dans la chambre à l'étage, non ? Elle a l'exposition idéale, ça devrait lui plaire. On a juste à vider la pièce et y installer un lit ainsi qu'une table. Ah, et accrocher des rideaux aussi.

Elle eut le vertige en réfléchissant à ce dont cette petite fille allait avoir besoin.

Qu'allait-elle porter comme vêtements ? La pièce de l'étage était-elle propre ? Fallait-il la repeindre ? Elle ne savait par où commencer. Son mari lui attrapa la main :

— D'abord, il faut que Ha-yeong et toi vous vous présentiez en bonne et due forme.

Seon-gyeong se rappela que la fillette les attendait, toute seule dans le salon.

S'ils mettaient trop de temps à revenir, elle pourrait se méprendre et s'imaginer qu'ils ne voulaient pas d'elle. Seon-gyeong hocha la tête et suivit son mari.

La fillette était toujours assise sur le canapé, sage comme une image, son ours couvert de taches serré contre son petit corps.

— Ha-yeong, dis bonjour à la dame, dit-il en passant un bras autour de ses épaules. On va vivre tous les trois ensemble à partir de maintenant.

L'enfant détacha doucement ses yeux de son père pour les poser sur Seon-gyeong. Cette fois-ci, elle l'examina plus longuement. La petite semblait apeurée.

Seon-gyeong se baissa pour se mettre à sa hauteur.

— Tu t'appelles Ha-yeong, c'est ça ? T'es toute mignonne. Moi, je m'appelle Lee Seon-gyeong. Désormais, ici, c'est aussi ta maison.

L'enfant la dévisagea un moment sans répondre, puis dirigea de nouveau la tête vers son père.

— Papa... je suis fatiguée.

— Ah ? D'accord. On va vite préparer ton lit.

Ne sachant quoi faire, il se tourna vers sa femme.

— On n'a qu'à d'abord l'installer dans notre chambre, dit-elle sans hésitation.

À vrai dire, ils n'avaient guère d'autre solution. Ils ne pouvaient pas l'installer dans la pièce à l'étage toute encombrée de meubles ni la faire dormir sur le canapé.

Seon-gyeong disparut dans leur chambre pour préparer le lit. Son mari amena Ha-yeong par la main, l'enfant se glissa sans un mot sous la couverture. Toute frêle, elle paraissait fragile comme du verre.

— Tu veux bien me donner ton ours ? demanda Seon-gyeong en tendant la main vers la peluche.

Ha-yeong lui lança un regard noir. Elle s'agrippa fermement à son ours.

— Laisse-lui. Elle ne s'en sépare jamais...

Un « mais » remonta le long de la gorge de Seon-gyeong, qu'elle ravala aussitôt dans une grande inspiration. Elle craignait que la peluche ne salisse la couverture mais, après tout, elle n'aurait qu'à la laver plus tard. Elle n'avait pas envie de se fâcher pour si peu. Avant tout, cette enfant avait besoin de repos.

— Entendu, fais comme tu veux, dit-elle en souriant et lui ajustant la couverture.

— Papa, reste avec moi jusqu'à que je m'endorme.

— T'inquiète pas, papa va rester avec toi, lui répondit-il après avoir échangé un regard avec sa femme.

Il s'assit ensuite sur le lit et caressa la tête de sa fille. Enfin rassurée, l'enfant ferma les yeux. De peur de gêner, Seon-gyeong retourna dans le salon.

Elle prit une feuille et s'installa à la table. Elle se mit à écrire tout ce dont l'enfant aurait besoin, ce qu'il faudrait acheter en priorité, et fit des plans pour décorer la future chambre de la petite. Son mari la rejoignit, fermant précautionneusement la porte derrière lui.

— Elle dort déjà ?

— Oui, elle s'est endormie d'un coup.

— Si tu es allé la chercher ce matin, pourquoi tu l'as pas ramenée tout de suite?

— Je ne savais pas quoi faire, je l'ai prise avec moi à l'hôpital. Je voulais te parler d'abord.

— Tu comptais ressortir avec elle?

— Je pensais aller à l'hôtel. Le temps de savoir comment tu prendrais la nouvelle.

Il ne pouvait pas dissimuler sa joie. Elle savait fort bien qu'il avait cette naïveté, mais son visage gai l'irrita un peu. Comment pouvait-il changer d'attitude aussi vite?

— Et si j'avais refusé?

— Dans ce cas, j'aurais avisé. En fait, je me doutais que tu accepterais.

Voyant qu'elle se renfrognait, il lui prit doucement la main.

— Parce que je sais que personne d'autre que toi ne pourrait mieux la comprendre.

Elle hocha machinalement la tête. Elle aussi avait perdu sa mère très jeune.

— Laissons-la dormir jusqu'à ce que la faim la réveille, ajouta-t-il. Elle doit être épuisée.

— Oui, le sommeil est le meilleur remède.

Après la mort de sa mère, Seon-gyeong avait passé plusieurs jours à dormir, hébétée. Plutôt que d'affronter la douloureuse réalité, elle avait préféré tout oublier dans un profond sommeil.

Elle avait alors quinze ans. C'était son père qui avait fini par la réveiller. Il lui avait préparé du curry, le plat que sa mère cuisinait le plus souvent. Elle ne voulait rien manger. Elle l'avait haï de l'avoir réveillée pour un prétexte aussi futile, alors que sa maman était morte. Pourtant, malgré son envie de dormir, elle s'était laissé conduire jusqu'à la table de la cuisine.

En dépit de la délicieuse odeur de curry, elle s'obstinait à ne rien avaler. Son père l'avait forcée à prendre une bouchée. Elle avait senti une faim dévorante l'envahir. Elle avait terminé son bol en un clin d'œil. Son père, sans un mot, le lui avait rempli de nouveau.

Il y a deux ans, quand son père était mort à son tour, elle s'était une fois encore recroquevillée au fond de son lit. Elle avait également sombré dans un profond sommeil, espérant qu'à son réveil son père lui aurait préparé à manger. Mais désormais, elle était seule.

Plus que tout au monde, elle aurait de nouveau voulu sentir cette odeur de curry. Mais plus personne n'était là pour la prendre par la main et l'amener à la table de la cuisine, plus personne n'était là pour lui redonner la force de vivre. Pour la première fois, elle avait pleinement pris conscience de sa solitude. Les yeux fermés, elle rêvait de suivre son père et sa mère dans la mort.

C'est grâce à Jae-seong, son mari, qu'elle avait pu se relever.

Ils s'étaient rencontrés en face de la salle d'opération. Elle avait reçu un appel de l'hôpital: son père venait de faire une hémorragie cérébrale. À son arrivée, il avait déjà perdu conscience. Le radiologue qui avait établi le diagnostic avait demandé une angiographie cérébrale ainsi qu'une opération. Ayant été informée de l'urgence de la situation, elle avait signé sans réfléchir le formulaire de consentement qu'on lui avait donné. Après quoi elle avait attendu pendant plus de six heures.

Tout ira bien, il sera comme avant, se répétait-elle dans son angoisse, avant de se raviser. Qu'il soit comme avant ou non, le tout était qu'il reste en vie. Elle s'était fait la promesse de ne plus jamais le laisser seul et de rester en permanence à ses côtés. Pour la première fois de sa vie, elle avait prié Dieu avec ferveur. Mais cela n'avait servi à rien.

Y avait-il eu un problème durant l'opération? Son père n'avait pas survécu. Le regard fuyant, le chirurgien lui avait présenté ses condoléances.

Abasourdie par la nouvelle, elle s'était assise devant la salle d'opération. Quelqu'un lui avait tendu une bouteille d'eau.

C'était Jae-seong.

Après avoir avalé quelques gorgées, elle avait pu reprendre un peu ses esprits. Il venait de finir une opération dans la salle d'à côté. Il l'avait remarquée et lui avait dit ne pas pouvoir rester les bras croisés.

Il s'était occupé de toutes les démarches pour l'enterrement. Il était même venu assister à la cérémonie qui s'était déroulée dans une pièce au sous-sol de l'hôpital.

Seon-gyeong était accablée par le remords. Si seulement elle avait amené son père faire des examens à l'hôpital, si seulement elle avait prêté l'oreille quand il disait avoir la migraine, ou mieux encore, si seulement elle avait habité avec lui... Jae-seong avait fait de son mieux pour la réconforter. Effondrée de chagrin, elle n'avait même pas remarqué sa présence durant les funérailles.

Un jour il lui avait téléphoné. Il s'inquiétait pour elle et l'avait invitée à manger.

Ils étaient allés dans un restaurant de curry.

Difficile de décrire son embarras quand Seon-gyeong avait fondu en larmes face à son plat. Il s'était empressé de lui tendre un mouchoir.

Une fois apaisée, elle lui avait raconté l'histoire du curry et de son père. Tout en mangeant, elle s'était rappelé que cet homme était resté à ses côtés tout au long de cette difficile épreuve. Elle s'en était étonnée. Lui qui travaillait dans un hôpital devait pourtant avoir l'habitude du malheur des gens. Elle ne comprenait pas pourquoi il était aussi gentil.

Elle lui avait demandé pour quelle raison il l'aidait ainsi. Il avait répondu en riant qu'il ne le savait pas lui-même. Elle avait cru que cet homme était envoyé par son papa, comme s'il était désolé de l'avoir laissée seule.

Seon-gyeong avait saisi cette main tendue et était peu à peu revenue à la vie. Un an plus tard, ils se mariaient.

Tout ça lui revint soudain à l'esprit. Elle décida de préparer du curry pour Ha-yeong dès qu'elle se réveillerait.

— Comment faire ? Je dois retourner à l'hôpital maintenant...

— Ah bon ? Eh bien, il n'y a pas le choix. Vas-y.

— Je reviendrai vite.

Il la prit dans ses bras et ajouta :

— Merci pour tout.

Il se mit aussitôt en route.

Seon-gyeong alla s'asseoir dans la cuisine. Elle se rendit compte qu'elle ne s'était toujours pas changée. Sa rencontre avec Byeong-do ressemblait à un rêve. Son corps lui semblait peser une tonne. Tandis que l'enfant dormait, elle prendrait enfin un bain chaud.

Elle ouvrit la porte de la chambre le plus silencieusement possible.

Ha-yeong dormait, agrippée à sa peluche, comme si elle était terrifiée à l'idée de la perdre.

Elle devait avoir chaud, de la sueur perlait sur son front. Seon-gyeong se dépêcha de la recouvrir d'une couverture plus fine. La fillette s'agita. Puis, après s'être assurée qu'elle s'était bien rendormie, Seon-gyeong attrapa des affaires de rechange et quitta la pièce.

# 10

Pendant que la baignoire se remplissait, Seon-gyeong se brossait les dents.

S'observant machinalement dans le miroir, elle pensait vaguement à Byeong-do. Ses paroles, la lueur de son regard étaient comme gravées dans son esprit. La mélodie qu'il avait fredonnée lui tournait dans la tête.

Quand elle entra dans la baignoire à moitié remplie, l'eau chaude détendit ses muscles.

Elle pensait qu'en rencontrant Byeong-do elle pourrait enfin connaître le fin mot de l'histoire. Mais il n'avait pas répondu à ses questions. Au contraire, il s'était délecté de son embarras. Ils ne pourraient faire de progrès que si ce problème était résolu. Cette situation la laissait perplexe. Trop de questions restaient en suspens.

Comment me connaît-il ? Pourquoi voulait-il me rencontrer ? Qu'est-ce qui a pu attirer son attention chez moi ?

Elle tenta de reconstituer la scène dans son esprit, à compter du moment où il était apparu à la porte de la salle.

Sa façon de marcher, de l'observer, son sourire rusé et l'éclat froid de son regard. La chanson qu'il avait fredonnée.

Seon-gyeong comprenait comment il avait pu attirer la sympathie de ses victimes. Quelque chose dans son visage, dans ses expressions, attisait l'instinct maternel. Il pouvait vous regarder, de la violence plein les yeux, puis, l'instant d'après, détourner le regard, comme désarmé par votre présence. Il se composait une attitude calme, mais ne parvenait pas à dissimuler une certaine impatience; il guettait les réactions de son interlocuteur. En un mot, il ressemblait à un enfant.

Il était très différent de l'image qu'elle s'était faite de lui ces derniers jours en étudiant son cas. Sans son uniforme de prisonnier, il aurait simplement eu l'air d'un homme dans la trentaine, sensible et raffiné. Mais elle avait découvert quelque chose. Son attitude changeait du tout au tout selon si le surveillant se tenait debout à ses côtés ou non.

À partir du moment où ce dernier s'était éloigné, Byeong-do avait fixé son attention sur Seon-gyeong et sur rien d'autre. Il semblait pouvoir faire preuve d'une concentration extrême. Elle se rappela les paroles des inspecteurs qui l'avaient accompagné le jour de la reconstitution du crime. Byeong-do, sans se soucier de ce qui l'entourait, s'était entièrement absorbé dans la scène, extraordinairement indifférent au reste du monde, enfermé sur lui-même.

S'il s'était mis à fanfaronner lorsque le surveillant s'était approché à faire mine de maîtriser la situation, ce n'était que pour mieux dissimuler sa faiblesse. Le gardien semblait d'ailleurs habitué à son manège.

Complètement décontractée, elle s'allongea dans la baignoire et ferma les yeux. Elle se laissa bercer par la chaleur du bain.

Les paroles de Byeong-do lui revinrent à l'esprit. Elle ramena ses genoux contre sa poitrine. Bien sûr, elle ne pouvait pas s'en souvenir; mais n'était-ce pas le même genre de sensation, agréable et chaude, lorsqu'elle était dans le ventre de sa mère? Elle se rappela les fois où elle s'était endormie dans ses bras. Une puissante nostalgie l'envahit. Elle n'avait pas pensé à sa maman depuis longtemps.

S'était-elle endormie? Elle avait un peu froid, ses épaules frémirent. Elle pouvait sentir le contact de la baignoire contre sa nuque et son dos.

La porte est ouverte, quelqu'un regarde dans la salle de bain. Elle peut le percevoir malgré ses yeux fermés. Elle voudrait les ouvrir, vérifier de qui il s'agit, mais ses paupières sont trop lourdes.

Elle doit dormir depuis longtemps, l'eau qui plus tôt la réchauffait est désormais glaciale. Son corps tremble. La personne devant la porte pénètre silencieusement dans la salle de bain. Elle l'entend marcher. Elle se rapproche. Il faut qu'elle ouvre les yeux, mais c'est impossible. Elle tente de lever les bras, d'agripper les bords de la baignoire, mais elle est paralysée. Elle ne sent plus ses jambes.

La personne l'examine attentivement.

Elle doit être toute proche, elle sent son souffle contre son front. La personne s'éloigne de nouveau. Cette fois, elle sent une main. Une main qui lui appuie sur la tête. L'eau qui lui remontait jusqu'aux épaules atteint soudain son cou. Elle parvient à tendre ses bras, mais elle ne peut rien attraper. Son corps s'enfonce de plus en plus. La main sur sa tête disparaît. Mais elle ne peut pas se lever. La peur la saisit. Va-t-elle se noyer ?

La baignoire lui paraît tout à coup grande comme une piscine. Elle a beau se débattre, tendre ses jambes et ses bras, elle ne peut rien atteindre. Son corps s'enfonce toujours plus profondément. Elle a de l'eau jusqu'au menton. Sa bouche est fermée, mais l'eau lui rentre par le nez. Elle hoquète. Elle ouvre désespérément les yeux.

Des corps, des corps de femmes aux visages couverts par leurs cheveux défaits flottent dans toutes les directions.

Elles sont livides, tendent les bras vers elle. Elle ne peut pas les entendre, mais elle sent qu'elles hurlent, qu'elles la supplient de les aider. Un cri reste bloqué dans sa gorge. Elle se défend, essaye d'échapper à leurs mains. Après une lutte acharnée, elle parvient à les repousser. Elle tente de remonter à la surface, les femmes s'agrippent à ses chevilles. Des mains froides, glissantes.

Elle se réveilla en sursaut, poussant un cri. Elle était couchée dans la baignoire.

Elle avait dû s'endormir et souffrir de paralysie du sommeil.

Elle avait la chair de poule, elle claquait des dents. Était-ce à cause du froid ou de son cauchemar ? Tout son corps tremblait.

Seon-gyeong ouvrit le siphon et se releva pour se rincer. La baignoire se vidait rapidement tandis que l'eau chaude coulait sur son corps. Elle resta un moment sous la douche afin de se réchauffer.

Elle sortit de la baignoire, ouvrit une armoire pour attraper une grande serviette. Son contact moelleux la rassura un peu. Elle baissa la tête pour essorer ses cheveux. En la relevant, elle tomba nez à nez avec Ha-yeong.

Elle manqua de tomber sous le coup de la surprise. Elle se rattrapa de justesse au lavabo.

— Ha... Ha-yeong, tu es debout ? dit-elle en s'enveloppant rapidement dans la serviette.

Ha-yeong avait encore l'air à moitié endormi. Elle murmura imperceptiblement.

— Qu'est-ce que tu dis ?

— ... Je veux aller aux toilettes.

— Il y en a aussi dans la chambre... Bon, très bien. Je sors vite.

Emmitouflée dans sa serviette, elle se dépêcha de quitter la salle de bain.

De grosses gouttes dégoulinaient de ses cheveux mouillés. Elle entra dans la chambre pour se changer, mais se rendit compte qu'elle avait oublié ses vêtements dans la salle de bain. Elle enfila ce qu'elle trouva et sécha ses cheveux à la va-vite. Ha-yeong avait ouvert la porte et la regardait. À en croire ses yeux grands ouverts, elle était maintenant complètement réveillée.

— Oui ? Tu as besoin de quelque chose ? Tu as faim ?

— Papa... il est où ?

— Euh, ton papa est parti à l'hôpital.

Un éclair de déception traversa le visage de la fillette.

— Tu veux dormir plus ? Ou tu en as assez ?

Ha-yeong réalisa qu'elle avait oublié son ours en peluche sur le lit. Elle se précipita pour l'attraper avant de sortir.

— Où tu vas ? demanda Seon-gyeong s'élançant à sa poursuite.

Pas de réponse. Elle trouva Ha-yeong devant la porte d'entrée en train d'enfiler ses baskets.

— Ha-yeong ?

Elle tendit le bras vers elle. Mais l'enfant la repoussa de toutes ses forces, si violemment que Seon-gyeong tomba à la renverse. Le sol était glissant à cause de l'eau qui dégoulinait encore de ses cheveux. Stupéfaite, elle dévisagea l'enfant.

Ha-yeong se dépêcha de ramasser sa peluche tombée par terre, puis toisa Seon-gyeong en murmurant :

— ... Maman est morte à cause de toi, hein ?

Son regard était hostile, plein de ressentiment.

— Quoi ?

Seon-gyeong avait la tête vide. Elle ne comprenait pas pourquoi elle lui disait ça. Elle n'avait appris la mort de sa mère que quelques heures plus tôt. Et cette enfant prétendait que c'était sa faute ? Mais ce qui lui mettait par-dessus tout un coup de poignard au cœur, c'était la façon dont Ha-yeong la dévisageait. Elle en avait froid dans le dos.

Après l'avoir transpercée du regard, Ha-yeong ouvrit la porte d'entrée et se rua dehors. Seon-gyeong était paralysée par la tournure des événements.

Pourquoi cette enfant avait-elle dit cela ?

Il fallait savoir comment sa mère était morte. En y réfléchissant, elle ne devait pas avoir plus de quarante ans. Son mari ne lui avait rien dit à ce sujet. Mais que ce soit d'une maladie ou dans un accident, sa mort était inacceptable pour cette petite fille.

Une mère morte, son père absent. Elle cherchait quelqu'un sur qui reporter la responsabilité de son malheur. Et c'était peut-être elle, Seon-gyeong, qui avait hérité du rôle. Pour autant, ce que venait de lui montrer Ha-yeong était autre chose encore, autre chose que de la colère ou du ressentiment.

Seon-gyeong réalisa à quel point ce serait difficile d'habiter avec cette petite fille.

S'appuyant sur le sol pour tenter de se relever, elle ressentit une vive douleur. Elle avait dû se faire mal en tombant. Frottant son poignet douloureux, elle sortit dans le jardin. Le portail était ouvert.

Inquiète, elle se précipita dans la rue.

Aucune trace de Ha-yeong. Leur maison étant située dans une rue privée, elle n'était pas très fréquentée. Courant dans la direction de l'avenue, elle tomba sur la patronne de la supérette assise devant son magasin, un éventail à la main.

— Vous n'auriez pas vu une enfant, grande comme ça environ ? demanda-t-elle en mimant la taille de Ha-yeong d'un geste de la main.

— Une gamine ? Avec une peluche sale entre les bras ?

— Oui, c'est ça.

La patronne pointa du doigt une direction, disant qu'elle venait juste de passer. Seon-gyeong la remercia à la hâte et partit en courant.

Elle trouva Ha-yeong, allant et venant au bord de la route, sur laquelle des voitures filaient à toute allure. Seon-gyeong s'élança vers elle pour lui saisir le bras. Ha-yeong essaya une nouvelle fois de la repousser violemment, mais cette fois Seon-gyeong la tenait bien fortement.

— Allez viens, on va parler à la maison.

— J'veux pas ! J'veux voir papa !

— Il va rentrer bientôt. Il fait juste un tour à l'hôpital.

— Lâche ! Lâche-moi, j'te dis ! hurla-t-elle.

Seon-gyeong la libéra. Ce serait non seulement difficile de la ramener de force mais, même si elle y parvenait, ce serait un début désastreux pour leur relation.

— ... Fais comme tu veux. Mais si ton père te voyait, qu'est-ce qu'il dirait ? Tu crois que ça lui ferait plaisir ?

À ces mots, le visage de Ha-yeong se crispa. Apparemment, elle n'avait pas pensé à ça. Ses joues frémirent de colère.

— Si tu es allée à l'hôpital avec lui aujourd'hui, tu as vu combien il était occupé, non ?

— ...

— Moi, je vais rentrer maintenant.

— ...

— Si tu veux venir, ou aller à l'hôpital le voir, c'est à toi de décider, dit finalement Seon-gyeong en tournant les talons.

Quoique toute son attention soit portée derrière, elle se força à ne pas se retourner. Elle marchait posément. Elle finit par entendre un bruit de pas dans son dos.

Arrivée devant la maison, elle se retourna et tomba sur Ha-yeong, la tête baissée, toujours sa peluche contre elle.

Seon-gyeong ouvrit le portail et se décala pour la laisser passer.

D'abord hésitante, Ha-yeong se décida à entrer. Elle passa le plus loin possible de Seon-gyeong, comme si l'idée du moindre contact physique entre elles la répugnait.

Voyant la fillette traverser le jardin, Seon-gyeong poussa un profond soupir de soulagement. Elle rentra à sa suite, priant de tout son cœur de ne pas regretter un jour la décision qu'elle avait prise aujourd'hui.

# II

# 11

Son mari rentra plus tard que prévu. Il sentait l'alcool.

— Tu... as bu?

— Comment va Ha-yeong? demanda-t-il sans prendre la peine de saluer sa femme.

— Elle est dans la chambre, en haut.

Après leur petit accrochage plus tôt dans la journée, Seon-gyeong avait aménagé à la hâte la pièce de l'étage. Elle l'avait vidée, puis était allée acheter un lit ainsi qu'un bureau dans un magasin de meubles du quartier.

— Elle a dîné?

Seon-gyeong fit non de la tête. Elle ne voulait pas lui parler de son autre échec. Elle avait préparé du curry, mais Ha-yeong avait déclaré détester ça et n'en avait pas avalé une seule bouchée. Elle était remontée dans sa chambre, laissant Seon-gyeong dîner toute seule.

Elle interpella son mari qui se dirigeait déjà vers la chambre de sa fille.

— Il faut qu'on parle.

— Attends, d'abord je veux la voir... répondit-il en montant les escaliers.

Elle l'entendit appeler Ha-yeong puis ouvrir la porte de sa chambre. Un sentiment étrange l'envahit.

Un bon moment passa avant qu'il ne revienne. Seon-gyeong, assise devant sa coiffeuse, se démaquillait. Elle se retourna vers lui.

— Qu'est-ce qu'elle fait ?

— Il t'est arrivé quoi ? demanda-t-il en désignant le bandage qu'elle avait à la main.

Elle ne pouvait pas se résoudre à lui raconter ce qui s'était passé. Elle répondit en se frottant le poignet :

— Oh, c'est rien. Juste un mauvais pas...

— Te disputer avec elle, dès le premier jour, tu crois pas que t'abuses ?

Seon-gyeong n'en croyait pas ses oreilles. Abasourdie, elle regardait son mari la bouche ouverte. Il était furieux. Elle ignorait ce que Ha-yeong lui avait raconté, mais il s'agissait évidemment d'un malentendu.

— ... Qu'est-ce qu'elle t'a dit ?

— Elle a une énorme contusion sur le bras. On peut savoir ce qui s'est passé ?

Seon-gyeong eut un pincement au cœur. Il sautait sur la conclusion, sans même entendre sa version des faits.

— Tu crois vraiment que je me suis disputée ? Avec une enfant ?

— ...

— Elle s'est réveillée et a fait une crise, disant qu'elle partait te voir. Elle est sortie et tout ce que j'ai fait c'est la ramener à la maison.

— Mais, elle...

Il ne termina pas sa phrase. Ha-yeong lui avait probablement raconté autre chose.

— Qu'est-ce qu'elle t'a dit ?

— Rien, laisse tomber.

— Laisse tomber ? Vas-y, parle. Elle a dit quoi ? Pourquoi tu me fais jouer le mauvais rôle ?

— Chérie, tu sais à quel point c'était une journée difficile pour elle, essaye de comprendre. Elle se réveille, elle voit pas son père, sa réaction était normale, non ?

Il parlait sans réfléchir. Et c'était la première fois qu'il haussait ainsi le ton avec elle.

— En plus, tu aurais très bien pu m'appeler, continua-t-il.

— Tu crois que j'en avais le temps ? Elle s'est précipitée dehors d'un coup.

— ...

— Tu devrais pas plutôt m'écouter jusqu'au bout avant de te mettre en rogne ? Et t'as pas l'air de t'inquiéter tant que ça, t'es même allé boire un coup avec tes collègues... Et t'oses me faire des reproches ?

— D'accord, d'accord. Disons que c'est ma faute, n'en parlons plus.

Continuer la discussion ne les aurait mis que de plus mauvaise humeur encore. Seon-gyeong garda le silence. Elle se retourna vers le miroir, se peigna d'un geste brusque avant de se lever.

— Où tu vas ?

Elle sortit sans rien dire, claquant la porte.

Même une fois dans son bureau, elle ne parvenait pas à se calmer. Ce n'était certes pas leur première dispute, mais c'était la première fois qu'elle quittait la pièce aussi en colère. Habituellement, ils restaient à discuter jusqu'à résoudre la situation.

Après leur mariage, tous deux étant très occupés, ils n'avaient le temps de se voir qu'en fin de journée. Pour ne pas gâcher ces précieux moments, ils étaient toujours pleins de sollicitude l'un pour l'autre. S'ils se disputaient, c'était pour trois fois rien. Pourquoi avoir mélangé les chaussettes et les sous-vêtements dans la machine ? Pourquoi ne pas avoir prévenu qu'il avait dîné avant de rentrer ? Aujourd'hui, il s'agissait de leur première vraie dispute.

Elle comprenait très bien qu'il s'inquiète pour sa fille. En revanche, elle ne supportait pas qu'il la blâme ainsi sans prendre la peine de l'écouter.

L'esprit embrouillé, elle n'arrivait pas à se concentrer sur le livre qu'elle avait ouvert relisant encore et encore la même phrase, sans la comprendre. Elle abandonna sa lecture.

Elle sortit son cahier et le dictaphone de son sac.

Elle voulait réécouter l'entretien qu'elle avait eu aujourd'hui avec Byeong-do. Elle enfila ses écouteurs et appuya sur le bouton de lecture. L'enregistrement était de bonne qualité. Elle pouvait entendre jusqu'aux bruits de pas et tintements des menottes.

Soudain, elle entendit la chanson. Sa chanson. Elle mit le volume au maximum.

Elle décida d'envoyer un mail au professeur Klen pour lui demander de ses nouvelles et, par la même occasion, la signification de ce morceau. Fan des Beatles comme il l'était, il ne manquerait pas d'avoir son avis sur le sujet. Si on mettait de côté les paroles, la mélodie était assez simple à retenir. Elle était douce, comme la plupart des chansons-phares du groupe.

Byeong-do avait transformé cet air sautillant en quelque chose de sombre, de lugubre. Peut-être était-ce parce qu'il l'avait chanté sur un rythme beaucoup plus lent. Mais c'était surtout à cause des paroles qu'il avait lâchées ensuite :

Toutes les femmes à qui j'ai chanté cette chanson... je les ai tuées de mes mains.

Dans l'affaire de Yoo Young-chul aussi la musique avait tenu une place importante.

Ce dernier, pendant qu'il s'occupait du cadavre de ses victimes dans sa salle de bain, écoutait la musique du film *1492: Christophe Colomb*. Lui donnait-elle de l'inspiration ? L'aimait-il simplement ? Mystère.

Quant à Lee Byeong-do, qu'en était-il ?

Elle tenta de fredonner à sa suite le refrain. Elle se rappela la façon qu'il avait eue de la regarder durant leur entrevue. Un regard aiguisé, qui semblait voir à l'intérieur d'elle-même, transpercer son âme.

Quelqu'un l'enlaça par derrière, elle manqua de crier.

Surprise, elle se retourna. Son mari se tenait là, l'air désolé. Elle enleva ses écouteurs et éteignit le dictaphone.

— Tu m'as fait peur !

— Désolé, je savais pas.

— Tu veux quoi ? dit-elle d'un ton sec.

Elle ne comptait pas lui pardonner facilement.

Il l'attrapa par la main et la caressa en parlant d'une voix douce :

— Tu dois être furieuse. J'ai parlé sans réfléchir. Ha-yeong ne m'est pas sortie de la tête de toute la journée. Quand je suis rentré et que je l'ai trouvée les larmes aux yeux... Je sais très bien quel genre de personne tu es.

Il se mit à lui caresser le visage.

— Tu n'imagines pas à quel point je te suis reconnaissant. Vraiment... merci.

Sa sincérité la toucha. Malgré tout, cette histoire lui laissait un goût amer dans la bouche. Elle le guida par la main pour l'asseoir sur la chaise d'en face.

— J'ai quelque chose à te demander.

— ... Vas-y.

— Aujourd'hui, Ha-yeong... a dit que sa mère était morte à cause de moi.

Son mari devint livide. Voyant son regard tremblant, elle n'eut plus la force de continuer. Mais elle savait qu'elle ne pouvait pas laisser cette question sans réponse. Elle déballa finalement ce qu'elle avait sur le cœur.

— Par hasard... quelque chose aurait pu lui faire penser ça ?

Il lâcha Seon-gyeong et se passa les mains sur le visage, manifestement gêné par la tournure de la discussion.

— Ne t'en fais pas, tu peux tout me dire, parle librement.

Il se décida à ouvrir la bouche.

— Juste après notre voyage de noces, mon ex-femme m'avait appelé pour me dire que Ha-yeong était gravement blessée. Je suis parti comme un fou pour aller la voir. En réalité elle s'était simplement éraflé le coude et le genou. Elle avait dû tomber. J'étais furieux contre sa mère. Ne m'appelle pas pour si peu, je me suis remarié, c'est dégueulasse d'utiliser notre fille, je reviendrai plus ; tout ça, je lui ai crié à la figure.

C'était la première fois que Seon-gyeong entendait cette histoire. À l'en croire, la mère de Ha-yeong utilisait souvent ce prétexte pour le revoir. Mais tout cela n'avait rien à voir avec elle.

— Pourquoi dit-elle que sa mère est morte à cause de moi?

Son mari se taisait et évitait son regard. Seon-gyeong lui saisit le bras et le pressa de répondre.

— Il y a bien une raison pour qu'elle m'ait dit ça, non?

— Eh bien... Un soir, sa mère s'est suicidée en avalant des médicaments. Elle venait de pousser Ha-yeong du premier étage et la petite s'était cassée une jambe. Elle m'avait ensuite appelé pour m'annoncer que notre fille était blessée. Je lui ai répondu que je ne viendrais pas. Elle est rentrée dans sa chambre et...

Elle n'avait pas besoin d'en entendre davantage.

Malgré leur divorce, cette femme n'avait jamais oublié son ex-mari.

Seon-gyeong tentait d'imaginer la situation. Une femme toujours amoureuse, constamment rejetée par son ancien époux, qui ne trouve rien d'autre que sa fille pour tenter de le récupérer. Mais celui-ci s'est remarié. Pour la première fois, elle prend conscience de leur divorce, mais elle ne peut pas l'accepter. Voilà qu'un jour, même utiliser sa fille pour le revoir ne fonctionne plus. Désespérée, elle met fin à ses jours.

— Je ne sais pas ce qui s'est passé entre elles ce soir-là, mais après ça, Ha-yeong ne voulait plus me voir. J'imagine que sa mère a dû lui dire des trucs horribles sur mon compte.

Cette pauvre enfant avait hérité du désespoir et de la douleur de sa mère. Même en considérant que cette femme avait poussé sa fille du balcon et lui avait cassé la jambe, il n'y avait rien d'étonnant à ce que Ha-yeong prenne fait et cause pour sa maman. Dans ce cas, la personne qu'elle devait haïr le plus au monde était celle qui leur avait volé son père.

— ... Je comprends mieux.

Ses forces la quittèrent d'un coup. Construire une relation avec Ha-yeong aurait déjà été difficile en temps normal, mais elle apprenait maintenant que celle-ci la détestait plus que tout au monde. Elle pourrait faire tous les efforts possibles, cet obstacle lui semblait infranchissable.

Son mari releva la tête vers elle. Elle sourit pour ne pas l'inquiéter.

— Ne t'en fais pas, dit-elle. Ensemble, on va pouvoir dissiper ce malentendu et je suis sûre qu'elle s'ouvrira à son rythme.

— Merci chérie.

— Toi, tu dois me promettre quelque chose.

— ...

— Quoi qu'il arrive, je te demande de me croire.

Il la considéra calmement avant de hocher la tête. Il la prit dans ses bras. Elle avait encore beaucoup à dire, mais elle décida de procéder par étape.

— Tu... dois encore travailler ? lui murmura-t-il à l'oreille.

Elle répondit non de la tête et se leva, prenant son mari par la main. Elle rangea son cahier et son dictaphone dans un tiroir puis éteignit la lumière du bureau.

Au moment où ils entraient dans leur chambre, un cri retentit à l'étage.

Il lâcha la main de Seon-gyeong pour se précipiter vers sa fille. Elle le suivit à toute vitesse.

Ha-yeong était assise sur le lit en train de sangloter. Dès que son père entra, elle tendit les bras vers lui pour s'accrocher à son cou. Il se dépêcha de l'enlacer.

— Qu'est-ce qui se passe ? Tu as fait un mauvais rêve ?

— Papa, j'ai peur. T'en va pas. T'en va pas.

— D'accord. Je vais rester. Dors maintenant.

Il lui tapotait le dos. Elle se calmait peu à peu.

L'enfant entre eux, leurs regards se croisèrent. Seon-gyeong put sentir à quel point il était inquiet pour elle. Elle soupira doucement et se força à sourire.

— Je vais me coucher. Tu n'as qu'à rester là et me rejoindre plus tard.

— D'accord.

Sortant de la chambre, elle sentit comme un vide en elle.

Et alors qu'elle s'apprêtait à descendre, elle les entendit chuchoter. Ha-yeong était complètement réveillée. Elle aurait bien aimé savoir ce qu'ils se racontaient, mais ne voulait pas gâcher leurs retrouvailles. Elle descendit lentement les marches.

N'ayant plus envie de lire, elle rentra dans sa chambre, ne laissa allumée que la lampe de chevet puis se mit au lit. Elle dormait à moitié, guettant le retour de son mari. Un long moment passa.

Elle finit par s'endormir tout à fait. Quand elle se réveilla, c'était le matin. La place à côté d'elle était vide.

Son père avait dû beaucoup lui parler durant la nuit, car Ha-yeong avait complètement changé d'attitude le lendemain. Pour le petit déjeuner, il n'y avait que le curry que Seon-gyeong avait préparé la veille. Celle-ci déposa donc un simple bol de riz blanc devant la fillette.

Ha-yeong observait son bol, sans prendre sa cuillère.

— Qu'est-ce qu'il y a ? Je t'en ai trop mis ?

— Moi aussi... je veux du curry, répondit-elle à voix basse.

Seon-gyeong se tourna vers son mari qui lui fit un clin d'œil. Il avait sûrement raconté à Ha-yeong l'histoire de son père.

Elle prit le bol de la petite pour le verser dans une assiette et rajouta du curry par-dessus. Un drôle de sentiment au cœur, Seon-gyeong observait l'enfant manger doucement.

— C'est bon, hein ? demanda son père.

Elle hocha timidement la tête en évitant le regard de Seon-gyeong.

— En fait, je lui ai demandé, elle n'avait jamais mangé de curry avant.

Seon-gyeong comprenait mieux la réaction de l'enfant la veille. Elle se sentit désolée d'avoir si mal interprété son refus. D'un autre côté, elle trouvait étrange qu'elle n'ait jamais goûté un plat aussi simple. Qu'est-ce que sa mère pouvait bien lui donner à manger ?

Son mari était ému. Il semblait apprécier cette scène simple, d'être réunis tous ensemble autour d'une même table. Sans penser à manger, il contemplait béatement sa fille. Son regard croisa plusieurs fois celui de Seon-gyeong. Chaque fois, il détournait les yeux, en souriant doucement, comme embarrassé de sa propre joie. Il ne cessait de pousser les plats d'accompagnement devant sa fille, la pressant de se servir.

— Goûte ça. Il faut manger beaucoup de légumes pour être en bonne santé.

Il ne se rendait pas compte qu'il mettait Ha-yeong mal à l'aise.

— Laisse-la tranquille. Elle peut prendre ce qu'elle veut. Dépêche-toi de te préparer, tu vas être en retard.

Puis elle ajouta :

— Ah... ah ! Papa t'embête ?

Pour toute réponse, Ha-yeong secoua la tête et se concentra sur son assiette.

— Tu vois, elle dit que non ! Pourquoi tu fais des histoires pour rien ?

Il se comportait comme un enfant. Seon-gyeong voulut rétorquer quelque chose, mais se ravisa. Son mari jeta un coup d'œil à sa montre et se leva précipitamment.

— Ha-yeong, papa peut te laisser toute seule, pas vrai ?

Elle opina.

— Il faut la changer d'école. Chérie, je suis désolé, mais est-ce que tu pourrais t'en charger ?

— Ne t'en fais pas. Pars tranquille, répondit-elle.

Après l'avoir accompagné jusqu'à la porte, elle revint dans la cuisine.

Ha-yeong venait de terminer son petit déjeuner et débarrassait ses couverts.

— Laisse. On va s'en occuper ensemble quand j'aurai fini de manger.

À ses mots, la fillette se rassit à sa place. Pendant un moment, il n'y eut que le bruit de la cuillère raclant contre les plats pour briser le silence. Seon-gyeong remarqua que Ha-yeong ne la quittait pas des yeux.

— Qu'est-ce qu'il y a ?

— Papa m'a raconté.

— Raconté quoi ?

— Vous aussi vous avez pas de maman.

Cela faisait plus de vingt ans que sa mère était morte. Pour autant, l'idée de « ne pas avoir de maman » ne lui avait jamais traversé l'esprit.

— On ne peut pas être ensemble pour le moment, c'est tout. Ça ne veut pas dire que je n'ai pas de maman.

— Comment est-ce qu'elle est morte ?

— On ne parle pas comme ça. On dit plutôt qu'elle est partie au ciel... Dans un accident de voiture.

— Elle vient vous voir en rêve aussi ?

Elle parlait comme si cela lui arrivait souvent. Seon-gyeong l'envia. Depuis qu'elle avait perdu sa mère, elle n'avait jamais rêvé d'elle. Elle aurait pourtant voulu la revoir, qu'elle lui apparaisse au moins une fois durant son sommeil, mais ce n'était jamais arrivé.

— Tu rêves de ta mère on dirait !

— Oui. Ça me fait peur, répondit Ha-yeong en tremblant.

Seon-gyeong fut surprise de son air effrayé. Les paroles de son mari lui revinrent à l'esprit.

Elle voulut savoir quel genre de personne c'était. Peu importe son désespoir, comment avait-elle pu délibérément blesser cette enfant ? Et mettre fin à ses jours juste après ?

— Tu as peur de... ta maman ? demanda Seon-gyeong prudemment.

L'enfant gardait la bouche fermée. Comme la veille, ses traits étaient crispés et elle la dévisageait d'un regard froid.

— Je... ne veux pas parler d'elle.

— Ah ? Désolée. J'ai posé une question stupide.

Seon-gyeong se rappelait comment la veille Ha-yeong lui avait reproché la mort de sa maman. Sa mère paraissait alors lui manquer atrocement. Mais voilà que maintenant, elle disait avoir peur d'elle. Ayant d'abord elle-même abordé le sujet, elle s'était renfrognée dès la première question de Seon-gyeong. Elle avait des sentiments ambivalents à l'égard de sa maman.

Elle lui manquait. Elle lui en voulait.

Seon-gyeong pouvait également deviner les sentiments de cette femme et son comportement envers sa fille. Si elle n'avait pas cessé d'utiliser Ha-yeong pour récupérer son ex-mari, elle était probablement psychologiquement instable. Ha-yeong avait dû grandir, tourmentée par l'angoisse, ne sachant jamais quand sa mère allait exploser. Une situation difficile à gérer pour une enfant de cet âge.

— Mais bon, c'est pas grave, c'est qu'un rêve... Elle est morte de toute façon, déclara froidement Ha-yeong.

Elle avait parfois une attitude si glaciale pour une enfant de son âge. Elles ne se connaissaient que depuis une journée, mais Seon-gyeong put sentir à quel point cette enfant avait traversé des jours difficiles. Désormais, se dit-elle, cette petite fille avait besoin d'oublier, de retrouver de la sécurité. De se reconstruire aux côtés de son père, de se laver de ce passé douloureux, de mettre de côté la haine qu'elle portait pour sa mère.

— Bien. Qu'est-ce que tu veux faire aujourd'hui ? Si on commençait par un peu de shopping ? proposa Seon-gyeong d'une voix enjouée pour changer les idées de Ha-yeong.

Celle-ci tourna la tête vers elle et pour la première fois esquissa un sourire. Son visage froid était redevenu celui d'une enfant.

# 12

Avant sa deuxième rencontre avec Byeong-do, Seon-gyeong reçut un coup de téléphone du président Han.

Elle avait complètement oublié de l'appeler après le premier entretien.

Il l'interrogea sur leurs échanges. Seon-gyeong répondit que leur première rencontre avait été ridiculement courte et lui parla du caractère difficile de Byeong-do. Le président expliqua qu'il était normal de rentrer au tout début dans une sorte de guerre psychologique avec un détenu. L'important était de ne pas entrer dans son jeu. Quand il lui demanda si elle n'avait pas d'autres problèmes, elle lui toucha un mot de l'attitude réticente du chef de la sécurité.

Pour finir, il dit qu'il allait demander la coopération de la police ainsi que celle du parquet. Qu'elle n'hésite donc pas à réclamer tout ce dont elle aurait besoin.

Après avoir raccroché, Seon-gyeong se rappela à quel point ces entretiens intéressaient de nombreuses personnes. Il était clair que le président Han et les services de police espéraient obtenir de quoi résoudre les affaires en suspens. Il l'appellerait probablement après chaque rencontre. Sa tête se mit à bourdonner.

Elle ne se sentait pas à l'aise à l'idée de rencontrer de nouveau Byeong-do.

Le jour venu, ce dernier, comme s'il avait deviné l'état d'esprit de Seon-gyeong, semblait plus détendu que la fois d'avant. Telle une écolière voulant en finir au plus vite avec ses devoirs, elle lui tendit d'abord un questionnaire de l'institut de criminologie. Il demeura immobile. Elle se rappela les paroles du président Han. Ne pas entrer dans son jeu. Elle décida de prendre le taureau par les cornes.

— Comptez-vous à nouveau me faire perdre mon temps ? lui demanda-t-elle.

Il se contenta de tendre la main vers elle. Dans quel but ?

— Je vous l'ai pourtant dit. De m'amener une grosse pomme bien juteuse. Je peux bien vous reclamer ça en échange de ma coopération, non ?

Il ne plaisantait pas. Seon-gyeong sortit une pomme de son sac qu'elle avait achetée, au cas où, avant de venir. Il s'en empara de ses deux mains menottées.

Il la porta à hauteur de ses yeux pour en apprécier la qualité. En fin connaisseur, comme aurait pu le faire un sommelier d'un verre de vin, il inspecta le fruit un petit moment. Comme il le souhaitait, c'était une grosse pomme, de la taille de sa main.

— Elle sort d'un entrepôt... C'est vrai que c'est pas encore la saison des vergers.

Il mordit dedans à pleines dents. Il mâcha doucement, les yeux fermés, la tête renversée en arrière pour mieux apprécier le goût. Il n'avait pas dû en manger depuis longtemps. Il se mit soudain à dévorer le fruit à grandes bouchées. Il l'engloutit comme un mort de faim. Il avala même les pépins, ne laissant guère qu'un peu de jus au bout de ses doigts. Sa bouche était luisante. Seon-gyeong se rappela tout à coup les paroles des inspecteurs en charge de son affaire.

Ainsi, il était capable de s'absorber entièrement dans une action aussi simple. Elle eut l'impression de voir à quoi il ressemblait quand il commettait ses meurtres. Il sourit à Seon-gyeong, satisfait.

— Je peux savoir quel genre de personne vous êtes, rien qu'avec le genre de pomme que vous avez choisi.

S'essuyant la bouche avec sa manche, il eut un sourire malicieux. Le chef de la sécurité avait dit juste : il prenait beaucoup de plaisir à ces entretiens. Si elle lui répondait, la conversation irait comme il le désirait. Tandis qu'elle réfléchissait sur la conduite à suivre, il ajouta :

— Vous savez ? Si une pomme est trop grosse, elle a moins de goût. Il faut qu'elle ait une taille parfaite...

— Alors à l'avenir j'en amènerai des plus petites.

— Non, j'aime les grosses pommes. J'en ai l'habitude, dit-il en regardant dans le vague, par-dessus l'épaule de Seon-gyeong.

Visiblement, les pommes n'étaient pas pour lui de simples fruits. Il n'était pas seulement content d'en avoir mangé une, il était comme perdu dans ses souvenirs.

Seon-gyeong lui tendit de nouveau le formulaire. La pomme l'avait sûrement mis de bonne humeur car il le remplit sans broncher, à la façon d'un élève modèle.

Il s'agissait de questions basiques utilisées pour l'élaboration de statistiques criminelles. Date et lieu de naissance, éducation, travail, adresse, âge lors du premier crime, etc. Rien qui nécessite de beaucoup réfléchir. Pour autant, ce n'était pas inutile. C'était à partir de ces informations anodines qu'ils pourraient commencer leur entretien.

Il le compléta d'une seule traite puis lui rendit. Le formulaire sous les yeux, elle entra dans le vif du sujet.

— La dernière fois, nous avions parlé de votre premier souvenir, n'est-ce pas ? Des chaussures rouges.

Byeong-do se rappelait la réponse de Seon-gyeong.

— Oui, que ma mère m'avait achetées. Et si on parlait de votre mère ?

— Ces chaussures, elles vous plaisaient ?

— Si je m'en souviens encore, vous vous doutez que oui.

— Vous pourriez aussi vous en rappeler si elle avait choisi une couleur que vous détestiez.

Elle l'observa un moment, tentant de deviner où il voulait en venir.

— Bien sûr, j'ai des bons et des mauvais souvenirs de ma mère. Heureusement, plus de bons que de mauvais. Et vous ? Que vous évoque votre maman ?

Enjoué un instant plus tôt, le visage de Byeong-do se durcit. Mais il esquissa aussitôt un sourire :

— Maman... Voilà un mot que je n'ai pas entendu depuis longtemps. Pour être franc, je ne m'en rappelle pas trop. Elle a quitté la maison quand j'avais dix-sept ans et je ne l'ai plus revue...

— Elle a fugué ?

— ...

— Vous vous rappelez pour quelle raison ?

— Quelle raison ? Ah... Pour la fugue. Je n'en sais rien. Je n'y ai jamais réfléchi.

Il fouillait dans sa mémoire. Seon-gyeong garda la bouche fermée, attendant qu'il continue.

— Si elle est partie... c'est peut-être à cause du chat. Un chat qui venait souvent à la maison. Au pelage noir et aux yeux jaunes. Ma mère l'adorait. Elle achetait même de la nourriture pour lui. Puis un jour ma mère est partie et le chat n'est jamais revenu. Peut-être qu'il avait compris qu'elle ne reviendrait pas elle non plus...

— Quel est le rapport entre la fugue de votre mère et ce chat ?

— Ben... Je vous dis que le chat n'est jamais revenu après le départ de ma mère.

Ses propos étaient incohérents. Sa mère serait donc partie à cause d'un chat qu'elle aimait ? Pour quelle raison lui racontait-il cette histoire sans queue ni tête ? Le scrutant de plus près, elle remarqua quelque chose d'intéressant.

Il plissait légèrement des yeux chaque fois qu'il prononçait « chat ». Il était évident que ce mot éveillait des choses en lui. Elle ne comprenait pas quel pouvait être le lien entre cet animal et sa mère, mais il était clair qu'il ne souhaitait pas parler de sa fugue.

— Vous vous souvenez d'autre chose ?

Il releva la tête pour poser ses yeux sur Seon-gyeong avant de détourner le regard. Fronçant les sourcils, il se concentrait sur son passé. Il hésita un moment, puis finit par se lancer :

— Ça remonte à loin, alors c'est un peu flou. Mais il me reste quelques images. Je me souviens d'avoir glissé dans la baignoire et d'avoir failli me noyer; elle m'avait sorti de l'eau et m'avait réanimé. Ou encore de la chanson qu'elle fredonnait quand elle était de bonne humeur. Elle avait une très jolie voix. Il me suffisait de l'entendre pour fermer les yeux et m'endormir profondément.

Une chanson. Seon-gyeong se rappela tout à coup celle qu'il lui avait fredonnée.

Son tout premier souvenir.

Il s'agissait sûrement de la même. Seon-gyeong eut l'impression d'apercevoir une faible lumière dans un océan de ténèbres. Elle décida de suivre cette lueur:

— Celle que vous avez chantée la dernière fois?

Surpris, Byeong-do la regarda bien en face avant de hocher la tête.

— Je ne me souviens pas du visage de ma mère, mais cette chanson... elle me revient parfois à l'esprit.

Sa mère était partie quand il avait dix-sept ans. Impossible qu'il ne se souvienne pas de son visage.

Il mentait, pensa-t-elle. Il mentait, sans raison apparente. Il disait ne pas se souvenir à quoi elle ressemblait. Pourtant il se rappelait parfaitement le chat dont elle prenait soin; son pelage et même la couleur de ses yeux.

Ou alors, peut-être n'était-ce pas un mensonge? Peut-être ne se souvenait-il vraiment pas de son visage. Dans ce cas, pour quelle raison? La clé du problème se trouvait probablement là.

Maman, chanson, fugue, chat, etc. Seon-gyeong nota tous ces mots sur son cahier, avant de lui lancer une autre question:

— Elle vous manque? Vous n'avez jamais cherché à la revoir?

— Ni l'un ni l'autre.

Seon-gyeong attendit qu'il continue.

— Pour elle, c'est pareil. Elle n'a pas envie de me revoir et n'a jamais cherché à le faire, marmonna-t-il, le regard ailleurs, comme si sa mère se tenait près de lui.

Il s'efforçait de garder un visage souriant. Mais ce n'était qu'un masque pour dissimuler sa colère. Un masque si fragile qu'il semblait sur le point de s'effriter à tout moment. Son vrai visage se laissait enfin apercevoir.

— Tu me répugnes. Tu n'aurais jamais dû naître. Tu es maudit... Voilà les paroles que ma mère me lançait. Et ce, dès l'instant où je suis né. J'imagine que vous n'avez jamais entendu ce genre de choses.

Seon-gyeong le fixait. Il ne plaisantait pas, son regard exigeait une réponse. Elle hocha la tête.

— Moi, j'ai grandi en n'entendant que ça. Ma mère me... Vous aussi, vous pensez comme elle? Que mon existence est intrinsèquement affreuse?

— Ce que je pense n'a aucune importance.

— Pour moi, ça compte. Ça compte... beaucoup!

— Et pourquoi donc?

— Parce que... vous pouvez me changer.

Ses paroles remplirent Seon-gyeong de tristesse, un peu à la manière d'un colorant imbibant du tissu. Étrangement, elle sut qu'il ne mentait pas. Elle ne le connaissait pas le moins du monde. Pourtant, en le regardant dans les yeux et en entendant sa voix, elle avait le sentiment de faire face à une vieille connaissance.

— Que je parle de ma mère? Sincèrement, vous voulez savoir ce que c'était mon enfance? dit-il d'une voix tremblante.

Elle le dévisagea un instant, posa son stylo et ferma son cahier. Elle voulait se concentrer. Elle était tellement curieuse de savoir ce qu'il allait dire. Elle avait le sentiment étrange de se pencher sur son âme.

— Mon enfance...

Il ne termina pas sa phrase. La tête baissée, il réfléchissait profondément. Il resta sans bouger un long moment. Puis, de ses deux mains, il ouvrit son uniforme de détenu pour lui dévoiler son corps. Il était couvert de cicatrices; les traces de vieilles blessures affleuraient à la surface de sa peau.

— ... La voilà, mon enfance.

Si sa mère était partie quand il avait dix-sept ans, tout cela remontait au moins à plus de quinze ans. Malgré le temps, toutes les choses horribles que sa mère lui avait fait subir restaient gravées sur son corps. Il devait en aller de même pour sa mémoire. Il était même possible que ces marques de violences sur sa peau ne soient rien à côté des blessures de son esprit.

Un peu plus tôt, quand il lui avait parlé de sa maman, elle avait tout de suite senti que cela n'évoquait rien de bon chez lui. Les jours passés avec sa mère, semblait-il, n'avaient rien d'heureux. Il s'était d'abord rappelé s'être blessé en glissant dans la baignoire. Seon-gyeong commençait à saisir pourquoi la chanson de sa maman était devenue le thème de ses meurtres.

Elle comprit également pourquoi elle était captivée par lui depuis quelques minutes. Il ôtait tout, se mettait à nu devant elle. Il lui dévoilait sa vérité.

Les mots ne lui venant pas, elle se contentait de le fixer du regard. Le visage expressif de Byeong-do laissait transparaître ses émotions. Elle put tout à coup y lire une profonde tristesse.

– Bordel, j'ai pas envie de parler de tout ça ! J'ai pas envie de me souvenir d'elle !

Il frappa violemment sur la table. Il se débattit sur sa chaise avant de se prendre la tête entre ses mains menottées. Surpris, le surveillant assis près de la porte bondit sur ses pieds. Seon-gyeong leva la main pour lui demander de ne pas s'approcher. Il fallait laisser Byeong-do vider son sac. Il n'était plus dans une attitude calculée ou provocatrice.

– J'aurais préféré qu'elle m'étrangle plutôt qu'elle m'élève comme elle l'a fait. Pourquoi avait-elle besoin de me faire souffrir ? Maman... si seulement tu m'avais pas mis au monde.

Il marmonnait, tête baissée, immobile, comme pour dissimuler ses larmes.

Ainsi, sa mère ne l'avait jamais désiré. Enfant, il avait grandi entouré de malédictions et de violences. À le voir hurler ainsi, à l'entendre dire ne pas avoir un seul souvenir heureux et ne pas vouloir se rappeler cette période affreuse, Seon-gyeong eut un pincement au cœur. Elle ignorait pourquoi, mais sa mère avait rejeté tous ses problèmes sur lui, son propre fils. Elle n'avait laissé sur le corps de son enfant que les traces de sa colère et de sa douleur.

Elle attendait qu'il continue, mais il ne bougeait pas. Le silence se prolongeait.

— Byeong-do ?

Aucune réaction. Peut-être lui en voulait-il d'avoir mis ses cicatrices à jour, de lui avoir rappelé ses douleurs.

Ce n'est qu'après un long moment qu'il releva la tête pour lui demander brusquement :

— De combien est le délai de prescription pour un meurtre ?

Cette question inattendue la déstabilisa. Mais ce qui la surprit encore plus était le calme qu'il dégageait. Quelques secondes plus tôt, elle le croyait au bord des larmes, sous le coup de l'émotion. Sa voix était désormais paisible. Ce changement d'attitude était aussi brusque qu'une averse en été. Les sentiments qui l'habitaient encore à l'instant s'étaient volatilisés. Il avait un petit sourire au coin des lèvres. Voyant qu'il avait de nouveau revêtu son masque, elle laissa échapper un soupir de résignation.

— Pour ceux condamnés à la peine de mort, vingt-cinq ans. Pour les perpétuités, quinze ans.

— Oh, d'accord... Tout ce que je vais vous dire maintenant n'est donc qu'une simple hypothèse.

Il jeta un coup d'œil vers le surveillant, puis baissa la voix en mettant ses mains autour de la bouche. Seon-gyeong dut se pencher en avant pour l'entendre.

— Si j'avais tué ma mère... ce serait la peine de mort ou l'emprisonnement à vie ?

Surprise, elle le scruta du regard. Elle essayait de deviner ses pensées. Il lui lança un petit sourire avant de se lever. S'avançant vers le surveillant, il déclara qu'il souhaitait retourner dans sa cellule.

Sous le choc, Seon-gyeong ne put ni se lever, ni l'appeler.

En parlant de sa mère, il lui avait dévoilé ses blessures, physiques comme mentales. Il lui avait avoué une enfance passée en enfer. Il racontait que sa maman était partie quand il était adolescent, mais elle comprenait que ce n'était pas la vérité. Ne l'aurait-il pas plutôt assassinée ?

Dans ce cas, son premier meurtre remontait à loin.

Il sortit de la pièce sans adresser une seule parole à Seon-gyeong. Perdue dans ses pensées, elle ne lui jeta pas un regard. Il avait fini par ôter son masque durant quelques minutes et lui avait révélé son vrai visage. Elle en était comme paralysée.

Elle reprit péniblement ses esprits et se mit à ranger ses affaires. L'image de Ha-yeong lui traversa l'esprit.

Elle avait débarqué dans sa maison le jour de son premier entretien avec Byeong-do. Seon-gyeong n'en avait pas pris conscience sur le moment, mais les yeux de Ha-yeong avaient quelque chose d'étrangement similaire à ceux de Byeong-do. Une fragilité dissimulée derrière une volonté de paraître forte, de la solitude derrière un regard froid.

Les yeux tristes de Byeong-do lui donnaient parfois l'étrange envie de le prendre dans ses bras pour le réconforter. Ce n'était pas seulement le regard d'un homme de trente-quatre ans, mais aussi celui d'un petit enfant maltraité qui n'avait pas réussi à grandir. C'était peut-être cela qui lui avait rappelé Ha-yeong.

Elle aussi avait souffert à cause de sa mère.

Quelle influence auraient ces souvenirs sur Ha-yeong ? Comment grandirait-elle ? Se surprenant à penser ainsi, Seon-gyeong secoua la tête. Elle se sentait coupable envers son mari d'avoir rapproché dans son esprit ce criminel et sa fille.

Ha-yeong et Byeong-do étaient différents. Elle avait un père à ses côtés pour la protéger. Et même s'ils avaient péri dans un incendie, jusque-là elle avait grandi entourée de l'amour de ses grands-parents. Désormais, un nouvel environnement l'attendait où elle pourrait panser ses blessures. Elle avait encore du temps devant elle. Si Seon-gyeong et son mari restaient à ses côtés, elle pourrait refermer ses plaies, se reconstruire et grandir.

Ha-yeong et Byeong-do étaient différents.

# 13

Le changement d'école de Ha-yeong occupa Seon-gyeong une bonne partie de la matinée.

Depuis son arrivée, tout ce qui concernait cette enfant, de près ou de loin, était à sa charge.

Son mari était accaparé par son travail. Elle avait d'ordinaire plus de temps libre que lui et, en plus, c'était la période des vacances à l'université. Elle n'avait donc presque aucune raison de sortir. Voilà comment elle s'était retrouvée à assumer tout ce qui touchait à Ha-yeong. Qu'il s'agisse de décorer sa chambre ou d'acheter ses vêtements ainsi que tout le nécessaire. Elle s'y attendait, mais elle était tout de même déçue par son mari qui l'abandonnait à son sort. Mais ce n'était rien comparé à la déception de sa fille.

Le matin, Ha-yeong ne le quittait pas d'une semelle jusqu'à ce qu'il parte au travail. Bien qu'occupé à se préparer, les premiers jours il avait accepté sans broncher les caprices de sa fille et répondait à toutes ses questions. Très vite cependant, il s'était mis à lui répondre négligemment ou à tout simplement ne plus l'écouter. Absorbé par ses recherches médicales, il ne pouvait pas s'occuper d'elle. Pour une enfant de cet âge, une telle excuse était incompréhensible.

Perspicace, Ha-yeong avait peu à peu abandonné. Ce matin-là, après le petit déjeuner, elle n'était pas descendue une seule fois de sa chambre.

Ayant préparé tous les documents nécessaires pour le changement d'école, Seon-gyeong grimpa à l'étage.

Elle frappa avant d'entrer. Ha-yeong était étendue sur le lit. Elle pensait qu'avant de partir son père serait venu la cajoler, mais il n'en avait rien fait. Elle avait boudé durant tout le petit déjeuner. Elle semblait toujours d'aussi mauvaise humeur.

– Je vais visiter ta future école, tu veux venir avec moi ?

La laisser seule à la maison l'inquiétait. Et elle pensait que ce ne serait pas une mauvaise chose qu'elle découvre son futur établissement.

Un long silence s'écoula.

– Tu n'es pas curieuse ?

Ne la voyant toujours pas réagir, Seon-gyeong sortit de la chambre. Si elle n'avait pas envie de venir, elle ne pouvait pas la forcer.

Une fois prête, elle se dirigea vers la porte d'entrée. Ha-yeong l'attendait tout habillée. Elle ne semblait pas avoir envie de rester seule.

Seon-gyeong se rendit d'abord dans le bureau municipal du quartier afin d'obtenir une attestation de déménagement. C'était le seul document qui manquait pour clore la procédure de changement d'école. Celle-ci n'étant qu'à dix minutes de la maison, Ha-yeong n'aurait aucun problème pour s'y rendre seule.

En chemin, Seon-gyeong s'efforça de changer les idées de la fillette.

Comment était son ancienne classe ? Avait-elle des amies avec qui elle avait gardé contact ? Ha-yeong gardait obstinément le silence. Elle ne regardait pas non plus son nouveau quartier. Comme si l'endroit où elle allait désormais habiter n'avait aucune importance. À la façon d'une branche de mimosa qui se recroqueville sur elle-même quand on la touche, Ha-yeong se fermait au monde extérieur.

Elle ne paraissait pas décidée non plus à s'ouvrir à Seon-gyeong. Ha-yeong ne connaissait rien d'elle et ne voulait pas en savoir davantage. Pour elle, c'était simplement la femme qui vivait avec son père. Il aurait été bien que ce dernier joue le rôle d'intermédiaire, mais pris par son travail, il n'avait pas de temps pour ça.

Bien qu'elle continue à la suivre, elle se rendait compte que Ha-yeong se repliait de plus en plus. Seon-gyeong arrêta de la questionner. Au retour de son mari, elle lui dirait de faire plus attention à sa fille. C'est sur cette pensée qu'elles arrivèrent devant l'école.

En entrant dans la cour et en remarquant les petits bâtiments charmants de l'établissement, Seon-gyeong fut prise de nostalgie.

Elle n'était pas entrée dans une école primaire depuis son enfance. L'endroit lui était étrangement familier, avec ses bâtiments multicolores de trois étages et sa cour de récréation. Elle entendit le bavardage des élèves. Seon-gyeong avait aussi connu ces choses-là ; mais cela lui semblait remonter à plus d'une centaine d'années.

Et voilà qu'elle était subitement devenue parent d'élève. Elle avait du mal à mettre des mots sur ses sentiments. Pour elle, qui n'était même pas encore habituée à être mariée, devenir parent d'élève du jour au lendemain revenait à revêtir les habits de quelqu'un d'autre. C'était étrange et inconfortable. Ne s'y étant jamais préparée, elle ne pouvait que s'y prendre à l'envers.

Rien que le changement d'école lui avait posé problème. Elle ne savait pas à qui s'adresser. Elle avait finalement trouvé sur internet les documents à préparer. Ce n'était pas aussi difficile qu'elle l'avait craint. Mais elle s'était aperçue qu'elle ignorait beaucoup trop de choses pour pouvoir prétendre au titre de parent.

Tandis qu'elle avançait le long de la cour de récréation, elle sentit le stress monter en elle, comme si c'était elle qui changeait d'école. Pour Ha-yeong comme pour Seon-gyeong, il s'agissait d'un nouveau départ. Seon-gyeong prit une profonde inspiration tout en cherchant à saisir la main de la petite fille.

Celle-ci la repoussa brutalement. Contrairement à Seon-gyeong, elle gardait la bouche farouchement fermée et promenait sur l'école un regard noir. Était-ce toujours à cause de ce matin ? Ou était-elle inquiète à l'idée de ce changement ? Impossible de le savoir. Quoi qu'il en soit, elle était de mauvaise humeur.

Pendant que Seon-gyeong discutait de la procédure en cours avec le directeur, Ha-yeong attendait calmement dans un coin de la pièce. Procédure était un bien grand mot. Aussitôt l'attestation de déménagement fournie, une classe lui fut attribuée.

Le directeur se leva pour aller chercher la professeure principale et la présenter à Ha-yeong.

— Elle va arriver d'un instant à l'autre. Viens ici, pria Seon-gyeong.

Ha-yeong fit non de la tête et sortit de la salle. Seon-gyeong se précipita dehors pour la rattraper, mais la fillette était déjà loin. À l'autre bout du couloir, elle vit revenir le directeur accompagné d'une femme d'une trentaine d'années.

— Voici Im Eun-sil, elle sera la professeure principale de Ha-yeong.

— Enchantée. Mais comment faire ? Elle s'est enfuie, déclara Seon-gyeong.

— Ne vous en faites pas. Elle a peut-être simplement envie de visiter l'école, répondit calmement le directeur en la reconduisant dans la salle des professeurs.

La femme de Ha-yeong lui remit une liste des fournitures dont elle allait avoir besoin. Les livres seraient donnés par l'école. Elle lui fit bonne impression. Elle parlait posément, comme on pouvait l'attendre d'une enseignante.

Seon-gyeong la remercia et lui tendit sa carte de visite. Il allait falloir travailler main dans la main avec cette femme le temps que Ha-yeong s'habitue à sa nouvelle vie. Seon-gyeong fut soulagée de l'entendre dire de ne pas s'inquiéter car elle ferait bien attention à elle. Elle avait d'abord pensé lui toucher un mot de la situation familiale de la petite, mais elle s'était ravisée. Elle n'avait pas envie d'influencer le jugement de cette femme. Il fut décidé que Ha-yeong viendrait en classe dès le lendemain. Seon-gyeong se dépêcha de la saluer pour partir.

Où était donc Ha-yeong ? Elle n'était pas dans la cour. Seon-gyeong fit deux fois le tour de l'établissement sans pouvoir mettre la main dessus. Elle dut marcher jusqu'au hangar pour la retrouver enfin.

Ha-yeong était au pied de la colline, derrière l'école, là où se trouvaient les installations pour les classes vertes. Il y avait un potager où de la laitue, des piments, des tomates et d'autres choses encore avaient été semés. De loin en loin étaient plantées de petites pancartes indiquant à quelle classe appartenait la zone cultivée. À côté, délimitée par un grillage en fer, se trouvait la ferme des animaux.

Ha-yeong était assise devant et observait les lapins. Seon-gyeong poussa un soupir de soulagement.

– Te voilà ! Tu regardes les lapins ? lui lança-t-elle en se postant à ses côtés.

Il y avait différents types d'animaux. Des lapins, des poulets et quelques cages à oiseaux ; tous enfermés séparément.

Après avoir contemplé les lapins un moment, Ha-yeong se releva d'un coup, comme s'ils avaient perdu tout intérêt pour elle. Mais elle ne se décida pas pour autant à partir. Elle s'approcha des oiseaux. Elle jeta des coups d'œil à droite à gauche, à la recherche de quelque chose à leur donner à manger. Elle arracha une feuille de laitue du potager et la glissa dans une des cages.

Les oiseaux devaient être habitués au contact des enfants car ils s'approchèrent sans hésiter. D'abord un ou deux, puis bientôt tous se retrouvèrent à picorer la salade. Ha-yeong ouvrit soudainement la cage dans l'intention d'en attraper un. Sa tentative fut vaine, mais plusieurs volatiles s'échappèrent par la porte ouverte.

Seon-gyeong se précipita pour retirer sa main et fermer la cage. Plusieurs oiseaux avaient déjà disparu.

— Qu'est-ce que tu fabriques ? Regarde, y en a plusieurs qui se sont envolés.

La fillette tourna la tête vers elle et lui lança un regard innocent. Puis, comme si tout cela ne l'intéressait plus, elle se dirigea vers la cour. Seon-gyeong savait qu'elle aurait dû lui passer un savon, mais elle en était incapable. Elle poussa un profond soupir.

Sur le chemin du retour, Seon-gyeong fit un saut au marché afin d'acheter des vêtements pour Ha-yeong. Elle passa aussi par une papeterie pour les fournitures scolaires. Toutes ses affaires ayant été perdues dans l'incendie, la liste des courses était longue. Depuis que Ha-yeong était arrivée, elle passait son temps à lui acheter le nécessaire mais il y avait toujours quelque chose qui manquait. Elle s'occupa ensuite des rideaux et des couvertures. Les bras chargés de ses emplettes, elle prit la route de la maison, réfléchissant toujours à ses prochains achats.

Pendant tout ce temps, Ha-yeong l'avait suivie bien sagement. Quand elle lui avait montré les vêtements qu'elle comptait lui prendre, Ha-yeong avait même eu quelques timides réactions. Elle n'avait certes rien dit, mais Seon-gyeong avait pu lire ce qu'elle voulait sur son visage. Les vêtements devaient lui plaire car elle avait volontiers accepté de porter le sac et n'arrêtait pas de jeter des coups d'œil à l'intérieur.

Ce léger changement d'humeur n'échappa pas à Seon-gyeong. Elle se demandait si elle ne portait pas une attention excessive à cette enfant, mais ses doutes s'évanouissaient bien vite ; elle était convaincue que c'était exactement ce dont cette petite fille avait besoin pour le moment. Une fois Ha-yeong acclimatée à son nouvel environnement, elle pourrait relâcher un peu sa surveillance. La route n'était pas longue jusqu'à la maison, mais en arrivant Seon-gyeong était épuisée. Élever un enfant était plus difficile qu'elle ne l'avait imaginé.

Le lendemain, pendant que Ha-yeong était à l'école, Seon-gyeong ne chôma pas.

Elle acheta les habits qu'elle n'avait pas trouvés la veille et commanda des meubles ainsi que quelques livres. Elle alla aussi faire des courses au supermarché. Elle avait demandé à se faire livrer tout ça à domicile. Quand elle arriva chez elle à l'heure prévue pour la livraison, un camion attendait déjà devant le portail.

Elle se dépêcha d'ouvrir et de guider les livreurs à l'étage. La chambre étant vide, tout fut installé en un tournemain. Ils partirent comme ils étaient venus.

La veille elle avait prié Ha-yeong de ranger elle-même ses nouvelles affaires. Mais lorsque Seon-gyeong ouvrit l'armoire, elle remarqua qu'elle n'avait pas ouvert le moindre paquet. Elle se mit à faire le lit avec les nouveaux draps, la nouvelle couverture, puis elle accrocha les habits sur des cintres. Elle rangea les chaussettes et les sous-vêtements dans la commode neuve. Quand elle eut fini de ranger le bureau, il était midi passé.

Elle descendit dans la cuisine pour prendre un verre d'eau. Manquait-il encore quelque chose ? Elle pensa à un ordinateur. Ce serait peut-être bien de lui acheter un petit *notebook*, songea-t-elle. Les élèves de primaire aussi utilisent internet, elle en aurait sûrement besoin. Elle se dit que ce serait à son mari de s'en charger lors de son prochain jour de congé. Cela permettrait sûrement de consoler un peu Ha-yeong.

Tandis qu'elle soufflait dans le salon, l'ours en peluche lui traversa l'esprit. Elle comptait justement laver la couverture salie par son contact. Elle profiterait de l'occasion pour le décrasser aussi. Elle partit le chercher dans la chambre avant de se rendre dans la salle de bain.

Elle ouvrit le robinet de la baignoire. Elle versa de la lessive et attendit que la mousse monte avant d'y plonger le nounours. Aussitôt qu'elle se mit à le frotter l'eau devint noire de crasse. Il ne devait pas avoir été lavé depuis longtemps. Elle avait beau le rincer, encore et encore, l'eau demeurait trouble. Après s'être démenée durant une bonne heure, elle put enfin apercevoir un peu de blancheur.

Elle jeta la peluche dans la machine à laver pour l'essorer. À bout de forces, elle s'affala sur le canapé du salon. Fatiguée, mais heureuse.

Imaginer Ha-yeong, tenant sa peluche toute propre contre elle, au milieu de ses nouveaux meubles, de son lit fraîchement fait, mit Seon-gyeong de bonne humeur. Elle regarda sa montre ; déjà deux heures. Elle se leva en vitesse pour aller préparer un encas à la fillette. C'est alors qu'elle réalisa avoir oublié de déjeuner. Elle comprit à quel point le quotidien de ses amies ayant des enfants était usant.

Le temps filait trop vite, il y avait toujours à faire.

L'alarme de la machine à laver annonça la fin de l'essorage. La peluche était comme neuve et dégageait une odeur agréable. En retournant dans le salon, elle reçut un appel de son mari.

Pour une fois, avait-il dit, il allait terminer de bonne heure. Il lui demanda qu'elles soient prêtes à sortir pour aller manger dehors lorsqu'il rentrerait. Seon-gyeong lui avait expliqué la veille que sa fille se sentait délaissée. Visiblement, cela lui était resté sur le cœur.

Ha-yeong rentra de l'école vers deux heures et demie. Pour son premier jour de classe, Seon-gyeong avait beaucoup de choses à lui demander :

— C'était comment ? Tu t'es fait des amis ?

Mais la fillette paraissait fatiguée ; elle monta à l'étage sans rien dire.

— Ton papa rentre bientôt. Repose-toi un peu, puis change-toi avant de descendre.

La chaleur a sûrement épuisé Ha-yeong, se dit Seon-gyeong en ouvrant le frigo. Son mari comptant les emmener manger dès qu'il rentrerait, elle laissa le casse-croûte dans le réfrigérateur. Elle prit la bouteille de jus de fruits et s'en servit un verre. Elle entendit Ha-yeong descendre les escaliers à grand fracas. Celle-ci apparut aussitôt, prête à en découdre.

— Vous êtes entrée dans ma chambre ?

— Hein ?

Seon-gyeong ne comprenait pas son attitude. N'était-ce pas naturel qu'elle soit entrée pour ranger ses vêtements, faire son lit et installer les nouveaux meubles ?

– Il est où ?

– Comment ça ?

– Mon ours en peluche !

Soulagée, Seon-gyeong lui répondit en souriant :

– Je l'ai lavé. Il était très sale...

– Je vous demande il est où ! l'interrompit Ha-yeong en hurlant.

Elle était hors d'elle, bien plus que de raison. Seon-gyeong était sidérée.

Après lui avoir jeté un regard assassin, Ha-yeong se rua dehors. Seon-gyeong était inerte, la tête vide. Elle voyait vaciller devant ses yeux le visage de cette petite fille lui criant dessus.

Ha-yeong surgit de la véranda, sa peluche dans les mains. Elle retourna dans sa chambre sans un regard pour sa belle-mère, martelant les escaliers de ses pas. Seon-gyeong n'en croyait pas ses yeux. Elle avait passé toute la journée à se démener pour cette gamine. Sa bonne humeur, la satisfaction d'avoir accompli ce qu'il fallait, tout cela s'évanouit d'un seul coup. Une fois de plus, elle fut incapable de se mettre en colère. Elle soupira et tâcha de se calmer. Elle appela Ha-yeong de la même voix que d'habitude :

– Il n'est pas encore sec, reviens l'étendre.

Il faudrait au moins trois jours pour que cette peluche soit sèche. Mais l'enfant ne répondait pas et ne descendait pas non plus. Seon-gyeong tendit l'oreille ; l'étage était absolument silencieux. Elle tenta de l'appeler une fois encore, mais toujours aucune réaction. Elle se décida à monter.

Quand elle ouvrit la porte de la chambre, elle resta pétrifiée. La pièce était un champ de bataille. Des bouts de tissus déchirés, de coton et des billes de polystyrène étaient éparpillés dans tous les coins.

– Qu'es... qu'est-ce que tu fabriques ?

Ha-yeong était en train d'éventrer sa peluche avec des ciseaux. Voyant que cela ne marchait pas comme elle le désirait, elle les jeta et se mit à déchirer la toile à mains nues pour pouvoir fouiller à l'intérieur. Elle en sortit un à un des objets qu'elle examina soigneusement en murmurant :

– Non, c'est pas ça… Ça y est pas.

Elle retourna complètement la peluche pour mieux en scruter l'intérieur. Elle reprit les ciseaux pour s'attaquer à la tête ; les maniant sans hésitation, lacérant férocement le tissu. Elle ne prêtait pas une seule seconde attention à la présence de Seon-gyeong.

– Qu'est-ce que tu fais ? Tu veux bien t'arrêter, oui ? s'écria Seon-gyeong en se précipitant vers elle pour l'attraper par le bras.

La fillette la repoussa brutalement.

– Vous… l'avez pris ?

– De quoi tu parles ? Qu'est-ce que j'ai pris ?

Après l'avoir transpercée du regard, Ha-yeong l'ignora de nouveau et se remit à s'affairer sur la tête de son ours.

– Ça suffit maintenant.

Seon-gyeong se jeta sur elle pour s'emparer des ciseaux. Mais la fillette ne manquait pas de force. Elle ne lâchait pas prise facilement. Après s'être débattue un moment, elle finit par mordre le bras de Seon-gyeong jusqu'au sang. Surprise, cette dernière relâcha son étreinte.

Brandissant son arme, Ha-yeong la regardait d'un air menaçant. Elle semblait prête à bondir sur elle d'un instant à l'autre. Ses yeux lançaient des éclairs. Seon-gyeong n'avait jamais vu une telle expression sur le visage de quelqu'un. Elle n'arrivait pas à croire que cette enfant n'avait que onze ans.

Les ciseaux brillaient sous le soleil. Éblouie, Seon-gyeong tourna brusquement la tête, ce qui lui permit d'éviter de justesse les lames fondant sur son visage. Elle ressentit une vive douleur. En ouvrant les yeux, elle vit un filet de sang lui couler le long du bras.

– Mais, qu'est-ce qui te prend ?

– Dégage !

La tension était palpable, son regard glacial. Ha-yeong hurla plus fort encore :

— Sors de ma chambre ! Dégage !

Elle lâcha des injures atroces. Seon-gyeong perdit le contrôle. Aveuglée par la colère, elle la gifla sans même s'en rendre compte.

Ha-yeong en resta stupéfaite. Seon-gyeong de même. Elle finit par reprendre ses esprits. Elle ne pouvait pas croire à ce qu'elle venait de faire. Ha-yeong devint blême.

Elle jeta avec force la paire de ciseaux.

— Ha... Ha-yeong, ça va ? demanda Seon-gyeong.

Elle fit un pas dans sa direction pour la prendre dans ses bras, mais s'arrêta aussitôt en remarquant l'air féroce de la fillette. Ha-yeong esquissa un mouvement pour se jeter sur elle mais s'arrêta aussitôt. Ses forces semblèrent la quitter et son visage redevint celui d'une enfant ; elle éclata en sanglots. De grosses larmes lui dévalaient le long des joues.

Seon-gyeong fut sidérée de ce brusque changement d'attitude.

— Papa ! gémit Ha-yeong, tendant les bras et se précipitant vers la porte.

Surprise, Seon-gyeong se retourna et tomba nez à nez avec son mari.

Elle ne pouvait pas savoir depuis quand il était là, mais à en croire son visage, il l'avait vue gifler sa fille. Il prit Ha-yeong dans les bras et lui caressa le dos tout en regardant durement sa femme. Un regard froid, plein de déception.

Elle comprit pourquoi Ha-yeong avait soudainement retrouvé son air de petite fille. Elle en eut froid dans le dos. Sa malice la laissait sans voix. Elle se sentit suffoquer.

Pour elle, la réaction de son mari n'était pas un problème. Ils pourraient régler ça ensemble plus tard. Ce qui bouleversait Seon-gyeong était ce changement brutal de comportement chez la fillette. Ce n'était pas celui d'une enfant surprise par une gifle, éclatant en sanglots à la vue de son père. Il n'avait pas été dicté par ses émotions mais par un choix logique. Un instant, Seon-gyeong avait pu lire de la ruse dans ses yeux.

Elle avait agi en connaissance de cause : elle savait parfaitement quel sentiment son action provoquerait chez son père. Comment avait-elle pu saisir la situation aussi rapidement ? Cette intelligence perverse laissait Seon-gyeong perplexe. Elle commençait à saisir dans quel environnement cette enfant avait grandi jusqu'à présent.

Elle contempla Ha-yeong pleurer à chaudes larmes dans les bras de son père puis sortit de la pièce. Elle devrait parler calmement de ce problème avec lui. Mais d'abord, elle devait le laisser consoler sa fille.

Seon-gyeong entra dans son bureau et tâcha de se calmer. Elle s'inquiétait. À l'avenir, comment devrait-elle réagir avec Ha-yeong ? Elle craignait aussi un peu la réaction de son mari. Malgré les circonstances atténuantes, elle regrettait son geste.

Il la rejoignit rapidement. Il se planta d'abord devant la fenêtre, sans rien dire. Il était bien plus en colère qu'elle ne l'avait imaginé. Il attrapa une chaise et vint s'asseoir devant elle :

– Tu veux bien m'expliquer ? demanda-t-il d'une voix tranquille.

Son ton posé inquiéta Seon-gyeong. Elle le connaissait. Elle savait que plus il était furieux, plus il avait l'air calme.

– Pour la gifle… C'est vrai, c'est ma faute. Je ne comprends pas ce qui s'est passé. Elle me hurlait dessus, elle m'insultait… je n'ai pas pu me retenir.

– Et pourquoi est-ce qu'elle t'insultait ?

– Je ne sais pas. Je ne comprends pas pourquoi elle s'est mise à ce point en colère…

– Il ne s'est rien passé avant ?

– Juste l'ours, tu as bien vu, non ? Comme il était sale. Je l'ai simplement lavé.

– C'est vraiment tout ?

– Il n'y a rien eu d'autre. Dès qu'elle est rentrée de l'école, elle a cherché sa peluche. Je lui ai dit que je l'avais lavée… Puis elle est montée avec son ours encore tout humide et…

Seon-gyeong eut la chair de poule en se rappelant avec quelle sauvagerie Ha-yeong avait déchiqueté cette peluche qu'elle aimait tant. Comment une enfant pouvait-elle contenir une telle rage ? Elle avait cru que son cœur allait s'arrêter en voyant le visage de cette gamine brandissant les ciseaux. Elle ne voulait pas l'admettre, mais elle avait peur. Ha-yeong la terrifiait. C'était cette peur qui l'avait giflée.

Son mari ne se rendait compte de rien. Comment pourrait-elle lui avouer que sa fille l'effrayait ?

# 14

Le sommeil de nouveau le fuyait. Un vieux cauchemar qui revenait le hanter.

Il n'aurait jamais dû demander une pomme à Seon-gyeong. Ni en sentir l'odeur. Ni la manger. Tout avait basculé en un instant.

Au moment où il avait croqué dedans, une faim terrible l'avait envahi, une faim contre laquelle il luttait depuis longtemps. Si cet entretien l'avait bouleversé à ce point, c'était à cause de cette pomme. Glissant le long de son œsophage, traversant son estomac, elle s'était répandue dans tout son corps, réveillant une à une des choses autrefois occultées.

Les souvenirs de ce lieu où il ne pourrait plus retourner, les souvenirs qu'il avait scellés au fond de sa mémoire, empiétaient petit à petit sur son sommeil.

Étendu sur le sol de sa cellule, les yeux fermés, il pouvait de nouveau sentir l'air frais de l'entrepôt de pommes.

Ces pommes, qu'ils vendaient tout au long de l'hiver, étaient entreposées dans des centaines de caisses. Avec l'arrivée des beaux jours, les invendues se mettaient à pourrir ; une forte odeur sucrée envahissait les lieux. La dame et ses filles triaient alors les fruits abîmés. Il les mettait à son tour dans une caisse et allait les jeter dans la rivière devant le verger.

En les regardant s'éloigner dans le courant ou se coincer contre la berge, une pensée le prenait souvent : et si, lui aussi, était une pomme pourrie ? La chanson de sa mère, qui lui tournait de nouveau dans la tête, avait commencé à le gangrener petit à petit. Il s'endormait, tremblant de peur, pour se réveiller en sursaut au moindre coup de vent, au moindre craquement.

— Il faut faire gaffe. Une seule pomme pourrie et c'est toute la caisse qui est fichue, lui avait expliqué une fois la dame en attrapant une pomme en apparence intacte.

Juste un infime détail avait attiré son œil averti, et c'est également elle qui avait remarqué un changement en lui.

— Quelque chose ne va pas ?

Il donnait le change en agissant comme d'habitude, mais sa transformation n'avait pas échappé à cette femme. Il ne parlait pas moins qu'avant, il n'avait pas perdu l'appétit. Elle pouvait simplement sentir cette bourrasque d'air froid tourbillonner en lui. Il n'avait pas pu répondre. Il s'était contenté de faire non de la tête. Elle avait caché tant bien que mal sa peine, puis lui avait dit en souriant :

— Si tu as un poids sur le cœur, tu peux m'en parler quand tu veux.

Il voulait se débarrasser de tout ça. Extirper de sa tête tout ce qui était en train d'y pourrir. Pouvoir vivre comme si rien ne s'était jamais passé. Mais c'était impossible. Le souvenir de sa mère s'était propagé dans tout son corps, lui souillant le sang, la chair et les os. Un jour, n'y tenant plus, il s'était jeté dans la rivière.

Dans cette eau glacée qui le mordait jusqu'aux os, il avait compris. Il devait partir. Il n'était pas différent de ces fruits pourris. S'il restait, sa pourriture finirait par atteindre cette femme et ses filles. Peut-être même finiraient-elles comme lui ? Il ne pourrait pas se le pardonner.

Après son départ, il n'avait jamais remis les pieds là-bas.

Le jour où il avait enterré sa mère, le verger lui était revenu à l'esprit. Avec ses grands pommiers et leurs fruits. Ils savaient que ces pommes, capables d'apaiser la faim terrible qui l'habitait, l'attendaient toujours là-bas. Très vite, il avait secoué la tête. Emporté par la rivière, il ne pouvait plus revenir en arrière. Il était parti de lui-même. Sa tête, sa poitrine, ses mains étaient déjà corrompues. Il ne dégageait pas une douce odeur sucrée comme les pommes pourries ; il empestait la corruption. Les mains souillées par le sang de sa mère, il ne pouvait pas retourner là-bas.

Il avait effacé de sa mémoire les années au verger, comme on oublie un rêve.

S'il n'avait jamais rencontré Seon-gyeong, il aurait sûrement marché à l'échafaud, ces souvenirs enfouis au plus profond de lui.

Jusqu'alors, il regardait le temps s'écouler doucement dans sa cellule, se remémorant ses dizaines de meurtres. Il y en avait au moins dix que la police ignorait. Ils n'existaient que pour lui, dans sa mémoire. Il les ruminait de temps à autre. Ici, il n'y avait peut-être pas de pommes savoureuses, mais il goûtait une sorte de paix. Il n'entendait plus la chanson de sa mère. Attendre la mort ainsi, se disait-il, n'est pas si mal. Jusqu'à ce que Seon-gyeong apparaisse dans sa vie.

Ce jour-là, il s'était levé de mauvaise humeur. Et comment aurait-il pu ne pas l'être après le cauchemar qu'il avait fait ?

Il poursuivait un chat au milieu d'une plaine immense et déserte. Il ne savait pas d'où il sortait ; son pelage était gris, il avait des yeux jaunes. Le chat lui tournait autour, miaulant comme un bébé. Il avait d'abord décidé d'ignorer l'animal et de poursuivre sa route. Mais il lui portait sur les nerfs. S'il le regardait, il se figeait sur place, s'il le poursuivait, il s'enfuyait. La bête avait fini par s'arrêter aux abords d'une maison en ruine.

La vieille maison de sa mère, là où était enterrée sa dépouille. Le chat avait disparu. Le jardin était recouvert d'herbes sauvages. La pelle, toute rouillée, était près de tomber en poussière. Il manquait tout un pan de mur. Quand il comprit où il se trouvait, un frisson lui parcourut l'échine. Il se rua vers le portail. Mais celui-ci, d'abord à portée de main, s'éloignait de plus en plus. La terre, ferme une minute auparavant, était devenue un véritable marécage où il s'enfonçait. Plus il s'agitait, plus le bourbier l'aspirait. Il chercha autour de lui un endroit où s'accrocher, empoigna une grande touffe d'herbes et il commençait péniblement à remonter quand quelque chose lui saisit la cheville. Une main décharnée. Il se débattit de toutes ses forces, mais pas moyen de se libérer. Il s'enfonçait de nouveau dans la boue. C'était comme le piège d'un fourmilion. Il tenta de se raccrocher aux herbes, mais tout le jardin était comme attiré avec lui.

— Miaou !

Le chat réapparut. Assis sur la terrasse, il le regardait s'enfoncer lentement dans la terre. Au moment de hurler vers lui, il se réveilla.

C'était le jour de son rendez-vous avec son avocat désigné d'office. Ils se rencontraient alors chaque mois. Il avait d'abord pensé refuser, mais un sentiment mystérieux l'avait poussé à s'y rendre. Contenant autant que possible sa mauvaise humeur, il avait pris la direction du parloir.

Sur le point d'entrer dans le bâtiment, il avait remarqué un groupe d'étudiants marchant derrière une baie vitrée. Un badge autour du cou indiquait une visite universitaire. L'angoisse et l'excitation étaient visibles sur leurs visages.

Le surveillant qui l'escortait, voulant attendre que les visiteurs passent, lui avait barré la route. À la fin de la file d'étudiants, Byeong-do avait remarqué une femme. Il en avait été comme frappé par la foudre.

Sa vision s'était troublée. Il ne voyait plus ni les gardiens ni les bâtiments de la prison. Il n'y avait plus que cette femme et lui.

Non ! C'est impossible, s'était-il dit. Il n'en croyait pas ses yeux.

C'était comme un fossile surgi des tréfonds de sa mémoire. Elle était passée à une dizaine de mètres de lui, mais il avait pu l'examiner attentivement. Elle lui ressemblait ; elle eut le même geste pour balayer sa frange sur son front bien dessiné.

Un panier sur une épaule, tout en cueillant des pommes, la dame du verger remontait sa frange du dos de la main. Elle faisait de même pour essuyer la sueur sur son visage, tout en lui souriant. Et quand elle souriait elle avait de petites rides autour du nez.

Cette femme dans la prison ressemblait à la dame du verger quand il l'avait rencontrée pour la première fois à l'hôpital. Il avait jeté un bref coup d'œil à son badge.

« Accompagnateur : Lee Seon-gyeong. »

Son rêve de la veille lui était soudain apparu comme une révélation. Il avait compris que ce n'était pas un hasard s'il avait résisté à sa mauvaise humeur pour venir au parloir. C'était pour rencontrer cette femme. Elle était passée devant lui pour rejoindre son groupe d'étudiants. Elle n'avait pas remarqué que Byeong-do la scrutait attentivement.

Avant d'entrer dans le parloir, il avait échangé quelques mots avec le surveillant afin d'obtenir des informations. Tout ce qu'il savait c'était que ces jeunes appartenaient au département de psychologie criminelle de l'université. C'était suffisant.

Avec son avocat, il avait amené mine de rien la conversation sur le sujet d'un éventuel entretien, auquel il s'était jusqu'ici opposé. Plus tard, le magistrat, s'étonnant de ce changement d'attitude, l'avait longuement interrogé. Byeong-do avait fini par le convaincre en évoquant une forme de repentance. Une semaine plus tard, quand l'avocat lui avait tendu la liste des membres du comité, Byeong-do avait mentionné Seon-gyeong. Il lui avait dit avoir lu son nom dans une revue. Si c'était avec elle, il accepterait un entretien.

De plus en plus souvent réveillé par des cauchemars, il repassait cette journée dans sa tête. Il regrettait d'être allé au parloir ce jour-là ; il aurait mieux fait d'écouter sa mauvaise humeur. Ainsi, il n'aurait jamais rencontré Seon-gyeong. Il avait lui-même brisé la tranquillité de ses jours en cellule.

Mais, se disait-il, si le choix était à refaire, il prendrait probablement la même décision.

Il était resté plusieurs jours dans un profond état d'excitation. Quand le comité lui avait finalement transmis la date prévue pour l'entretien, un frisson de joie lui avait parcouru le corps. C'est tremblant d'enthousiasme qu'il s'était rendu dans la pièce prévue pour l'entrevue.

Après avoir rencontré Seon-gyeong, il avait compris son erreur. Elle n'était pas la dame du verger. Et lui, il n'était plus ce petit garçon d'une dizaine d'années. Il avait assassiné un nombre incalculable de gens et attendait désormais la mort.

Seon-gyeong ne lui avait pas jeté de regard affectueux, n'avait eu pour lui aucune parole de réconfort. Il avait aussi oublié autre chose. Même s'il revoyait la dame du verger, ce ne serait plus comme avant. Il n'était plus qu'un fruit pourri.

Il se rappelait les pommes abîmées partant à la dérive sur la rivière. La dame les jetait sans la moindre hésitation ni le moindre remords. Dans son imagination, il se voyait au milieu de ces centaines, de ces milliers de pommes emportées par le courant ; sur la berge, les arbres, autrefois couverts de fruits, étaient en train de mourir. D'autres souvenirs qu'il avait scellés au fond de son âme lui étaient revenus à l'esprit. Par le passé, il avait si souvent voulu retourner là-bas. Il avait toujours fait de son mieux pour se retenir d'y penser, mais ses efforts étaient inutiles.

Il avait fini par comprendre pourquoi il n'avait jamais sauté le pas.

Si cette dame avait refusé de lui tendre la main, il n'aurait jamais pu le supporter. Malgré sa crasse, malgré son apparence misérable, il espérait qu'elle le prendrait dans ses bras pour le consoler. Mais que se passerait-il s'il la rencontrait et qu'elle le méprisait ? Il avait eu peur. Il n'avait jamais pu se résoudre à y aller. Même si ce n'était qu'un mensonge, il voulait croire qu'il serait toujours le bienvenu là-bas. Peu importait que personne ne le comprenne dans ce monde. Cette dame, qui survivait dans sa mémoire, lui suffisait. Ce verger était pour lui un sanctuaire. Il refusait de perdre cet endroit idyllique, de souiller ce lieu immaculé.

Byeong-do se réveilla et cligna des yeux dans l'obscurité.

Il était emporté par ses pensées. Qu'est-ce que j'espère ? Qu'est-ce que j'attends encore de mes rencontres avec elle ? Ce n'était pas la dame du verger. Il le savait parfaitement. Dès le début il avait ressenti ce qui séparait ces deux personnes. Dans ce cas, pourquoi poursuivre ces entretiens ?

Il avait l'impression de participer à une répétition. Peut-être voulait-il vérifier au travers de Seon-gyeong comment la dame réagirait si elle le voyait de nouveau.

— Mais ce visage... murmura-t-il pour lui-même.

Sans même s'en rendre compte, il avait raconté des choses à Seon-gyeong qu'il avait toujours voulu confier à la dame du verger. Il brûlait d'envie de lui parler. De lui avouer ce qu'il n'avait pas pu dire durant les cinq années passées avec elle, de lui raconter comment il avait vécu depuis son départ. De se plaindre, de se comporter comme un enfant. Ce qu'il n'avait jamais pu faire.

Seon-gyeong n'était pas la dame du verger. Il avait beau se le répéter, son passé l'envahissait de plus en plus ; il n'arrivait plus à maîtriser ses émotions.

Byeong-do sentit l'angoisse s'emparer de lui. Après sa dernière rencontre avec Seon-gyeong, le petit garçon qui vivait au fond de lui s'était réveillé. Ce petit garçon, tapi dans l'obscurité, terrifié par les coups de bâton et les insultes de sa maman. L'oreille toujours tendue vers les bruits de pas qui approchaient.

Il lui sembla soudain de sentir les mains de sa mère autour de son cou. Où qu'il soit, elle le retrouvait toujours. Son fantôme pouvait renifler sa peur. Venant de loin, de très loin, Byeong-do entendit la chanson remonter peu à peu.

Il ne dormait plus, il n'avait plus d'appétit. Il ne pouvait plus faire taire l'enfant en lui. Aurait-il la force de combattre sa mère de nouveau ? D'empoigner la pelle, de la frapper encore une fois ? Il secoua la tête. Il aurait beau la tuer encore et encore, elle reviendrait toujours fredonner cette chanson à son oreille.

En prison, il était parvenu avec peine à se défaire de ce refrain maudit. Mais en rencontrant Seon-gyeong, au moment où les souvenirs du verger lui étaient revenus à la mémoire, la chanson funeste était revenue.

Il aurait voulu tout dévoiler à Seon-gyeong, mais quelque chose en lui savait qu'il était trop tard.

Au moment où les portes de sa mémoire s'étaient ouvertes, cet endroit, cette prison, avait cessé d'être un havre de paix.

# 15

Une fois que Ha-yeong fut partie pour l'école, Seon-gyeong commença par faire un peu de ménage. En sortant les poubelles, elle remarqua un sac plastique noir. Elle l'ouvrit, sans trop réfléchir. Il contenait les morceaux de l'ours que la fillette avait taillé en pièces. La veille, l'incident s'était conclu sans qu'elle n'en discute sérieusement avec son mari. Ce n'était pourtant pas le genre de problème qu'ils pouvaient passer sous silence. Elle ne devait pas laisser les choses débuter aussi mal.

Elle termina son nettoyage et se prépara pour se rendre à l'hôpital. Avant de sortir, elle appela Hui-ju, une amie qui dirigeait un cabinet de pédopsychologie.

C'était une ancienne camarade d'université. Seon-gyeong étant partie étudier à l'étranger, elles ne s'étaient pas revues pendant longtemps. Puis Hui-ju avait surpris son amie en débarquant à l'improviste le jour de son mariage. Avant la cérémonie, elles avaient pris des photos ensemble. Hui-ju l'avait ensuite emmenée à l'écart pour lui parler :

— Pour être franche, il ne me plaît pas.

Elle avait juste aperçu son conjoint échanger des salutations avec les invités.

« Pour être franche », c'était typique d'elle. Hui-ju n'avait pas sa langue dans la poche. Sa franchise extrême pouvait être désagréable, voire blessante, mais c'était aussi grâce à cela qu'elles étaient devenues si proches et qu'elles pouvaient aller si loin en se confiant.

— Et pourquoi ça?

— Parce que je ne le sens pas.

La secrétaire du cabinet transféra son appel sur le poste de Hui-ju.

— Une enfant de onze ans? Et c'est toi qui l'élèves? avait-elle répondu d'une voix cassante après avoir écouté l'histoire de Seon-gyeong.

Elle s'attendait à ce genre de réaction de la part de son amie, mais se sentit épuisée avant même d'avoir commencé à parler. Devinant le désemparement de son amie, Hui-ju ne continua pas plus loin dans ses reproches et changea de sujet:

— Bon, après tout, ça ne sert plus à rien d'en discuter maintenant, pas vrai? Explique-moi pourquoi tu m'appelles. Il y a quelque chose qui t'inquiète? demanda-t-elle, pour aller droit au but.

Seon-gyeong n'arrivait pas à se décider.

Après un moment d'hésitation, elle raconta tout. Hui-ju l'écouta attentivement, sans l'interrompre. Mais en entendant l'histoire du nounours, elle ne put s'empêcher de lui couper la parole:

— Attends, t'es en train de me dire que t'as pris la peluche d'une gamine qui a tout perdu dans un incendie?

— Mais quoi? Je voulais juste la laver.

— Comment toi, une psychologue, tu peux parler ainsi?

Seon-gyeong ne savait pas quoi répondre.

— Tu t'es pas dit que cette peluche pouvait avoir une signification particulière? Si tu considères que c'est le seul objet qu'elle ait emporté au moment de l'incendie, tu dois te douter qu'il est important pour elle, non? Et si ce nounours avait gardé l'odeur de sa mère, hein? Ça voudrait dire que tu as effacé jusqu'au souvenir de sa maman.

Elle comprit enfin où son amie voulait en venir.

Seon-gyeong aussi avait vécu quelque chose de similaire.

Après les obsèques, elle avait ouvert la garde-robe de sa mère pour s'y réfugier. Elle avait attrapé tous ses vêtements pour plonger la tête dedans. Il ne restait plus aucune odeur de sa maman. Pourtant, persuadée qu'elle demeurait quelque part, elle avait enfoncé sa tête plus profondément encore dans les habits. Quelques heures plus tard, quand son père, épuisé d'avoir couru partout à la recherche de sa fille, avait finalement ouvert la garde-robe, Seon-gyeong lui avait tendu une écharpe en disant :

– Papa, ici il y a encore l'odeur de maman.

Elle ne se rappelait plus la tête qu'il avait faite. Il l'avait prise dans ses bras et s'était mis à pleurer. Ses épaules tremblaient sous les sanglots. Seon-gyeong en avait été décontenancée.

Peu de temps après, il avait rassemblé toutes les affaires de sa femme, décidant qu'il fallait les brûler. Furieuse, Seon-gyeong ne lui avait pas adressé la parole pendant longtemps. Elle ne comprenait pas que son père essaie d'oublier sa mère aussi rapidement.

Seon-gyeong se mit à la place de Ha-yeong.

Elle lui avait pris son père. Et la veille encore, elle avait effacé jusqu'aux dernières traces de sa mère. Rien d'étonnant à ce que cette petite fille ait résisté désespérément. Pour couronner le tout, elle l'avait giflée.

Elle se rappela l'attitude de Ha-yeong avant de partir à l'école.

Elle ne lui avait pas jeté un seul regard et n'avait répondu à aucune question de son père. Ayant d'abord déclaré qu'elle ne voulait pas déjeuner, il était difficilement parvenu à la faire asseoir à table. Ha-yeong avait envoyé valdinguer son bol par terre. Il l'avait grondée, mais elle n'avait pas bronché. Un silence glacial s'était installé.

– Tu m'écoutes ? lui demanda Hui-ju.

– Hein... Ah, oui, oui.

– Je vais te dire une chose. À cet âge, les enfants ne sont pas aussi naïfs que tu penses. Ils savent jauger une situation, comprennent les actions et leurs conséquences, et saisissent d'instinct qui est le chef à la maison. Tout le temps où tu l'observes, elle fait de même.

Seon-gyeong n'avait pas pensé à ça. Elle passa en revue les événements récents. À quel point l'incident d'hier les avait-il éloignées l'une de l'autre ?

— Ne t'inquiète pas trop. C'est peut-être dur maintenant, mais une fois qu'elle se sentira en sécurité, qu'elle jugera que tu es une personne de confiance, elle oubliera l'histoire d'hier.

— ...

— D'abord, il faut que ton mari t'aide. C'est lui qui connaît le mieux sa fille. Peu importe qu'il soit occupé ou non. Dis-lui de lui consacrer toute son attention jusqu'à ce qu'elle aille mieux.

Ce n'étaient que des hypothèses, mais les paroles de Hui-ju firent forte impression sur Seon-gyeong. Elle fut de nouveau agacée par l'attitude de son mari.

Elle entendit son amie échanger avec quelqu'un.

— Ah ! C'est l'heure de ma prochaine consultation...

— Pas de problème. Merci.

— Si tu as des questions ou si quelque chose se passe, n'hésite pas à m'appeler.

L'appel avait été bref, mais son amie s'était conduite en véritable professionnelle. Elle avait tout de suite saisi le cœur du problème.

Seon-gyeong n'avait jamais réfléchi à ce que pouvait signifier cet ours en peluche pour Ha-yeong. Elle n'avait pas su se mettre à sa place. Seon-gyeong avait lavé les derniers souvenirs de sa maman, elle les avait effacés au milieu de la lessive et des bulles. Pour la première fois, elle comprit l'étendue de son erreur. La fureur de Ha-yeong ne l'étonnait plus.

Avant qu'elle ne commette un nouveau faux pas, il fallait qu'elle en apprenne plus sur cette enfant. Elle avait beaucoup de questions à poser à son mari. Elle sortit en toute hâte de la maison.

— Pourquoi tu demandes ça d'un coup ?

Quand Seon-gyeong l'avait interrogé sur la relation entre son ex-femme et sa fille, la voix tendre de son mari s'était durcie.

Debout à côté du distributeur automatique de la salle de repos, il avala son café d'un trait avant de jeter brutalement le gobelet dans la poubelle.

Son mari avait été surpris de voir Seon-gyeong débarquer à l'hôpital sans prévenir. Quand il avait entendu qu'elle était venue pour parler de Ha-yeong, il avait pris une pause sans hésiter. Ayant terminé ses consultations, il pouvait rester avec elle jusqu'à l'heure du déjeuner. Lui aussi avait l'air de vouloir discuter. Mais quand elle l'avait interrogé sur son ex-femme, son attitude changea. Il lui avait déjà parlé du bout des lèvres de tout ça et visiblement, comme sa fille, il en gardait encore des blessures.

— Tu n'as pas deviné avec ce que je t'ai dit la dernière fois?

— Pour mieux comprendre Ha-yeong, j'ai besoin d'en savoir plus sur la relation qu'elle avait avec sa mère, sur ce qui s'est passé entre elles.

Son mari tourna la tête vers la fenêtre et regarda le ciel un moment. Puis, s'étant finalement résolu à lâcher le morceau, il se mit à parler d'une voix sèche:

— Mon ex-femme n'en avait jamais assez. Si je lui concédais une chose, elle en réclamait une seconde, puis une troisième et ainsi de suite. Elle voulait que je sois toujours à ses côtés, elle ne voyait que moi. Elle aurait aimé que ce soit pareil de mon côté. Elle ne supportait pas que je ne lui donne pas toute mon attention en permanence. Ce n'était pas de l'amour, c'était de l'obsession. Plus elle s'accrochait à moi, plus je m'enfuyais. Après notre divorce, j'avais cru avoir échappé à ses griffes, mais c'est devenu pire encore.

Voyant leur relation se détériorer, la seule solution envisagée par cette femme pour récupérer son mari avait été d'utiliser leur fille. Elle avait compris que son mari, qui ignorait ses appels et ses messages, répondait toujours lorsqu'il s'agissait de Ha-yeong. À partir de ce moment, les accidents s'étaient succédé.

— Tu... as déjà entendu parler du SMP?

Seon-gyeong hocha la tête. En écoutant l'histoire de cette femme, le terme avait traversé son esprit.

— Je n'y ai pas pensé tout de suite. Mais quand je me suis rendu compte qu'elle était hospitalisée de plus en plus souvent, j'ai interrogé Ha-yeong. Elle ne comprenait pas ce qui lui arrivait. C'est bien normal. Comment aurait-elle pu imaginer que sa propre mère s'arrangeait pour qu'elle se blesse ? À force de tomber malade avec ce qu'elle lui donnait à manger, à force de se faire mal chaque fois qu'elles étaient ensemble, Ha-yeong avait fini par se douter de quelque chose, je crois.

Le SMP, le syndrome de Münchhausen par procuration. Les personnes atteintes maltraitent leur enfant ou leur animal de compagnie afin d'attirer l'attention des autres. Pour que son ex-mari la regarde, la mère de Ha-yeong n'avait pas hésité à mettre cette dernière en danger.

Durant ses cours à l'université, ce syndrome avait attiré l'attention de Seon-gyeong. Elle avait fait quelques recherches là-dessus.

Le syndrome de Münchhausen est un trouble psychique qui pousse les gens à simuler une maladie. Utilisant toutes sortes de stratagèmes, ils s'inventent une nouvelle pathologie lorsqu'ils sentent que les autres commencent à se détourner d'eux.

Le syndrome de Münchhausen par procuration est une forme plus sévère de ce trouble. Dans ce cas, les personnes atteintes blessent délibérément une personne de leur choix pour la soigner ensuite. Ils recherchent ce statut de « protecteur », ils en jouissent.

— Donc, le jour de la mort de cette femme, c'est ce qui s'est passé ?

— Sûrement. Je lui ai dit que je ne viendrais plus pour ça. Je n'en pouvais plus. Elle a dû être désespérée quand elle a vu que sa petite ruse ne fonctionnait plus.

Il lui avait déjà dit que le jour du suicide de son ex-femme, Ha-yeong s'était cassé la jambe. Cette dernière avait déclaré avoir peur de rêver de sa maman. Il n'en fallait pas plus à Seon-gyeong pour comprendre.

Qu'est-ce que Ha-yeong pensait de sa mère ? À en croire ses rêves, son souvenir la tourmentait encore. Habituellement, les victimes du SMP se retrouvent menacées par des gens qu'elles aiment et dont elles dépendent. Le personnage ambivalent de sa mère avait sans doute jeté la confusion dans l'esprit de cette enfant.

— Après le décès de sa maman, j'ai essayé d'aller la voir plusieurs fois.

Il s'était heurté au refus des parents de son ex-femme. Étant donné qu'il s'était remarié, avaient-ils dit, il était préférable qu'ils élèvent Ha-yeong. À vrai dire, il avait trouvé leur point de vue fondé. Ne commençait-il pas une nouvelle vie?

Que pensait Ha-yeong de tout ça? Déjà traumatisée par la mort de sa mère, cette décision prise entre adultes n'avait-elle pas été une nouvelle source de chagrins pour elle? C'était sûrement ce pourquoi elle avait refusé durant un moment de le voir.

Seon-gyeong voulut rétorquer qu'il s'était conduit égoïstement, mais elle parvint à retenir ses paroles. S'il avait pris cette décision, c'était en partie à cause d'elle. Elle avait aussi sa part de responsabilité. Sans ce tragique accident chez ses grands-parents, Seon-gyeong aurait continué de vivre sans se douter de l'existence de Ha-yeong.

— Je sais que tu es occupé, mais ta fille est encore instable. Elle sort juste d'un drame affreux. Fais plus attention avec elle.

Elle aurait voulu qu'il voie l'abattement, la déception de Ha-yeong quand il partait travailler. Elle savait qu'il était pris par son travail, mais cette situation pouvait avoir une influence néfaste sur la santé mentale de cette enfant.

Sur le chemin du retour, elle ne put pas s'empêcher de penser à la relation que Ha-yeong avait avec sa mère.

Ha-yeong avait dix ans au moment de la mort de sa maman. Celle-ci avait eu beau l'avoir maltraitée, elle était tout pour elle. Une fillette de cet âge pouvait-elle comprendre? Qu'une mère puisse sacrifier son enfant pour attirer l'attention de quelqu'un? Malgré tout, sa maman devait lui manquer. Elle était devenue folle de rage en voyant que l'odeur de sa mère avait disparu de sa peluche.

Le souvenir de l'ours lui arracha un soupir. Elle s'était comportée d'une manière arbitraire. Elle n'avait même pas pensé à attendre que Ha-yeong rentre pour lui en parler. Et ce n'était pas tout. Que ce soit pour décorer sa chambre ou pour acheter ses vêtements, c'était elle qui avait décidé toute seule. Elle avait choisi les draps, les rideaux sans même savoir quelle était sa couleur préférée. Elle lui avait certes demandé son avis en achetant ses habits mais, avant même qu'elle ait répondu, Seon-gyeong avait déjà pris sa décision. Tous ces derniers jours passés ensemble, elle n'avait fait que l'habiller et la nourrir à sa guise.

Les paroles de Hui-ju revinrent à son esprit. Tout le temps où elle observait Ha-yeong, celle-ci faisait de même. Elle n'osait imaginer comment cette enfant la voyait. Probablement comme une personne peu attentive et sans cœur. Impatiente et égoïste. Décidément, elle n'était pas prête pour élever un enfant.

Elle ne pouvait pas continuer ainsi. D'abord, il fallait que Hui-ju l'aide et aussi qu'elle trouve un moyen de se rapprocher de Ha-yeong. Elle voulait lui faire oublier les blessures reçues de sa mère. Tout ne se réglerait pas en un claquement de doigts. Ce serait un travail de tous les jours, l'accumulation patiente d'émotions positives au quotidien.

Elle s'arracha à ses pensées. Elle venait d'apercevoir un panneau indiquant la direction pour l'école de Ha-yeong. Elle sentit que c'était un signe.

Elle donna un coup de volant et prit cette direction.

# 16

C'était bientôt l'heure de la sortie des classes. Seon-gyeong se gara devant l'école pour attendre.

Peu de temps après la sonnerie, le bavardage des élèves retentit dans les bâtiments et la cour de récréation. Les écoliers se mirent à sortir un à un par la porte de l'établissement. Seon-gyeong, inquiète de manquer Ha-yeong, quitta sa voiture.

Elle scrutait la cohue d'enfants, la cherchant du regard. Elle s'était inquiétée pour rien : elle la repéra du premier coup. Elle marchait côte à côte avec une fille de son âge qui n'arrêtait pas de parler. Ha-yeong écoutait en silence.

— Ha-yeong, par ici ! l'appela Seon-gyeong en agitant la main.

L'enfant écarquilla les yeux de surprise en l'apercevant. Seon-gyeong s'approcha à grands pas.

— C'est qui ? C'est ton amie ?

— On est binôme, je m'appelle Choe Ga-eun.

— Ah, enchantée. Vous êtes donc voisines de classe. Elle vient de changer d'école et elle ne connaît personne, je compte sur toi pour être gentille avec elle.

— Oui. Toutes mes copines sont aussi ses copines. C'est votre voiture ? Ouah, c'est trop cool...

Pendant ce temps, Ha-yeong n'avait rien dit et n'avait pas jeté un regard vers Seon-gyeong. Cette dernière se dépêcha de prendre son cartable.

— Tu as faim ? Tu veux manger quelque chose ? Ton amie peut venir aussi.

— Oh, vraiment ? s'exclama Ga-eun.

Ha-yeong jeta un regard mécontent vers sa camarade.

— Pars d'abord.

— Mais...

— Moi je veux rentrer à la maison, d'accord ? lâcha Ha-yeong d'un ton sec.

Ga-eun la dévisagea, perplexe, avant de tourner la tête vers Seon-gyeong.

— Ah là là, dit cette dernière. On dirait qu'elle veut rentrer à la maison. Ga-eun, ce sera pour la prochaine fois. On va se dire au revoir pour le moment.

— C'est ça. Au revoir, madame. Rentre bien, Ha-yeong, dit-elle en agitant la main avant de se diriger vers la route.

Cette petite avait l'air aimable. Elle semblait faire de son mieux pour mettre les gens à l'aise. Seon-gyeong était soulagée que Ha-yeong ait une camarade comme elle à ses côtés.

Faisant comme s'il ne s'était rien passé, Seon-gyeong donna une petite tape sur l'épaule de Ha-yeong et lui lança :

— On y va aussi ?

Seon-gyeong se dirigea vers la voiture, mais Ha-yeong demeura immobile.

S'obstinant d'abord dans son silence, elle finit par s'approcher en tendant la main :

— Rendez-moi mon cartable.

— On va rentrer en voiture.

— J'ai pas envie. Je vais marcher.

— Ha-yeong...

Sans tourner une seule fois la tête vers Seon-gyeong, la fillette empoigna son cartable pour le récupérer. Ne sachant que faire, Seon-gyeong lui prit le bras.

— Avant de te rendre ton cartable, j'ai quelque chose à te dire.

— ...

— Je suis désolée pour hier. J'ai fait une erreur. J'aurais dû te demander avant, mais j'en ai fait qu'à ma tête. Excuse-moi. Je ne savais pas que c'était si important pour toi.

— ...

— Et je suis désolée de m'être mise en colère et de t'avoir giflée. Ça n'arrivera plus dorénavant.

Ha-yeong ne la regardait toujours pas, mais Seon-gyeong sentit qu'elle tendait l'oreille à ses paroles. Elle s'accroupit pour se mettre à sa hauteur.

— C'est parce que je ne sais rien de rien. Il n'y a que des adultes autour de moi. Alors j'ai jamais appris comment devenir amie avec une jeune personne comme toi.

— ...

— J'aimerais qu'on s'entende bien à l'avenir... Tu voudrais m'apprendre comment faire ?

Hésitante, Ha-yeong la regarda un instant droit dans les yeux. Elle hocha imperceptiblement la tête.

— Merci.

— Heu...

Ha-yeong se décidait enfin à ouvrir la bouche, Seon-gyeong se sentit nerveuse.

— ... j'ai soif. J'aimerais boire de l'eau.

La pression retomba d'un coup. Seon-gyeong était soulagée. C'était la première fois que Ha-yeong lui demandait quelque chose. Elle scruta autour d'elle et vit une épicerie.

— Reste ici. Je reviens.

De retour à la voiture, il n'y avait plus trace de la fillette. En cherchant du regard, elle la trouva le nez collé contre la vitrine d'un magasin.

Elle s'approcha et lui donna la bouteille d'eau.

Ha-yeong regardait un chiot, des étoiles plein les yeux.

Cette petite animalerie en face de l'école semblait être l'attraction du coin. En plus de Ha-yeong, d'autres élèves se pressaient au spectacle, faisant coucou de la main ou tapotant contre la vitre.

— Madame... vous aimez les chiens ? l'interrogea Ha-yeong, tout en dévorant le chiot des yeux.

— Pourquoi ? Tu voudrais avoir un chien ?

Ha-yeong tourna brusquement la tête vers elle. Son regard était rempli de désir. Seon-gyeong n'avait pas pensé à ça, mais un animal de compagnie ne serait peut-être pas une mauvaise idée pour l'aider à s'adapter à son nouvel environnement et à retrouver la sécurité.

Elle fixa Ha-yeong un instant puis lui tendit la main. La fillette l'attrapa sans hésiter. Seon-gyeong sentit sa petite menotte se glisser dans sa paume, la chaleur de son corps se répandre contre sa peau. Elle était tout émue. Il leur avait fallu une semaine pour en arriver là.

Elle l'entraîna à l'intérieur du magasin.

Dans des cages individuelles, des shih tzu, des beagles, des bichons maltais et bien d'autres races encore attendaient un maître. Ha-yeong paraissait avoir déjà fait son choix, elle ne décollait pas les yeux d'un chiot. Un petit shih tzu aux oreilles et aux yeux marron. Seon-gyeong le sortit aussitôt de sa cage.

— Il te plaît celui-là ?

Ha-yeong hocha la tête en caressant le chiot qu'elle tenait tout contre elle. L'animal lui lécha la main et se blottit contre sa poitrine, content d'avoir enfin trouvé une maîtresse.

Seon-gyeong acheta l'animal et tout le nécessaire pour s'occuper de lui. Une niche, de la nourriture, des produits pour le laver, des petits jouets, etc. Il y avait tellement de choses qu'elle dut faire plusieurs allers-retours jusqu'à sa voiture.

Quand Ha-yeong sortit du magasin le chiot entre les bras, tous les enfants se précipitèrent vers elle. Alors qu'ils tendaient la main pour le caresser, Ha-yeong cria :

— Non, le touchez pas.

Elle courut à toutes jambes vers la voiture. Après avoir chargé toutes les affaires dans le coffre, Seon-gyeong s'installa au volant. En jetant un coup d'œil à l'arrière, elle remarqua que Ha-yeong était déjà en train de donner une friandise au chiot.

— Ne le fais pas trop manger. Tu as entendu ce que le vendeur a dit ? Juste deux ou trois par jour.

Tout entière absorbée par le chien, Ha-yeong n'entendait plus rien. Seon-gyeong observa son visage un instant puis démarra la voiture. Elle était soulagée ; Ha-yeong était rayonnante.

En arrivant à la maison, elle eut une petite prise de bec avec Ha-yeong à propos de l'endroit où poser la niche.

La fillette voulait la mettre à côté de son lit. Seon-gyeong préférait l'installer au rez-de-chaussée, le chiot étant encore trop petit pour utiliser les escaliers. En guise de réponse, Ha-yeong prit le chien dans ses bras et insista, déclarant qu'elle le porterait elle-même si besoin. Au dîner aussi, Seon-gyeong lui reprocha de garder le chien sur ses genoux pour manger, mais Ha-yeong n'en fit qu'à sa tête. Malgré tout, l'ambiance s'était considérablement améliorée. Ha-yeong ne parlait plus de sa peluche et même après le repas, elle resta un moment dans le salon à jouer avec le chien.

Seon-gyeong attendait son mari, sûre d'elle, enfin décontractée. Elle voulait qu'il voie comment l'ambiance glaciale du matin s'était transformée. Il lui semblait que petit à petit elles parviendraient à s'entendre, à se sentir à l'aise l'une avec l'autre.

Son mari était en retard, elle lui passa un coup de fil.

Il était en pleine réunion. Il avait été désigné pour présenter le résultat de leur recherche à un congrès qui allait s'ouvrir dans un mois à Washington. Il avait dû rester au travail plus tard que prévu pour préparer l'événement avec ses collègues.

Quand il rentra, il était dix heures passées. Seon-gyeong pouvait lire la fatigue sur son visage. Il enleva son costume et se dirigea vers la salle de bain. Elle l'entendit éternuer.

Ha-yeong était descendue, le chiot dans les bras.

— Papa, regarde. J'ai un chien, dit-elle en lui tendant l'animal. Il s'appelle...

Mais loin de le prendre dans ses bras, il recula d'un bond, effrayé. Il éternua de nouveau à plusieurs reprises.

— Enlève-moi ça de là !

— Tu es allergique ? s'étonna Seon-gyeong.

— C'est quoi cette histoire ? On ramène pas un animal sans en parler d'abord, non ?

Il s'énervait plus que de raison. Ha-yeong, qui voulait simplement montrer son chiot à son père, était abattue. Elle fit un pas en arrière, serrant l'animal dans ses bras.

— Tu vas le rapporter vite fait au magasin, dit-il agacé en rentrant dans la salle de bain.

Une allergie ! Elle ne s'était pas attendue à ça. Seon-gyeong ne savait pas quoi faire. Elle regarda Ha-yeong. La déception et la tristesse se lisaient sur son visage. Elle se sentit furieuse contre son mari.

Debout, silencieuse, Ha-yeong était au bord des larmes. Comme si elle essayait de se retenir de pleurer, elle serra le petit shih tzu encore plus fort contre elle. Seon-gyeong s'approcha pour la prendre dans ses bras et lui caresser la tête.

— Ne t'inquiète pas. Je vais parler à ton père. Ça va aller.

— Oui ? implora la fillette en levant le visage vers elle.

Clignant des yeux, de grosses larmes lui dévalèrent le long des joues. Seon-gyeong les essuya aussitôt.

— Sûr ! Fais-moi confiance.

— Et si papa dit que non ?

Son mari n'était à la maison que la nuit et le matin. En enlevant les heures de sommeil, il ne devait pas passer plus de deux heures avec elles. Si pendant ce temps elles laissaient le chiot dans la chambre, il ne devrait pas y avoir de problème. Mais est-ce que ces arguments arriveraient à le convaincre ? Confuse, Seon-gyeong ne trouva rien à répondre.

Impatiente, l'enfant la tira par le bras. Seon-gyeong baissa la tête, elle vit que Ha-yeong et le chien attendaient qu'elle se décide.

— Attends voir. Il va changer d'avis.

Le visage de Ha-yeong s'éclaira tout à coup. Elle hocha la tête, les yeux brillants.

Le chien dans ses bras, elle retourna dans sa chambre. Seon-gyeong prépara des vêtements propres pour son mari et s'installa sur le canapé, fixant la porte de la salle de bain.

La douche s'arrêta et son mari sortit peu après.

Seon-gyeong se leva et lui tendit ses vêtements. Comme s'il ne s'était rien passé, son mari les attrapa et se dirigea vers la chambre. Elle lui emboîta le pas.

— Tu veux une bière ?

— Non, je suis crevé. Je vais dormir.

— Pour le chien...

— Tu...

Son mari tenta de changer de sujet :

— Ça a l'air d'aller mieux avec Ha-yeong. Comment t'as fait ?

— C'est grâce à ce chiot que tu détestes tant.

— J'ai horreur de ces bestioles.

— Tu n'as pas vu combien ta fille était heureuse ?

Il regarda sa femme d'un air ahuri.

— Alors quoi ? On va garder ce truc ?

— Il est là maintenant, tu vas faire quoi ? C'est la première fois qu'elle réclame quelque chose. Tu as vu sa déception quand tu as crié ? Elle t'a attendu toute la soirée, et toi...

Il se gratta la tête, reconnaissant qu'il y était allé un peu fort. Cependant, il ne voulait pas plier sur la question du chien.

— Je suis ultra allergique. Ça me gratte, ça me fait éternuer...

— Il suffit qu'il reste à l'étage quand tu es à la maison.

— Mais il y aura des poils partout... Pourquoi tu as acheté ça ?

À le voir grommeler ainsi, Seon-gyeong sentit la colère monter en elle. Elle le dévisagea d'un air mécontent.

— Quoi ?

— Prends des médicaments. T'es médecin, non ? Ça existe bien les traitements pour ce genre de truc.

Il était sidéré de la voir si sérieusement en colère.

— T'es sérieuse ?

— Tu pourrais pas faire un effort pour elle ? Pourquoi les gens sont si égoïstes ? Tu devais vraiment t'énerver et lui faire de la peine comme ça ?

C'est ta fille, bon sang ! Elle retint à grand-peine ces paroles. Combien de fois à l'avenir ces mots ne risquaient-ils pas de sortir de sa bouche ?

Tous ces derniers jours elle avait senti la colère l'envahir en voyant son mari se désintéresser de sa propre fille. Peu importait qu'il soit occupé, il ne pouvait pas être négligent de la sorte alors qu'elle traversait une période si difficile. Malgré leur conversation plus tôt dans la journée, il était tout de même rentré tard. Et la première chose qu'il avait faite avait été de lui crier dessus. Voilà qu'il refusait maintenant de faire une concession toute simple.

C'est ta fille, bon sang ! Seon-gyeong ravala encore une fois ces mots. Ils seraient désormais tabous, interdits dans cette maison. Puisqu'elle avait accepté de partager la vie de cet homme, de vivre avec Ha-yeong, il ne s'agissait plus de « sa » fille, mais de « leur » fille à eux.

Voyant Seon-gyeong tellement fâchée après lui, son mari, qui bougonnait encore une seconde plus tôt, fut quelque peu dérouté. Elle devait l'intimider car il évitait soigneusement de la regarder. Il dit en se grattant de nouveau la tête :

— D'accord. Pourquoi tu te mets dans cet état...

— Laisse tomber. Dors, dit-elle froidement.

Il s'approcha pour tenter de l'amadouer, mais elle lui tourna aussitôt le dos et sortit de la chambre.

Elle avait d'abord eu l'idée de se réfugier dans son bureau, mais elle changea d'avis et monta à l'étage. Il y avait de la lumière qui sortait de sous la porte de la chambre.

— Ha-yeong, dit-elle en entrant.

La fillette dormait déjà. Le chiot se tortillait sous son petit bras. Seon-gyeong le mit dans sa niche et posa un jouet à côté de lui. Observant Ha-yeong en train de dormir, elle chercha les traits de son mari dans son visage. Ils ne se ressemblaient pas tant.

Tout en lui caressant doucement les cheveux, elle essaya de se rappeler l'époque où elle avait perdu sa mère.

Elle était plus âgée que Ha-yeong, mais cela avait été très dur. Elle savait le trou béant que laissait dans la poitrine la perte de sa maman. Et que rien ne pouvait le remplir.

C'était grâce à son père qu'elle avait réussi à retrouver la lumière. Imaginant que cette enfant devait traverser les mêmes affres qu'elle, le cœur de Seon-gyeong se serra douloureusement. Elle se fit la promesse de tirer cette enfant de là, comme son père l'avait fait pour elle.

Elle rajusta la couverture, éteignit la lumière puis se dirigea vers son bureau.

# 17

Dès son entrée dans le bâtiment, Seon-gyeong put sentir l'énergie froide irradier des murs, comme si elle avait basculé dans un autre monde. Ce n'était pas comme entrer dans une salle climatisée une lourde journée d'été ; ce froid l'épouvantait. Chaque fois, elle essayait de se convaincre que ce n'était rien d'autre que son imagination, mais chaque fois elle sentait sa poitrine se serrer ; ce lieu l'oppressait.

À quoi Byeong-do pouvait penser et passer son temps ?

Elle fut soudain curieuse de son quotidien en prison.

Pensait-il à ses victimes en se remémorant ses meurtres ? Ruminait-il son ressentiment envers sa mère ? Que ce soit l'un ou l'autre, ce n'était rien de joyeux. Depuis sa naissance, c'était comme s'il avait vécu pieds nus sur la glace. Et le froid lui avait glacé jusqu'au cœur. N'avait-il donc pas le moindre souvenir chaleureux ?

Ce froid ne l'avait jamais lâché, l'avait gardé enfermé. Seon-gyeong se demanda dans quel état d'esprit il l'attendait derrière ces murs de béton. Elle ne comprenait pas ce que représentait cette pomme qu'il lui réclamait. Elle espérait simplement que ce petit cadeau l'arrachait un court instant à cette froideur.

Le surveillant lui ouvrit la porte de la salle et partit chercher Byeong-do. En attendant, elle sortit la pomme de son sac, la frotta pour la lustrer et la posa en face de la chaise vide.

Elle se rappela leur précédent entretien où, ouvrant son uniforme bleu, il lui avait montré les cicatrices qui constellaient son corps. Une scène douloureuse, tragique. Il n'est jamais facile de se dévoiler, même avec un proche. Et ils ne s'étaient rencontrés que deux fois. Elle aurait voulu l'entendre raconter plus en détail son histoire, mais il s'était ensuite muré dans le silence. Il n'y avait pas d'autre solution que d'attendre qu'il se décide à parler.

Le temps passant, elle devint nerveuse.

Logiquement, il ne fallait que quelques minutes au surveillant pour revenir avec Byeong-do. Cinq minutes s'écoulèrent, puis dix, mais elle n'entendait toujours pas le bruit de leurs pas. Elle regardait sans cesse sa montre, tapotant la table avec son stylo. Après vingt minutes, sa nervosité était telle que, ne pouvant plus y tenir, elle se leva. La porte s'ouvrit à cet instant. Ce n'était pas Byeong-do, mais le chef de la sécurité.

– Où est-il ? demanda-t-elle.

Il fit la moue, haussant des épaules, comme pour signifier qu'il n'en savait rien. Se moquant bien de l'inquiétude de Seon-gyeong, il vint s'installer calmement à la place du détenu. Comme s'il essayait de se mettre à la place de son prisonnier, il regarda attentivement tout autour de lui.

– C'est donc ici, le seul endroit où il peut sentir un peu l'extérieur ?

– ... Il est arrivé quelque chose ?

– Je n'en sais rien. C'est à lui qu'il faudrait le demander, répondit le chef de la sécurité d'un air sournois.

Agacée, Seon-gyeong lâcha un soupir et tâcha de se calmer avant de continuer :

– Qu'est-ce qui se passe ?

– Rien. On dirait simplement qu'il n'a pas envie de sortir de son petit monde douillet.

Elle ne comprenait pas où il voulait en venir. Les yeux rivés sur le visage consterné de Seon-gyeong, il croisa les mains derrière la tête et s'appuya contre le dossier de la chaise. Il semblait savourer chaque réaction de son interlocutrice.

— Je vous l'avais dit, non? Qu'il ne rencontrait des gens que quand il en avait envie. Et on dirait qu'aujourd'hui cela ne lui dit rien.

— Il savait pourtant que nous avions rendez-vous.

À ces mots, le chef de la sécurité éclata de rire, envoyant au passage une pluie de postillons. L'humeur de Seon-gyeong s'assombrit d'autant.

— Écoutez, madame la professeure. Je comprends que vous puissiez vous faire des illusions, mais vous n'avez rien à gagner dans ces rencontres. Vous n'êtes pas aussi spéciale que vous le croyez...

Il la provoquait délibérément. Ses grands airs l'énervaient, mais elle ne voulait pas penser à ça pour le moment. Le problème, c'était Byeong-do.

— Il s'est passé quelque chose? Je veux dire, depuis notre dernière entrevue...

— Rien. Peut-être que ces entretiens n'étaient pas aussi amusants qu'il ne l'avait imaginé.

— ... C'est vrai? C'est lui qui refuse de venir? Est-ce que je pourrais lui parler?

— Cela fait trente minutes que le surveillant est devant sa porte à lui répéter que c'est l'heure. Il refuse de bouger. On dirait qu'il n'a plus envie de vous rencontrer, vous devriez rentrer chez vous.

Il se leva, comme s'il en avait terminé.

— Par hasard, ce ne serait pas vous qui empêchez cette rencontre?

Elle le soupçonnait depuis le début de s'opposer à ces entretiens. Le visage du chef de la sécurité se durcit.

— Vous voulez que je vous raconte quelque chose de dégueulasse?

— ...

— D'après vous, qui fait tourner cette prison?

— Comment ça?

— Vous croyez que c'est nous? Les patrons, ce sont les détenus. Le monde tourne ici selon leurs envies. Si celui-ci a mal, on doit lui apporter des médicaments ; si celui-là veut voir quelqu'un, on organise une rencontre. Qu'il veuille ou non vous voir, c'est lui qui décide, pas nous.

— ...

— On peut s'y opposer autant qu'on veut, mais si un de ces types veut vraiment voir quelqu'un, on n'a pas d'autre choix que de préparer une pièce comme celle-ci.

Soudain, il donna un coup de pied dans la table. La pomme roula par terre. De toute évidence, ces entretiens lui déplaisaient énormément.

— Rentrez chez vous, dit-il en se dirigeant vers la porte.

— Il y a... Il y a encore du temps. Est-ce que vous pourriez lui dire que je vais attendre ?

Il ouvrit la porte et se tourna vers Seon-gyeong. Son expression était glaciale. Il la fixa un moment d'un regard sévère, puis partit sans répondre.

Une fois seule dans la pièce, elle ramassa la pomme. Elle était un peu abîmée à cause de la chute. Seon-gyeong la frotta à nouveau soigneusement et la reposa sur la table.

Elle patientait, sans plan précis en tête. Pour une raison étrange, elle sentait qu'elle devait le rencontrer.

Son obstination finit par payer.

Le chef de la sécurité avait dû intervenir car, trente minutes plus tard le surveillant fit son apparition, suivi de Byeong-do. Sur le point d'abandonner et de remballer ses affaires, Seon-gyeong se sentit furieuse sans trop savoir pourquoi. Pas de l'avoir attendu. Elle ne parvenait pas à mettre des mots sur le sentiment complexe qui l'habitait. Voyant dans quel état il se trouvait, elle garda d'abord le silence.

Elle pouvait lire de l'anxiété, de l'impatience sur son visage. Elle finit par comprendre ce qu'avait voulu dire le chef de la sécurité. Il n'avait pas du tout la tête à la rencontrer. Au vu de son état, il n'y avait rien à attendre de cet entretien. Seon-gyeong comprit qu'elle s'était entêtée à tort.

Elle voulait cependant vérifier un point.

— ... Devrais-je arrêter de venir ?

Byeong-do gardait les yeux rivés sur la pomme. Elle n'était pas sûre qu'il l'ait entendue.

— Si vous le voulez, aujourd'hui sera notre dernière rencontre.

Ce n'étaient pas des paroles en l'air. Elle n'avait aucune envie que tout finisse ainsi alors que ces entretiens montraient des signes de progrès. Mais elle devait savoir ce qu'il pensait de ces entrevues et ce qu'il voulait faire à l'avenir.

Il ne répondait pas, il ne semblait pas d'humeur à parler.

Elle décida d'attendre qu'il se décide à ouvrir la bouche. C'était déjà une chance de pouvoir le voir. Même s'il ne parlait pas, elle pouvait enregistrer de nombreux détails. Son expression, sa manière de la regarder sans la voir, d'avaler anxieusement sa salive comme s'il était poursuivi, etc.

— Ça... a recommencé.

— ...

— Bordel, ça s'arrêtera pas avant que je sois mort, murmura-t-il presque imperceptiblement.

— Qu'est-ce qui a recommencé ? Qu'est-ce qui s'arrêtera pas ?

— ...

La question de Seon-gyeong n'avait même pas effleuré les oreilles de Byeong-do. Perdu dans ses pensées, il plongeait toujours plus dans le silence. Il n'était pas en état de se concentrer sur l'entretien. Elle soupira et se leva de sa chaise.

— Je pense qu'on devrait s'en tenir là pour aujourd'hui.

Il ne tourna même pas la tête vers elle. Il transperçait la pomme du regard. D'un coup, il la jeta de toutes ses forces contre le mur. Seon-gyeong en resta pétrifiée. Le mur était couvert de morceaux de pomme, luisant de jus qui dégoulinait au sol.

Le surveillant près de la porte se leva d'un bond mais, voyant que Byeong-do ne bougeait plus, il se contenta d'observer la situation.

Byeong-do était d'humeur massacrante. Seon-gyeong fit de son mieux pour ne pas perdre son sang-froid ; elle dit de sa voix habituelle :

— On dirait que cette pomme ne vous a pas plu.

— J'ai pas besoin d'une pomme pourrie comme ça.

Il avait dû remarquer que le fruit était abîmé. Seon-gyeong eut envie de donner un grand coup de pied aux fesses du chef de la sécurité.

— Je vous en donnerai une mieux la prochaine fois.

— La prochaine fois... Vous allez revenir ?

— Si vous le désirez. Quand est-ce que ça vous conviendrait ?

— ... J'ai... peur.

— Vous avez peur de quoi ?

— Ma mère n'arrête pas de me demander de vous tuer, dit-il en relevant la tête vers elle.

Son visage reflétait davantage de la crainte qu'une véritable volonté de tuer. Seon-gyeong sentit un courant d'air froid lui traverser la poitrine. Elle garda tant bien que mal son calme et le regarda franchement :

— Qu'est-ce que votre mère vous dit d'autre ?

— Vous ne comprenez pas. J'ai beau me boucher les oreilles, je l'entends quand même. Ma mère me tient et ne me lâchera jamais.

Ça s'arrêtera pas avant que je sois mort. Elle comprit vaguement ce qu'il avait voulu dire plus tôt. Il se sentait toujours coupable vis-à-vis de sa mère et souffrait d'hallucinations auditives. Seon-gyeong était désormais certaine qu'il l'avait tuée.

— Vous avez peur de votre mère ?

Le regard tremblant, Byeong-do retrouva ses esprits pour la première fois depuis le début de la conversation. Ses yeux contenaient tous les mots qu'il aurait voulu dire. Ce regard rappela quelqu'un à Seon-gyeong, bien malgré elle.

Elle avait exactement posé la même question à Ha-yeong.

Tu as peur de ta maman ?

C'est pas grave... Elle est morte de toute façon.

Seon-gyeong secoua la tête pour chasser cette image de son esprit.

— Vous aussi, vous avez peur de quelqu'un, dit-il.

Seon-gyeong se passa la main sur le visage sans répondre, stupéfaite qu'il ait remarqué son point faible. Stupéfaite et contrariée que cette peur soit aussi visible en elle.

– C'est qui ? La personne qui vous effraie ?

Byeong-do reprenait des couleurs. La mine de Seon-gyeong semblait attiser sa curiosité. Elle refusait de devenir sa proie.

– Vous allez faire ce qu'a dit votre mère ? Vous voulez me tuer ?

Il s'assombrit de nouveau. Un court instant, il avait oublié l'existence de sa mère. Mais en réveillant son souvenir en lui, Seon-gyeong avait de nouveau gâché son humeur.

Comme blessé, il se leva de sa place, les mâchoires serrées, lui jetant un regard noir.

« T'as vu son visage ? Elle te plaît ?... Elle a quoi de différent avec toutes ces connasses qui se moquaient de toi ? »

De retour dans sa cellule, Byeong-do dut affronter la voix de sa mère qui lui tournait dans la tête. Elle lui tapait sur les nerfs à force de parler à tout bout de champ de Seon-gyeong. N'y tenant plus, il lâcha une bordée d'injures.

Il ne s'en rendait pas compte mais, plus il lui répondait, plus cette voix devenait forte et claire en lui. C'était comme si sa colère la nourrissait. Après son dernier meurtre, Byeong-do avait décidé de ne plus jamais l'écouter. Il avait jusqu'alors réussi à l'ignorer, mais voilà qu'il conversait de nouveau avec elle. Il était bouleversé.

« Si tu voulais tellement revoir cette dinde, pourquoi t'es pas retourné au verger ? »

Voilà ce que répétait sa mère en lui jadis. Il savait très bien ce qui se cachait derrière ces paroles. Sa maman refusait que quelqu'un prenne sa place. Elle était jalouse de la dame du verger. S'il n'était jamais retourné là-bas, c'était aussi à cause d'elle. Il avait peur de ce qu'elle pourrait lui faire. Voilà qu'elle s'en prenait maintenant à Seon-gyeong.

Byeong-do secoua la tête. Il sentit tous ses sens s'éteindre l'un après l'autre. Les bruissements ici et là, les cris des détenus ou les insultes qu'ils échangeaient pour tromper l'ennui, tout cela disparut. Tout comme les répugnantes odeurs d'urine et de moisissure qui régnaient dans la chambre. Ou encore le courant d'air venant de l'étroite fenêtre. Il ne sentait plus que sa conscience.

Un instant, il eut l'impression de se tenir seul dans les ténèbres. Il se jeta à cœur joie dans l'obscurité. En agissant ainsi, il lui semblait pouvoir effacer son existence. Il voulait en finir pour de bon.

Il sentit tout à coup de l'eau froide lui fouetter le visage. Il entendit les bruits de pas paniqués du surveillant.

— Qu'est-ce que tu fous ? Ramène encore de l'eau.

C'était la voix du chef de la sécurité. Byeong-do revenait peu à peu à lui, comme ressuscité des ténèbres. Il avait l'impression de sortir pour la seconde fois du ventre de sa mère.

— Euh... Est-ce que ce serait pas mieux qu'on l'envoie à l'hôpital ? demanda un surveillant.

— Il s'est juste évanoui. À moins qu'il pisse le sang et qu'il soit au bord de la mort, hors de question qu'il sorte d'ici, répondit la voix dure et pressée de son chef.

Byeong-do était malgré tout heureux de l'entendre. Il poussa un soupir, ce qui finit de rassurer le chef de la sécurité. À cause du tumulte qu'il avait provoqué, ils se mirent à le frapper à coups de pied. Byeong-do souriait, sans trop comprendre pourquoi.

Grâce à la douleur, sa mère lui sortait enfin de la tête et pour la première fois depuis plusieurs jours il se sentit glisser dans un profond sommeil. Dans son rêve, il grimpa sur un des pommiers du verger qui lui manquait tant et contempla la rivière couler en contrebas. Il savoura cette paix qu'il n'avait pas connue depuis si longtemps.

# 18

En ouvrant le portail, Seon-gyeong tomba nez à nez avec deux inconnus.

Le premier était costaud, avait les cheveux rasés et portait un costume noir. Il devait avoir chaud car son front était couvert de sueur. Derrière lui se tenait un homme en chemise à carreaux, les cheveux trempés de transpiration, en train de s'éventer avec un mouchoir.

— C'est bien la maison de Yun Jae-seong ?

— Oui, pourquoi ?

— J'ai quelques questions à poser concernant l'incendie de la maison de Park Yong-seok.

Park Yong-seok ? Qui est-ce ? se demanda-t-elle. Le mot d'incendie lui rappela la tragédie de Ha-yeong.

— Mon mari n'est pas à la maison pour l'instant.

— Ah, c'est sa fille que nous sommes venus voir. Yun Ha-yeong.

— D'accord... Vous voulez entrer ? proposa Seon-gyeong après avoir hésité un instant.

Ha-yeong allait bientôt rentrer de l'école. Et sous ce soleil de plomb, elle ne pouvait pas laisser dehors ces deux hommes déjà dégoulinants de sueur.

— Je peux vous offrir un rafraîchissement ? leur proposa-t-elle en franchissant la porte d'entrée.

L'homme à la chemise à carreaux réclama aussitôt de l'eau, comme s'il n'avait attendu que cette question.

Elle les guida jusqu'au canapé du salon et partit dans la cuisine pour revenir avec de l'eau fraîche. Ils s'emparèrent des verres et les vidèrent d'un trait. L'homme à la chemise à carreaux, qui transpirait toujours autant, attrapa la bouteille pour se servir de nouveau. Il essuya sa nuque avec son mouchoir fripé et marmonna, comme pour s'excuser :

— Le soleil cogne vraiment dur dehors, j'ai la tête en bouillie.

Seon-gyeong sourit en hochant la tête. Elle se leva pour allumer le climatiseur du salon et revint avec un ventilateur qu'elle mit en marche.

— Ah, merci bien ! Je me sens revivre. Comme vous pouvez le voir, je supporte mal la chaleur.

À ses côtés, l'homme aux cheveux rasés ne suait plus et se sentait déjà mieux. Il regarda d'un air mécontent son collègue qui gesticulait devant le ventilateur, secouant sa chemise devant le courant d'air frais. Il sortit une carte de visite de sa poche et la tendit à Seon-gyeong.

*Yu Dong-sik, inspecteur de la police scientifique,*
*commissariat central de Séoul, département incendie*

Voyant cela, son compère s'empressa de l'imiter.

*Lee Sang-uk, inspecteur du service d'incendie et de secours*

Elle avait déjà entendu dire qu'au sein de la police scientifique il existait un service dédié aux incendies, mais c'était la première fois qu'elle rencontrait un de ses agents. Et avec ça, accompagné d'un enquêteur du service d'incendie et de secours !

— Vous appartenez à des services différents ? s'enquit-elle, curieuse.

Les deux hommes se regardèrent en souriant, comme si c'était la première fois qu'on leur posait la question. À en croire le regard qu'ils avaient échangé, ils travaillaient ensemble depuis longtemps et s'entendaient bien.

— Vous êtes perspicace. D'habitude, les gens pensent qu'on bosse tous les deux dans le même service.

Plus bavard que son collègue, l'homme à la chemise à carreaux ajouta :

— À la base, les expertises d'incendie ne concernent que nous. Sauf parfois, quand il y a des situations où la police doit intervenir. Voilà comment on en est venus à travailler ensemble.

— Ah, je vois.

Seon-gyeong posa les deux cartes devant elle et les examina un moment.

D'après ce qu'elle savait, un inspecteur en incendie se chargeait aussi bien d'aider à maîtriser le feu que de l'expertise des lieux. Il interrogeait également les témoins sur place. Pour quelles raisons se retrouvaient-ils ici, plusieurs jours après l'accident ?

Elle frissonna soudain à cause de l'air froid de la pièce. Voyant cela, Dong-sik saisit la télécommande pour éteindre le climatiseur. Il répondit au regard interrogateur de Seon-gyeong en disant que le ventilateur suffirait largement.

Elle put se rendre compte de son caractère attentif et observateur. Ses yeux qui s'attardaient sur elle la rendirent nerveuse. Elle prit la parole pour briser le silence gênant qui s'installait :

— Je pensais que l'enquête d'un incendie se finissait sur place. Y a-t-il une raison à votre venue ?

C'est Dong-sik qui répondit. Visiblement, ce point le concernait particulièrement.

— Rien de très urgent, mais ce jour-là la fillette était en état de choc, nous n'avons pas pu l'interroger. C'est l'unique témoin et elle n'a pas pu nous décrire les circonstances de l'accident. Nous en avons plus ou moins compris les grandes lignes, mais si nous sommes là aujourd'hui, c'est pour l'entendre.

— Je vois... dit-elle en hochant la tête.

Elle jeta un coup d'œil à sa montre.

Elle ne devrait pas tarder, songea-t-elle, nerveuse.

Comment faire si Ha-yeong avait du retard? Ces deux inconnus dans son salon la mettaient mal à l'aise. Sans compter que Dong-sik ne cessait de la dévisager. Sentant son embarras, Sang-uk lui dit en souriant:

— Ne vous occupez pas de nous, faites ce que vous avez à faire. Nous allons attendre sagement ici.

Mais elle ne pouvait pas faire comme si de rien n'était. Elle ne cessait de regarder machinalement par la fenêtre.

— Euh, excusez-moi, mais...

À ces mots de Dong-sik, elle se tourna dans sa direction. Il la regardait droit dans les yeux. Gênée, elle inclina la tête:

— Oui?

— Vous ne seriez pas affiliée à la police par hasard?

— D'une certaine manière. Je suis criminologue.

Dong-sik se tapota le front du doigt, comme s'il réfléchissait à quelque chose. Sang-uk les regardait tour à tour d'un air perplexe.

— Quoi, tu la connais?

— L'hiver dernier, vous n'auriez pas participé à un séminaire au Laboratoire national des services de police technique et scientifique?

— Oui, il y a cinq mois, en janvier.

— Je me disais bien que je vous avais déjà vue quelque part.

Seon-gyeong comprit enfin pourquoi il la regardait de façon si insistante. Comme libéré, il esquissa un sourire. L'idée qu'ils s'étaient déjà vus la rassura. Elle se sentait plus à l'aise.

— On peut dire que vous avez l'œil. Se souvenir de ça...

— L'inspecteur Yu se souvient toujours des belles femmes, lança Sang-uk en guise de plaisanterie - pour laquelle il reçut un petit coup de coude dans les côtes.

— Excusez-nous. Mon camarade est un idiot. En fait... je me souviens surtout de ce dont vous aviez parlé ce jour-là.

— Ah, c'est-à-dire?

Elle n'avait pas pris la parole durant le séminaire. Pas plus lors des présentations que lors des questions-réponses. Elle trouvait étrange qu'il puisse se souvenir de quelque chose.

— Vous aviez dit que ce sont les blessures qui transformaient les gens en monstre.

Elle était perplexe, elle ne se rappelait absolument pas avoir dit ça. Avaient-ils discuté ensemble ?

Dong-sik secoua la main en poursuivant :

— Ce n'est pas à moi que vous l'avez dit. J'étais assis à côté à ce moment-là. Il y avait eu une pause et vous discutiez avec quelqu'un à propos de Yoo Young-chul...

— Ah !

Elle se souvint subitement de la scène.

Une de ses collègues lui avait présenté un homme qui collaborait de temps en temps à une revue spécialisée. Ayant l'habitude d'écrire, il savait raconter une histoire et, bien que ce soit leur première rencontre, ils avaient beaucoup échangé.

Quand elle lui avait déclaré avoir étudié aux États-Unis, il l'avait interrogée sur le profilage et lui avait parlé des recherches qu'il avait faites sur la jeunesse de Yoo Young-chul. Sa conclusion était que ce dernier avait été traumatisé par ses parents.

Pour appuyer ses dires, il avait cité Robert Ressler, célèbre profiler du FBI. On ne devenait pas meurtrier du jour au lendemain après avoir vécu normalement durant trente-cinq ans. Dès l'enfance on pouvait retrouver des comportements annonçant les meurtres. Devenir un tueur n'était que l'aboutissement d'une longue évolution.

Au cours de la discussion, Seon-gyeong, expliquant les mécanismes d'un traumatisme, avait prononcé cette phrase : « Les blessures transforment les gens en monstre. »

— Je crois que vous faites partie du genre de personnes qui m'effraient le plus, dit-elle.

— Pardon ?

— J'ai une amie comme ça. Même après dix ans, elle se souvient de tout ; des habits que je portais, de ce qu'on a mangé, de la musique qui passait dans le café. Pour être franche, ça fait un peu peur.

— Ah ! ah ! ah ! Mais c'est tout à fait l'inspecteur Yu, ça ! se moqua Sang-uk. On peut dire qu'il s'en souvient des choses inutiles !

À les écouter plaisanter à son sujet, Dong-sik esquissa un sourire. Il expliqua qu'il avait toujours été comme ça.

Seon-gyeong entendit le portail s'ouvrir et aperçut Ha-yeong par la fenêtre.

— La voilà !

À ces mots, les deux inspecteurs tournèrent la tête en direction de la petite fille.

Quand Ha-yeong ouvrit la porte d'entrée et remarqua les deux hommes, elle resta sur le seuil, interdite. Et méfiante.

— Ha-yeong, tu te souviens de ces messieurs ? Ils enquêtent sur l'incendie. Ils sont venus te poser quelques questions.

Indécise, la fillette regarda tour à tour les deux hommes avant de venir s'asseoir, l'air contrarié, sur le canapé. Voyant sa mine inquiète, Seon-gyeong passa un bras autour de ses épaules pour la rassurer.

— Ne t'en fais, il n'y a pas de quoi avoir peur. Tu as juste à raconter ce dont tu te souviens.

Malgré ces paroles, Ha-yeong restait sur ses gardes.

Dong-sik la fouillait du regard. Ce n'est qu'après un coup de coude de Sang-uk qu'il reprit ses esprits et commença à l'interroger.

— Tu te souviens de nous ?

Ha-yeong hocha la tête.

— Tu as dû avoir très peur ce jour-là. Ça va mieux ?

— ... Oui.

— Est-ce que tu pourrais nous raconter en détail ce qui s'est passé la nuit de l'incendie ?

Elle hésita un moment avant de répondre en secouant la tête :

— Je me rappelle pas trop.

Dong-sik l'observa attentivement puis lança une autre question, tout en essayant de se rappeler la disposition des lieux.

— Où se trouvait ta chambre ?

— Près de la cuisine. En sortant par la fenêtre, il y a un escalier qui monte sur le toit. Ah ! Quand j'ai vu qu'il y avait le feu, je suis allée sur le toit. Un monsieur des pompiers m'a sauvée là-haut.

La mémoire semblait lui revenir au fur et à mesure des questions.

— Quand tu es sortie, tu n'as pas remarqué quelqu'un de louche ?

— Je voyais rien à cause de la fumée, dit-elle en secouant la tête.

— Tu dormais seule ?

— Oui.

— Comment tu as su qu'il y avait le feu ?

— Je me suis réveillée parce que j'avais mal à la gorge. De la fumée, il y avait de la fumée dans la chambre ! C'est pour ça que je suis sortie par la fenêtre.

— Tu te rappelles d'autres choses ?

Dong-sik consignait toutes les réponses de Ha-yeong dans un petit calepin. Il attendait qu'elle continue. Mais elle restait silencieuse. Elle se contentait de dévisager les deux hommes.

Voyant sa réaction, Dong-sik comprit qu'il n'y aurait plus rien à en tirer. Il ferma son calepin et le rangea dans sa poche. Il en sortit une carte de visite.

— Je vais te laisser ma carte. Tu penseras à m'appeler si tu te souviens de quelque chose ?

Ha-yeong opina.

Tout en se levant, Dong-sik adressa un signe de tête à Seon-gyeong.

Tandis qu'il enfilait ses chaussures devant la porte d'entrée, il s'arrêta net, figé, le regard rivé à ses pieds, comme s'il venait soudainement de se souvenir de quelque chose. Il tourna brusquement la tête vers Ha-yeong.

Toujours assise sur le canapé, celle-ci se précipita dans sa chambre dès qu'elle croisa le regard de l'inspecteur.

Seon-gyeong raccompagna les deux hommes jusqu'au portail devant lequel Dong-sik lui demanda son numéro de téléphone qu'il enregistra aussitôt.

— Je vous appellerai bientôt.

Ce n'était pas une simple formule de politesse. Seon-gyeong avait perçu un changement dans la voix de l'inspecteur. Ses yeux reflétaient une émotion complexe ; il semblait réfléchir à beaucoup de choses en même temps. Si Sang-uk n'avait pas bougé à ce moment-là, il n'aurait probablement même pas entendu la réponse de Seon-gyeong :

— Oui, très bien... Au revoir.

— Ah, au fait, est-ce que Ha-yeong dort avec ses chaussettes ?

— Pardon ?

Sur le point de rentrer chez elle, la question de l'inspecteur prit Seon-gyeong au dépourvu.

— Je ne sais pas, je ne peux vraiment pas vous dire.

Une fois dans la rue, Dong-sik resta un moment devant le portail. Sang-uk, se protégeant les yeux du soleil, ronchonnait :

— Tu viens ? On va fondre ici.

Son front était déjà couvert de sueur. Il sortit son mouchoir pour s'éventer. Mais son collègue ne bougeait toujours pas d'un pouce. Les sourcils froncés, Dong-sik s'absorba un instant dans ses réflexions avant d'ouvrir la bouche :

— Cette gamine, elle n'est pas bizarre ?

— Hein, c'est-à-dire ?

— Elle a su qu'il y avait le feu à cause de la fumée dans sa chambre. Comment est-ce que les gamins réagissent d'habitude ?

— Ils partent dans la direction opposée. Ou ils essayent de se cacher quelque part...

Sur les lieux d'un incendie, le plus terrible pour eux était de découvrir le cadavre d'un enfant. D'ordinaire, les enfants cherchent instinctivement un endroit où se cacher. Ils se réfugient souvent dans les placards, de peur d'être découverts par les flammes. Souvent, ils meurent intoxiqués par la fumée bien avant que le feu ne les atteigne.

Dong-sik se remémora la maison. La fenêtre était juste à côté de la porte de la chambre de la fillette. Dans l'obscurité, comment un enfant normal aurait-il réagi en remarquant le feu ? Plutôt que d'aller dans sa direction, ne se serait-il pas éloigné le plus possible de la porte ?

— C'est vrai que...

Sang-uk regarda son ami d'un air étonné, comme s'il venait de se rappeler quelque chose.

— ... ce jour-là, le jour de l'incendie ! Je vois... C'est pour ça que tu me demandes ça ?

Dong-sik hocha la tête en le dévisageant. Depuis le jour de l'incendie, quelque chose le chiffonnait. Il en avait aujourd'hui la confirmation.

Réveillée par l'incendie, cette gamine s'était enfuie par la fenêtre, chaussettes et chaussures aux pieds. Autrement dit, elle savait qu'il y aurait un incendie, ou elle était déjà dehors lorsqu'il s'était déclaré. D'une façon ou d'une autre, elle mentait.

Dong-sik la suspectait de lui cacher quelque chose. Un autre détail encore l'ennuyait.

« Vous pouvez appeler mon papa ? » lui avait-elle demandé en tendant une carte de visite. Dans une situation aussi critique, comment avait-elle pu faire preuve d'un tel sang-froid ? Mettre la carte de son père dans sa poche, enfiler des chaussettes, des chaussures et embarquer son ours en peluche ? Cela ne tenait pas debout.

Une hypothèse peu réjouissante se fit peu à peu jour dans son esprit. Non, ce n'est pas possible, se dit-il en secouant la tête. Mais cette idée prenait de plus en plus racine en lui.

Il savait qu'il était encore trop tôt pour tirer des conclusions. Il devait d'abord vérifier les résultats de l'autopsie. Il avait besoin de connaître la cause de la mort de ses grands-parents. Avec le rapport du labo, il y verrait plus clair. Il serait encore temps de prendre une décision.

# III

# 19

Le matin du nouvel entretien, Seon-gyeong appela le chef de la brigade criminelle de Gangbuk pour se renseigner sur la mère de Byeong-do.

Il ne savait rien de plus que ce que le détenu avait déclaré lors de sa déposition. Seon-gyeong lui communiqua l'aveu du criminel : il avait tué sa propre mère. Le chef, qui l'avait écoutée en silence, vérifia si elle n'avait pas d'autres informations « plus utiles ». Il s'intéressait davantage aux autres disparues dont les affaires personnelles avaient été retrouvées chez Byeong-do. Le cas de sa mère, pour lequel plus aucune action publique n'était possible, ne semblait guère le préoccuper.

Seon-gyeong promit qu'elle tâcherait de l'interroger aujourd'hui sur ses autres meurtres.

— Si je vous ai appelé, c'est aussi pour vous demander une faveur, dit-elle.

Elle avait une idée derrière la tête. Devinant pourquoi Byeong-do était si obsédé par elle, elle voulait vérifier son hypothèse.

— Avez-vous découvert une photo de sa mère lorsque vous avez fouillé son appartement ? Si oui, j'aimerais bien la voir.

Il allait vérifier auprès de son équipe. Moins de dix minutes plus tard, il la rappela. Il existait effectivement une photo de la mère de Byeong-do dans les archives. Un des inspecteurs avait classé le cliché avec les autres pièces à conviction. Il promit de lui envoyer par SMS et raccrocha.

Seon-gyeong la reçut alors qu'elle était sur le point de sortir de chez elle. Elle ouvrit tout de suite le fichier mais, à sa grande déception, le visage de la mère de Byeong-do n'était pas du tout comme elle l'avait imaginé.

Elle avait cru qu'elle aurait quelque chose de sa mère. Mais il n'y avait pas la moindre ressemblance. Byeong-do, en revanche, tenait manifestement d'elle. Sur cette photo délavée, on devinait une belle femme.

Elle rangea son portable dans son sac à main et se dépêcha de partir pour la prison.

Byeong-do s'empara de la pomme que lui tendait Seon-gyeong et la posa sur la table. Inquiète, elle épia sa réaction, mais aujourd'hui il semblait plutôt satisfait. En l'espace de quelques jours, il avait beaucoup maigri, même s'il paraissait plus vif que lors de leur dernière rencontre. Au moins, il était plus concentré.

– On continue ? demanda Seon-gyeong.

Il hocha la tête en guise de réponse. Puis il la fixa intensément avant de déclarer :

– Il vous est arrivé quelque chose, n'est-ce pas ?

– Pourquoi vous dites ça ?

– Vous avez changé.

Byeong-do continuait de la radiographier. Dans un autre lieu, sa voix aurait pu ressembler au doux murmure d'un amant. Seon-gyeong se demanda ce qui avait pu changer en elle.

– Vraiment ? se contenta-t-elle de répondre, malgré sa curiosité.

À vrai dire, hormis Ha-yeong, rien n'avait changé dans sa vie. Et elle ne voulait certainement pas discuter de cela avec lui. Pour rien au monde. Elle s'efforça de ramener la conversation sur l'entretien, mais Byeong-do s'obstina :

– Vous aussi, vous avez adopté… un chat.

– Pardon ?

Elle le regarda, indécise. Son sourire était différent de quelques instants plus tôt. Il était froid. Il saisit fermement de ses deux mains la pomme posée devant lui. Feignant l'indifférence, Seon-gyeong ouvrit son cahier et actionna le dictaphone.

— Si on parlait de vos victimes aujourd'hui? Qu'est-ce qui vous a attiré chez elles?

— Vous voulez aussi savoir ce qui m'a attiré chez vous, n'est-ce pas?

Encore une fois, il tentait de prendre les rênes de la discussion. Seon-gyeong hésita un instant puis se décida à jouer le jeu. Elle allait poser le pied sur le gué qui la conduirait éventuellement à lui. Finalement, peut-être était-ce la clé pour pouvoir mieux le comprendre.

— Vous êtes prêt à me le dire? demanda-t-elle.

— Si vous en avez envie.

Elle posa son stylo sur la table.

— Ce serait un mensonge si je vous disais que je ne veux pas le savoir. Allez-y.

— Vous connaissez l'histoire du singe qui n'a pas de maman? Pour l'élever, les chercheurs lui en ont fabriqué deux différentes. La première, tout en fils de fer, est équipée d'un biberon. La seconde est une peluche toute douce mais n'a rien à manger. D'après vous, quelle est celle que le bébé singe a choisie?

Seon-gyeong avait vu cette expérience dans un documentaire.

Le bébé singe passait la plupart du temps dans les bras de sa mère en peluche et ne s'approchait de l'autre que lorsqu'il avait faim.

— Quel rapport avec ma question?

Byeong-do afficha un sourire mystérieux.

Un bébé singe? Où voulait-il en venir?

Elle pensa qu'il voulait peut-être la comparer à la peluche tandis que sa propre mère serait celle en fils de fer. Ou bien avait-il eu une seconde mère? Une mère qui avait su apaiser sa douleur et sa solitude.

Seon-gyeong fut satisfaite de voir que son hypothèse n'était peut-être pas tout à fait fausse. La possible existence de cette autre maman l'intriguait.

— Vous avez eu une autre mère, lança-t-elle. Une femme qui a eu beaucoup d'affection pour vous, contrairement à votre mère biologique.

Byeong-do secoua la tête, un grand sourire aux lèvres.

— Vous êtes lente ! Je suis déçu.

— Vous ne me dites rien et vous voudriez que je devine tout ?

— ...

— C'est étrange. L'autre jour, vous m'avez longuement parlé de votre mère que vous haïssez tant et vous n'avez rien à me dire sur votre deuxième maman ?

Seon-gyeong essayait de le provoquer, même si elle redoutait ses sautes d'humeur. Malgré cette petite pique, Byeong-do fit la sourde oreille. Il semblait déterminé à ne rien dire sur cette mystérieuse femme.

Elle changea de stratégie : elle l'interrogea sur sa mère biologique, sa première victime.

— Vous vous souvenez de ce que vous m'avez dit ? Que vous avez tué votre mère ?

— J'ai dit ça, moi ?

Il n'était plus le même homme. Lors de leur dernière rencontre, il était prêt à tout dire, mais aujourd'hui il tournait autour du pot ou répondait volontairement à côté de la plaque. Décidé à l'agacer, il prétendait ne pas comprendre et prenait tout son temps pour répondre.

— Maintenant, je voudrais écouter votre histoire, dit-il avant de se murer dans le silence.

Seon-gyeong se rappela le conseil du président Han. Ne pas se laisser faire. Elle éteignit le dictaphone et se mit à ranger ses affaires. Comprenant qu'elle allait partir, Byeong-do lui lança un regard noir.

— Oh, ne vous fâchez pas comme ça ! D'accord, d'accord... Je vous dirai tout ce que vous voulez savoir.

Il avait changé d'attitude. Il reposa la pomme sur la table, hésitant. Il avait l'air de ne pas se rappeler la question. C'est seulement quand Seon-gyeong la lui répéta qu'il dodelina de la tête et se mit à réfléchir. Cela avait pris du temps mais, une fois mis sur les rails, il devint volubile.

— Vous ne saurez jamais... ce qu'on ressent lorsqu'on tue sa maman.

— ...

— D'abord, on ne sent rien. Ça se passe en un éclair. Juste le temps que la foudre tombe. Je l'ai tuée de mes propres mains, mais je n'étais... qu'un instrument. Une marionnette sans volonté. Au début, je ne me rendais même pas compte de ce que j'avais fait.

— ...

— Je vivais l'enfer quand ma mère était en vie et depuis sa mort... je vis dans l'enfer que j'ai moi-même créé.

Ses yeux s'assombrirent. Un ressentiment profond l'avait poussé à commettre l'un des crimes les plus ignobles au monde. Pourtant, il ne ressentait pas seulement de la haine pour sa mère. Il aurait voulu être aimé par cette femme qui l'avait torturé, qui avait marqué son corps pour toujours et qui n'avait jamais pu rassasier sa soif d'amour. Cette soif insatiable qui avait finalement abouti à un meurtre.

Il avait dix-sept ans quand il avait signalé la disparition de sa mère à la police. Dix-huit ans avaient passé depuis. Il avait récidivé voilà trois ans. Et sans la moindre retenue. Pourquoi avoir attendu si longtemps ?

— Pourquoi avez-vous recommencé quinze ans après ? Il s'est passé quelque chose ? demanda Seon-gyeong.

— Quinze ans, ça ne veut rien dire pour moi. Le jour où j'ai tué ma mère, le temps s'est arrêté.

Tout en fouillant dans sa mémoire, il tenta de lui expliquer le monde où il vivait.

Il faisait de longues pauses pour trouver les mots justes afin d'exprimer précisément ce qu'il ressentait. Seon-gyeong voyait combien il tenait à raconter son histoire avec exactitude.

– Le temps ne coule pas à un rythme régulier. Quelques années passent en une seconde et, parfois, une seule minute peut être aussi longue qu'un mois ou une année. Moi, je vis constamment l'instant le plus horrible de ma vie, il se répète à l'infini. À en crever ! Ce jour de pluie... où les miaulements du chat m'ont rendu fou... L'instant où je fredonne la chanson à ma mère, allongée dans la cour, cet instant se renouvelle en permanence dans ma tête... Je suis toujours furieux contre elle, j'ai les nerfs en pelote les jours de pluie... Ce moment qui n'a même pas duré une heure se morcelle en moi, je le revis depuis quinze ans, tous les jours, à toutes les heures, toutes les minutes et toutes les secondes... Avec les mêmes sensations, la même colère... Vous ne saurez jamais ce que c'est...

Mais contrairement à ce qu'il pensait, Seon-gyeong comprenait exactement ce qu'il voulait dire. Elle aussi avait quelque chose qui se répétait encore et toujours dans son imagination.

L'enterrement de sa mère.

L'instant où elle tenait son portrait devant sa tombe, sous les cerisiers, se rejouait souvent dans sa tête, au ralenti.

Un jour d'avril. Sous un coup de vent, d'innombrables pétales de cerisiers étaient tombés au sol mais, pour Seon-gyeong, ils avaient virevolté longtemps dans les airs.

Une fois le cercueil au fond de la fosse, tradition oblige, les amis et proches de la défunte avaient jeté des chrysanthèmes sur la bière. À ce moment-là, le vent s'était levé, on ne sait d'où, et une multitude de pétales de cerisiers s'étaient envolés comme des flocons de neige. Seon-gyeong avait levé la tête en poussant un cri de surprise. Ses yeux avaient suivi les pétales tourbillonnant lentement jusqu'au cercueil. Cette envolée de fleurs n'avait duré qu'une seconde mais, pour elle, cela avait semblé une éternité.

Elle avait eu l'impression que les pétales s'étaient immobilisés dans le vide. Le mouvement de chacun d'entre eux, leur forme et leur couleur avaient été gravés dans sa mémoire en l'espace d'une seconde. Comme lors d'un accident de voiture où le temps ralenti, sa conscience avait enregistré chaque détail au fond de son cerveau.

Chaque fois qu'elle repensait à l'enterrement de sa mère, elle pouvait sentir le vent tiède sur sa peau, le portrait qu'elle tenait contre elle, la main de son père serrant fortement son épaule.

Voilà pourquoi elle pouvait comprendre Byeong-do quand il disait revivre en boucle la scène du meurtre de sa mère.

— Le seul moyen de me débarrasser de ce souvenir, c'était de... tuer.

Il ajouta :

— Quand j'étranglais quelqu'un, alors je pouvais oublier ma mère. Je ne pouvais m'endormir qu'après avoir baigné mes mains dans le sang. C'était la seule manière pour que la chanson s'arrête dans ma tête.

Il ôtait enfin son masque. Il regarda la pomme avec les yeux d'un garçon de dix-sept ans. Un long moment passa, puis les larmes aux yeux, il murmura :

— Pourriez-vous prendre dans vos bras un bébé singe aux mains couvertes de sang ? Le pourriez-vous ?

Seon-gyeong le regarda, incapable de répondre.

Ce soudain changement d'humeur la laissait fort embarrassée. Byeong-do tendit le bras pour attraper la pomme, mais s'arrêta aussitôt. Comme effrayé par le fruit.

Il secoua la tête, tentant de se débarrasser de ses émotions, puis se leva.

Il sortit de la salle. Seon-gyeong, quant à elle, fut incapable de bouger pendant un moment.

Elle ruminait la dernière question de Byeong-do. Ce n'était pas à elle qu'il l'avait posée, mais à sa seconde maman. Qui était donc cette femme pour qu'un tueur en série aussi féroce réclame ses bras, comme un petit garçon ?

La pomme demeurait intacte sur la table, comme une nature morte.

De retour dans sa cellule, Byeong-do ouvrit le robinet et regarda l'eau s'écouler dans le siphon.

Cette montée inattendue de larmes et de souvenirs l'avaient ébranlé. Après avoir tué sa mère, il avait voulu retourner au verger. Il ne s'était pas passé un jour sans qu'il n'y ait pensé. À chaque changement de saison, il passait ses journées à imaginer le travail à faire là-bas. Mais il n'avait pas pu y retourner. Parce qu'il savait que ce ne serait plus jamais comme avant. Il aurait voulu tout oublier.

En automne, quand il levait les yeux pour contempler le ciel, il sentait parfois le goût délicieux du jus de pomme lui couler dans la bouche. Les jours où il n'en pouvait plus, il s'achetait des pommes. Mais il avait beau en manger, encore et encore, il ne sentait rien. Il avait fini par comprendre : il était damné. Il s'était rendu de son plein gré en enfer, il n'avait plus d'échappatoire.

Il ferma le robinet et se regarda dans le miroir. Il savait parfaitement ce que ses gestes précipités signifiaient.

Le moment approchait.

Avant une tempête, on peut ressentir l'angoisse du ciel. Même s'il est bleu, l'air est différent. La tension monte, on sent que tout peut se briser d'un instant à l'autre. Enfin, le vent se lève, des nuages se forment.

Byeong-do sentit qu'une tempête arrivait en lui. Son cœur se mit à battre la chamade. Tout à la fois furieux et inquiet, il allait et venait dans sa cellule.

Le moment approchait. Une fois encore. Il savait désormais repérer quand et comment ces crises arrivaient. Cela débutait par des bourdonnements d'oreille ; les notes lui flottaient dans la tête ; elles se regroupaient ensuite pour devenir une mélodie qui résonnait un moment avant de disparaître. Après quoi, très vite, toute une chanson retentissait, ébranlant son âme entière.

Il était décidé à mettre un terme à tout cela avant le début de cette chanson. Avant que la voix s'élève. Il voulait en finir, définitivement. Il ne pouvait plus vivre comme ça, les mains liées, hanté par le fantôme de sa mère. Il n'avait plus de vie. Il n'en avait jamais eu. Qu'avait-il d'autre que le meurtre pour échapper aux griffes de sa mère ?

Seon-gyeong lui apparut dans le miroir. Elle lui tendait une pomme en souriant, comme pour lui dire de ne pas s'inquiéter.

Son angoisse s'évapora aussitôt. Son sourire lui rappela la dame du verger.

L'expression qu'elle montrait en lui caressant les cheveux, le jour où il était tombé d'un arbre.

– Ne t'inquiète pas. La douleur s'en ira bientôt. Tu es fort. Tu peux la surmonter, lui avait-elle dit.

Il comprit tout à coup. Seon-gyeong était la seule personne à pouvoir le sauver. Tout comme la femme du verger avait su le consoler, annuler sa douleur, Seon-gyeong arriverait à stopper cette horrible chanson.

# 20

L’école de Ha-yeong se situait entre une petite rivière et une colline.

Commençant derrière l’établissement, un chemin menait jusqu’au sommet de cette colline. Les professeurs emmenaient parfois en excursion leurs élèves dans la forêt. L’endroit se transformait aussi de temps à autre en terrain de jeu pour les enfants. La rivière, elle, coulait devant l’école et était bordée par un long sentier que les écoliers arpentaient chaque matin pour aller en classe.

Quand la cloche sonna, les élèves de la classe 3 posèrent tous en même temps leurs cartables sur la table. Ils rangèrent à la hâte leurs affaires, comme s’ils avaient impatiemment attendu ce moment toute la journée. Leur professeure les salua, leur recommandant de faire attention à eux sur le chemin du retour. Personne ne l’écouta. Quelques élèves échangèrent des regards conspirateurs, mais elle ne remarqua rien.

Ils quittèrent la salle de classe, toujours en se lançant des clins d’œil entendus.

Ga-eun, emboîtant d’abord le pas aux garçons, fit demi-tour pour s’approcher de Ha-yeong, restée près de la fenêtre. Celle-ci, absorbée par le paysage, n’avait toujours pas rangé ses affaires. Ga-eun lui tapa sur l’épaule puis lui chuchota à l’oreille, tout en surveillant à la ronde :

— Tu veux venir avec nous ?

— Où ça ?

— Sur la colline, avec les garçons, répondit Ga-eun, lui désignant l'endroit du doigt.

Ha-yeong la dévisagea d'un air interrogateur.

— Tu sais, on va chasser les chats qui ont tué nos oiseaux.

Une lueur traversa les yeux de Ha-yeong.

— Où ça ?

— Je viens de te le dire, sur la colline ! Gang-yi et Si-hyeon savent où est la cachette des chats.

Ha-yeong fit semblant d'accepter à contrecœur.

Le chemin démarrait près de l'entrepôt, derrière l'école. Une longue clôture protégée par des barbelés entourait la colline ; une porte en fer, gardant l'accès au chemin, y avait été installée.

Les deux fillettes sortirent du bâtiment pour rejoindre leurs camarades. Ces derniers flanquaient de grands coups de pied dans la porte, se plaignant que tout soit gâché avant même que l'aventure n'ait commencé.

— Qu'est-ce qu'il y a ? On n'y va pas ? demanda Ga-eun.

Les garçons lui indiquèrent du doigt le cadenas qui fermait la porte.

— C'est pas vrai ! On peut pas entrer ?

Ga-eun râla, déçue ; d'autant plus qu'elle avait réussi à entraîner Ha-yeong avec elle.

— Il n'y a pas une autre entrée ? demanda celle-ci.

Les garçons se regardèrent les uns les autres avant de secouer la tête. Ils étaient tous dépités que leur plan soit tombé à l'eau. Ils ne savaient plus quoi faire. Ils étaient si découragés que si quelqu'un avait proposé de rentrer, ils auraient aussitôt tout laissé tomber.

Ha-yeong scrutait attentivement le grillage.

— Là-bas ! s'écria-t-elle, pointant son doigt.

Tous les enfants tournèrent la tête en même temps. Une sorte de rigole semblait s'étirer du sommet de la colline jusqu'à son pied.

— Ben y a quoi là-bas ?

— Quand il pleut, l'eau coule par là, non ?

Les garçons s'agrippèrent au grillage pour mieux observer. À première vue, ce n'était qu'une pente un peu accidentée, mais Ha-yeong avait raison : ils pouvaient distinguer des racines déterrées et des feuilles mortes dessinant les lignes d'un cours d'eau.

De son index, Ha-yeong esquissa dans les airs le trajet du ruisseau qui devait se former les jours de pluie. Les enfants suivirent le mouvement de son doigt jusqu'à la clôture.

— Mais oui !

Gang-yi fut le premier à saisir. Laissant derrière ses camarades, intrigués, il jeta son cartable et s'approcha de l'endroit. Là, l'écoulement des eaux de pluie avait emporté une grosse quantité de terre, créant une brèche.

— Trouvez-moi une branche ! cria-t-il.

Les enfants regardèrent tout autour. Si-hyeon en ramassa deux et courut vers son camarade. Ils se mirent à creuser. Heureusement, il s'agissait surtout de feuilles mortes entassées de l'autre côté du grillage. Ils réussirent à créer, sans trop de difficulté, un trou assez grand.

Gang-yi passa d'abord en rampant. Si lui, le plus grand, réussissait à passer de l'autre côté, ce serait facile pour le reste des élèves. Son épaule s'accrocha d'abord au grillage mais, en se démenant, il finit par se frayer un passage.

Les autres enfants poussèrent des cris de joie.

— T'es super ! Comment t'as su ? demanda Ga-eun, épatée par Ha-yeong.

Au lieu de répondre, celle-ci se contentait de regarder ses camarades ramper sous le grillage.

— Allez ! Dépêchez-vous !

Il ne restait plus que Ha-yeong et Ga-eun. Cette dernière tira son amie par le bras et se dirigea vers le trou.

— Toi d'abord, lui dit-elle.

— Attends ! Mon cartable ! cria Gang-yi qui se souvint avoir oublié son sac devant la porte.

Ga-eun l'attrapa et le glissa dans le trou avant de s'y faufiler à son tour.

Une fois de l'autre côté, les enfants montèrent la colline en s'agrippant aux branches des arbustes. Ils savaient que le chemin de promenade les attendait plus haut.

— Mais où va-t-on? demanda Ga-eun, suivant les garçons avec peine.

Gang-yi et Si-hyeon qui dirigeaient les opérations se regardèrent en souriant.

— Si vous nous suivez, vous verrez, répondirent-ils.

Ha-yeong marchait à leurs côtés, silencieuse. Elle ne souhaitait pas prendre part à la conversation.

Les deux garçons menèrent les enfants de l'autre côté de la colline.

Haute de cent vingt-cinq mètres, celle-ci formait une frontière naturelle entre les quartiers de Gaebong et d'Oryu. Les riverains aimaient s'y promener le matin comme le soir. Ils pouvaient y trouver une source d'eau minérale ainsi qu'un pavillon flanqué de quelques équipements sportifs à son sommet. Au pied de la colline, sur un terrain grand comme un mouchoir de poche, des habitants cultivaient durant l'été de la salade, des piments ou encore des épinards. Conséquence inévitable de cette activité humaine, les ordures s'accumulaient.

Au début, les habitants ne jetaient que des produits agricoles : des tiges de piment ou des branches d'arbre, par exemple. Mais très vite, certains avaient commencé à se débarrasser de leurs déchets alimentaires. Chaque été, les peaux de pastèque, les restes de kimchi s'amoncelaient et dégageaient une puanteur insupportable.

Ces détritus attiraient des nuées de mouches mais aussi les chats errants des environs. D'abord peu nombreux, ils s'étaient vite multipliés et avaient fini par s'accaparer tout ce versant de la colline. Ils allaient jusqu'à envahir les ruelles du quartier voisin pour y déchirer les poubelles. Ils étaient devenus un véritable casse-tête pour les riverains.

Gang-yi et Si-hyeon étaient persuadés que ces chats étaient responsables de la disparition de plusieurs oiseaux de l'école.

Les enfants se doutaient qu'il serait difficile d'en capturer un, les chats étant des animaux agiles, toujours aux aguets, en particulier à l'état sauvage.

— Comment on va faire alors ? lança l'un d'entre eux.

Gang-yi ouvrit son cartable avec un grand sourire et sortit un sac en plastique noir contenant un filet.

— C'est quoi ? demanda Ga-eun. Comment tu veux attraper un chat avec ça ?

Elle regarda avec méfiance l'arme secrète que le garçon brandissait avec fierté. Les autres enfants hochèrent la tête, comme pour signifier qu'ils étaient d'accord avec elle.

— Vous n'avez jamais regardé *La Ferme des animaux* à la télé ? Une fois, un secouriste avait utilisé ça pour attraper un chat.

— Mais ils l'avaient d'abord coincé dans une ruelle pour l'empêcher de s'enfuir ! Ici, il peut s'échapper n'importe où !

Froissé par la réaction de ses copains, Gang-yi fit la moue. La poitrine gonflée de colère, il rétorqua :

— Vous avez une meilleure idée peut-être ?

Personne ne répondit, chacun se contentant de regarder son voisin d'un air gêné. Gang-yi était le seul à avoir préparé quelque chose pour l'occasion.

— Si-hyeon, t'as pas une idée, toi ? demanda Ga-eun.

Celui-ci réfléchit un instant avant d'ouvrir son cartable, dubitatif.

— Qu'en pensez-vous ?

C'était un lance-pierre. Aux deux extrémités d'un manche en forme de Y était attaché un élastique jaune. Un morceau de cuir était collé au centre de l'élastique, prêt à accueillir un projectile. Si-hyeon attrapa un caillou pour faire une démonstration. Les enfants ne purent même pas suivre la pierre des yeux.

— Génial ! s'exclamèrent-ils tous en chœur.

Seul Gang-yi fit la moue. Si-hyeon redressa les épaules pour fanfaronner.

— On voit même pas où il est parti ton truc. Comment on peut savoir qu'il a touché juste? remarqua Gang-yi.

Un deuxième essai s'imposait. Si-hyeon ramassa des boîtes de conserve qui traînaient par terre et les disposa au loin. Tous l'observaient, les yeux brillants de curiosité. Si-hyeon visa les canettes avec beaucoup de soin tout en bandant l'élastique. Cette fois encore, les enfants ne purent distinguer la trajectoire du caillou. En revanche, ils virent clairement une boîte tomber, accompagnée d'un bruit métallique.

Si-hyeon regarda Gang-yi avec orgueil. Celui-ci ne put que s'incliner.

Si-hyeon était désormais en charge de la capture. Les enfants se cachèrent derrière un gros tas de déchets pour faire le guet. Mais rester immobile sous le soleil de juin était beaucoup plus désagréable qu'ils ne l'avaient imaginé. Dix minutes plus tard, de la sueur perlait déjà sur les fronts; des plaintes commencèrent à fuser. Ils avaient beau attendre dans cette fournaise, les chats ne se montraient toujours pas. Seule une nuée de mouches était au rendez-vous.

Ga-eun, épongeant son front, se leva tout à coup:

— C'est nul. Je vais rentrer.

— Attends un peu! Ils ne vont pas tarder à venir, ordonna Gang-yi sans relâcher son attention.

— Ha-yeong, tu viens? proposa Ga-eun, qui ne voulait pas partir seule.

Le regard rivé sur la colline, Ha-yeong ne répondit pas. Impatiente, Ga-eun tira sa camarade par le bras.

— Allez, on rentre? On va manger une glace? Je t'invite.

Ha-yeong rassit sa copine et dit à voix basse:

— Ils sont là.

Tout le monde se tourna vers Ha-yeong. L'ambiance se tendit.

— Où ça? murmura Si-hyeon.

Ha-yeong pointa du doigt le sentier menant à la source. L'allée était déserte, mais deux chats se promenaient nonchalamment entre les arbres qui la bordaient.

— Tu peux les toucher d'ici ? s'empressa de demander Gang-yi à Si-hyeon qui secoua la tête.

— Non, il faut qu'ils approchent un peu plus.

Retenant leur souffle, les enfants épiaient leurs proies. Même Ga-eun qui voulait rentrer quelques instants plus tôt arborait une mine curieuse.

L'un des félins finit par descendre lentement le sentier dans leur direction. Tous se tournèrent vers Si-hyeon en gesticulant. Celui-ci leva promptement son arme et visa. Mais l'animal s'enfuit d'un bond pour disparaître dans une des ruelles du quartier. Les enfants poussèrent un soupir de déception.

Gang-yi donna un coup de coude à Si-hyeon.

Sans réfléchir, celui-ci tourna son regard vers l'autre chat. Il approchait doucement. Tendus, les enfants regardaient tour à tour le chat noir et le lance-pierre de Si-hyeon. Pourvu qu'il le touche cette fois ! espéraient-ils.

— Vas-y, approche un peu plus... encore un peu, murmura Si-hyeon.

Fuiitt... Il lâcha enfin l'élastique. Ils entendirent un bruit sourd. Le chat, surpris, redressa la tête. Les enfants se ruèrent vers lui en criant. Étourdi par le coup, l'animal sentit quand même le danger et se mit à courir. Sûrement trop assommé par le choc, il se précipita droit vers Gang-yi.

Il changea de direction au dernier moment, perdant ainsi de sa vitesse. Gang-yi ne laissa pas filer sa chance. Rapide comme l'éclair, il lança son filet. Empêtré dans les mailles, le chat fit quelques pas maladroits et se retrouva pile aux pieds du garçon. Celui-ci n'avait plus qu'à refermer son piège.

— J'y crois pas ! On a réussi !

Les enfants entourèrent Gang-yi et leur prisonnier. Si-hyeon lui tapa dans la main. L'opération des deux garçons était un franc succès. Chacun y allait de sa remarque en observant le chat pris au piège.

— Vous êtes sûrs que c'est lui qui a tué nos oiseaux ?

— Peu importe ! Au moins, il ne reviendra jamais à l'école.

Ga-eun était contente de pouvoir observer l'animal d'aussi près. Quand elle tendit le bras pour le toucher, quelqu'un la poussa par derrière en criant pour lui faire peur. Elle hurla.

— Ça suffit. Allons dans la forêt, ici c'est pas mal fréquenté, proposa quelqu'un.

Tous d'accord, les enfants se mirent à gravir la colline. Gang-yi et Si-hyeon tenaient chacun un bout du filet. Le chat résista désespérément. Mais après avoir agité ses pattes dans le vide quelques minutes, il se recroquevilla en miaulant faiblement.

Arrivés au sommet, les enfants se regroupèrent près du pavillon, dans un espace vide laissé par un arbre tombé.

— Qu'est-ce qu'on fait maintenant? lança Gang-yi.

— Comment le punir? répondit un de ses camarades.

Ils ne savaient pas quoi faire de ce chat affolé. Avant sa capture, ils étaient pourtant bien décidés à lui faire passer un mauvais quart d'heure. Sauf que maintenant qu'ils le tenaient entre leurs mains, aucune idée ne leur venait à l'esprit.

— On lui donne des coups de pied? suggéra Ga-eun, qui se tut aussitôt devant les regards accusateurs de ses camarades.

— Sortez le chat du filet, leur ordonna Ha-yeong qui avait jusque-là gardé le silence.

— T'as une idée? demanda Gang-yi.

Ha-yeong hocha la tête en souriant.

— Oui, sortez le chat et tenez-le par les pattes.

Ha-yeong posa son cartable par terre pour sortir sa trousse. Pendant ce temps-là, les deux garçons essayaient de se saisir du chat mais celui-ci résistait farouchement à grands coups de griffes.

Ha-yeong attrapa alors l'animal par la peau du cou et le souleva. Le chat se calma subitement, ses pattes pendaient dans le vide. Il était entièrement à leur merci. Les autres enfants furent émerveillés.

— Si vous attrapez un chat ou un chien comme ça, ils arrêtent de bouger, expliqua Ha-yeong.

Tout le monde la regarda avec étonnement et admiration.

Suivant les directives de Ha-yeong, Si-hyeon maintint le chat par la nuque tandis que d'autres enfants lui saisirent les pattes. L'animal était suspendu devant Ha-yeong, le ventre à l'air, sans défense.

Un cutter à la main, les yeux rivés sur le ventre de la bête, Ha-yeong avança lentement la lame.

Les enfants écarquillèrent les yeux.

— Mais... qu'est-ce que tu fais ? demanda Si-hyeon d'une voix tremblante.

Il n'y avait pas besoin d'attendre sa réponse pour deviner ses intentions. Gang-yi et Ga-eun pâlirent.

— Tu vas vraiment...

— Ben quoi ? Vous vouliez pas le punir ?

— Oui, mais...

Gang-yi n'eut pas le temps de terminer sa phrase. La lame se précipitait déjà vers le ventre de l'animal.

Ga-eun enfouit son visage dans ses mains tandis que les autres tournèrent la tête, horrifiés.

— Aaah ! hurla Gang-yi en s'affaissant.

Il se tenait le dos de la main. Le chat profita de l'occasion pour décamper.

— Qu'est-ce qui s'est passé ? s'inquiétèrent les autres.

Au lieu de leur répondre, Gang-yi et Si-hyeon toisaient Ha-yeong, des éclairs dans les yeux. Celle-ci soutenait leurs regards, sans broncher.

— Mais qu'est-ce que tu fous ? Gang-yi est blessé à cause de toi !

— Non, c'est pas à cause de moi, c'est à cause de vous. Fallait le tenir plus fermement.

Gang-yi avait lâché prise au moment où Ha-yeong avait asséné le coup de cutter. La lame avait effleuré sa main. Ga-eun se dépêcha de sortir un mouchoir et s'assit à côté de son camarade blessé. Quand elle ôta sa main pour voir la blessure, du sang se mit à jaillir de la plaie.

— Oh là là ! Mais ça saigne !

Tous les regards se rivèrent sur Ha-yeong. La fillette, impassible, rengaina la lame du cutter.

— Vous êtes des trouillards ! Vous aviez juste à tenir le chat, leur reprocha-t-elle.

— Gang-yi, ça va ? demanda Ga-eun tout en nettoyant la main du garçon avec le mouchoir.

Ha-yeong descendit la colline, laissant ses camarades sur place. Elle n'avait plus rien à faire là-bas.

Personne ne la rappela. Tout le monde la revoyait, attaquant de sang-froid le chat. Un des enfants qui la regardait s'éloigner tressaillit. Personne ne disait rien, mais tous pensaient la même chose.

L'après-midi de jeu était terminé.

# 21

Après le départ de Ha-yeong pour l'école, Seon-gyeong expédia les tâches domestiques et s'installa dans son bureau avec une tasse de café.

Elle commença à transcrire sur l'ordinateur l'enregistrement de la veille avec Byeong-do. Un travail méticuleux, qui demandait du temps car il lui fallait tout noter: non seulement les paroles mais aussi la diction ou encore le ton du criminel.

« Vous connaissez l'histoire du singe qui n'a pas de maman ? Pour l'élever, les chercheurs lui en ont fabriqué deux différentes. La première, tout en fils de fer... »

Seon-gyeong appuya sur le bouton d'arrêt. Elle s'absorba dans ses réflexions. Une maman en fils de fer, une autre en peluche...

Sa mère biologique, celle en fils de fer, n'avait fait que le blesser. Malgré son beau visage, cette femme avait un cœur froid et cruel.

Mais Byeong-do avait une seconde maman. Seon-gyeong ne savait pas encore qui était cette femme, mais elle avait su apaiser sa douleur intérieure et l'envelopper de tendresse. Hier, les larmes aux yeux, il avait tendu la main vers Seon-gyeong. En réalité, ce geste était destiné à cette autre maman, qu'il voyait en elle. Il avait pleuré, suppliant non pas sa mère véritable mais cette mère mystérieuse de le prendre encore une fois dans ses bras. Qui était donc cette maman en peluche ?

Elle nota « Mère en peluche ? » sur son cahier, comptant bien se concentrer sur cette question lors du prochain entretien.

Elle était sur le point de relancer l'enregistrement quand le téléphone sonna. C'était la professeure principale de Ha-yeong.

Elle la pria de venir à l'école dès que possible. Surprise et inquiète, Seon-gyeong lui demanda s'il était arrivé quelque chose à Ha-yeong. Il ne s'agissait pas de ça. D'une voix froide, la professeure lui déclara que ce n'était pas le genre de chose dont on discutait au téléphone. Seon-gyeong eut un mauvais pressentiment.

Tâchant de rester calme, elle se précipita là-bas.

Elle arriva sur place en moins d'une heure. Quand elle ouvrit la porte de la salle des professeurs, elle reconnut tout de suite l'enseignante. La professeure l'invita à sortir. Elle l'emmena derrière l'école, là où étaient aménagées les installations pour les classes vertes. Les élèves y avaient semé des légumes il y a tout juste quinze jours, mais la végétation était déjà luxuriante.

La professeure de Ha-yeong contempla un moment le potager en silence. Visiblement, elle ne savait par où commencer.

— Qu'est-ce qu'il y a ? s'impatienta Seon-gyeong.

L'enseignante se décida enfin :

— Je ne sais pas comment vous allez le prendre. Et je vous assure, je ne veux pas penser que Ha-yeong ait fait une telle chose... Mais comme ses camarades racontent tous la même histoire, je ne peux que les croire...

Son embarras laissait deviner la gravité de la situation.

— Expliquez-moi ce qui se passe, s'il vous plaît.

— Ha-yeong... a menacé ses camarades avec un couteau.

— Pardon ?

Seon-gyeong n'en revenait pas.

— Vous voyez les cages là-bas ? Depuis peu, des oiseaux ont commencé à disparaître. Les enfants ont conclu que les chats des environs étaient probablement les coupables. Ils ont décidé de les punir. Ils sont montés dans la colline et ont réussi à en capturer un... Et apparemment, Ha-yeong a essayé de l'attaquer à coups de couteau.

— Attendez. Vous venez pourtant de me dire que c'étaient ses amis qu'elle avait menacés ?

— Oui, le chat s'est enfui et c'est un des enfants qui s'est retrouvé blessé.

— Madame, je crois avoir compris, mais vous n'exagérez pas un peu ? Pourquoi est-ce que ma fille aurait un couteau dans son cartable ?

— Eh bien... il s'agit plutôt d'un petit cutter. Vous savez, qui sert à tailler les crayons...

Seon-gyeong était irritée. Elle était certaine que cette femme amplifiait toute l'histoire.

— Vous venez de me dire qu'elle avait menacé ses camarades avec un couteau ? Alors qu'en fait, elle a sorti un cutter pour punir un chat et blessé accidentellement un de ses amis, ce n'est quand même pas la même chose, non ?

— Je me suis peut-être mal exprimée. Je vous ai simplement répété ce que mes élèves m'ont raconté.

— Si vous connaissez les circonstances de l'incident, pourquoi exagérer de la sorte ? Ha-yeong a voulu punir un chat et non blesser ses amis. C'est totalement différent !

— Mais... bégaya l'enseignante, avant de continuer, embarrassée. Si ce n'était que ça, je ne vous aurais pas appelée. L'ambiance de la classe était vraiment pesante aujourd'hui, alors j'ai interrogé quelques élèves. Ils m'ont dit que ce n'était pas la première fois que Ha-yeong s'était montrée violente. Une fois, elle a essayé d'enfoncer un crayon dans la main d'un de ses camarades, juste parce qu'il s'était appuyé sur sa table.

Elle raconta ensuite, secouant la tête de dépit, la fois où Ha-yeong avait poussé une autre élève du haut des escaliers. Heureusement, d'autres enfants l'avaient rattrapée à temps pour l'empêcher de tomber et de se blesser gravement.

Apparemment, il était arrivé pas mal de choses à l'école. Seon-gyeong accusa le coup. Elle était furieuse contre elle-même de n'avoir rien vu. Elle pensait pourtant faire de son mieux. Tous les jours, elle questionnait Ha-yeong sur sa journée ou si elle s'était fait de nouveaux amis. La fillette ne répondait que du bout des lèvres. Seon-gyeong avait simplement conclu qu'elle n'avait pas encore réussi à s'intégrer dans sa nouvelle classe.

Elle se rappela tout à coup la voisine de classe de Ha-yeong qui lui avait fait si bonne impression.

— Mais ne s'entend-elle pas bien avec sa voisine ?

— Ah, Ga-eun ? C'est vraiment une bonne pâte. Elle a essayé de sympathiser avec Ha-yeong dès le premier jour. Mais après l'incident d'hier… sa mère m'a appelée ce matin pour me demander de la changer de place.

— …

— J'imagine qu'elle ne vous a rien dit à la maison. Je l'ai observée attentivement et, si vous me le permettez, je pense qu'il serait bien qu'elle voie un psychologue…

Seon-gyeong se rappela Ha-yeong déchirant son ours en peluche avec des ciseaux avant de les brandir dans sa direction. Elle n'avait d'abord pas voulu que la professeure soit au courant de la situation particulière de la fillette. Mais si elle apprenait les circonstances dans lesquelles elle avait grandi, elle ne pourrait pas la blâmer pour ses accès de violence.

Seon-gyeong hésita un instant puis décida d'évoquer brièvement le passé de Ha-yeong : le divorce de ses parents, la mort de sa mère, l'incendie de la maison de ses grands-parents. Elle lui expliqua que ces drames successifs l'avaient profondément blessée et qu'ils pouvaient expliquer en partie son comportement. Elle ajouta que Ha-yeong avait simplement besoin de temps pour se remettre et supplia la professeure d'être compréhensive.

L'enseignante changea aussitôt d'attitude et prit un air navré.

— Je ne savais pas. J'avais deviné qu'elle traversait une période difficile. Et cette histoire d'incendie est encore toute récente, cela doit être très dur pour elle.

— À la maison, je fais de mon mieux pour qu'elle retrouve une certaine sécurité. Mais elle va avoir besoin de temps pour se remettre du choc. Je vous serais vraiment reconnaissante si vous pouviez veiller sur elle ici.

— Entendu. Je vais expliquer tout ça à Ga-eun ainsi qu'à sa mère et leur demander d'être indulgentes.

Leur rencontre s'acheva dans ce climat apaisé. Heureusement, cette femme était compréhensive. Néanmoins, sur le chemin du retour, Seon-gyeong avait le cœur lourd.

Elle s'arrêta dans un parc et trouva un endroit calme pour appeler son amie Hui-ju.

— Je savais que tu m'appellerais. Où en êtes-vous ?

— C'est Ha-yeong. Je viens de rencontrer sa prof.

— Un problème avec ses camarades ?

Seon-gyeong lui raconta tout. Hui-ju garda le silence un moment.

— Ce n'est pas une très bonne nouvelle. Si elle n'arrive pas à se faire d'amis, ce sera encore plus difficile pour elle... À la maison, ça se passait comment après l'histoire de l'ours ?

— Depuis qu'on a adopté un chien, elle va beaucoup mieux. Elle sourit même parfois.

— Bon, ça ira de mieux en mieux. Son problème, ce n'est pas un rhume dont on guérit en quelques jours. Il faut que tu sois patiente.

Seon-gyeong voulut profiter de l'occasion pour lui en dire plus. Si elle voulait obtenir un diagnostic précis, elle ne devait rien omettre.

Elle commença par lui raconter en détail l'histoire de sa mère. Hui-ju l'écoutait attentivement, sans rien dire.

— Tu es toujours là ?

— Oui. Si tu n'y vois pas d'inconvénient, tu ne voudrais pas l'amener à mon cabinet, demain par exemple ?

— Mais pourquoi ? demanda Seon-gyeong, quelque peu paniquée.

— Le problème de Ha-yeong n'est pas différent d'une maladie physique. On sait qu'elle est malade. Pourquoi ne pas la soigner ? Sinon ça va s'aggraver. En plus, cela fait déjà longtemps que ça dure.

Seon-gyeong n'avait rien à redire. Elle comprenait très bien le point de vue de son amie. Mais elle avait peur de l'étiquette qu'on allait coller à cette enfant si on l'amenait voir une psychologue. Et surtout, de comment Ha-yeong elle-même le vivrait. Il valait mieux en parler avec son mari avant de décider quoi que ce soit.

Ayant promis à Hui-ju de la rappeler, elle raccrocha.

De retour chez elle, Seon-gyeong attendit Ha-yeong, incapable de se concentrer sur quoi que ce soit.

Le dossier de Byeong-do étalé sous ses yeux, elle repensait au premier jour où cette petite fille était arrivée.

À choisir, elle aurait préféré se retrouver avec un nourrisson sur les bras. Cela aurait été dur physiquement, mais elle aurait eu moins de soucis. Vivre avec une préadolescente sous le même toit revenait à marcher dans un champ de mines, une bombe à retardement entre les bras. Chaque mot, chaque expression du visage de Ha-yeong l'inquiétaient.

Quand elles étaient ensemble, Seon-gyeong lui consacrait toute son attention. Même quand elle n'était pas là, elle n'arrivait pas à se la sortir de la tête. Quoi qu'elle fasse, une partie d'elle-même pensait à Ha-yeong en permanence.

Elle n'avait pas ce problème lorsqu'elle vivait seulement avec son mari. Bien entendu, quand celui-ci était à la maison, elle faisait attention à lui, mais une fois seule, elle pouvait se consacrer entièrement à son travail et oublier tout le reste. Tous deux avaient un métier prenant et étaient toujours prêts à régler un problème par le dialogue, à faire des concessions. Par exemple, quand elle était trop fatiguée pour préparer le dîner, elle l'appelait pour lui dire de manger dehors avant de rentrer. Quand c'était possible, ils allaient ensemble au restaurant. Elle lisait, allait au lit quand cela lui chantait. Elle pouvait demander à son mari d'organiser ses journées selon ses besoins du moment. Avec une enfant, ce n'était plus possible.

Ha-yeong avait déjà traversé beaucoup d'épreuves dans sa courte vie. Seon-gyeong avait pitié d'elle et se sentait coupable de ne pas pouvoir être plus proche d'elle. Elle craignait que l'enfant ne perçoive cette distance affective qu'elle s'imposait inconsciemment. Voilà pourquoi elle prenait soin d'elle autant que possible et elle s'était emportée contre sa professeure.

Seon-gyeong se sentait semblable à un clown debout sur un tonneau. Un clown ne parvenant pas à trouver son équilibre, ne faisant que s'adapter péniblement au mouvement anarchique de la barrique.

Avec l'arrivée du chien, l'atmosphère s'était détendue. Ha-yeong riait plus souvent et lui adressait parfois la parole. Seon-gyeong avait cru que la petite allait mieux. Qu'elle s'adaptait enfin à sa nouvelle vie. Elle avait voulu se convaincre qu'elle s'entendait bien avec ses camarades de classe. En réalité, elle n'avait fait que fermer les yeux sur les problèmes.

Seon-gyeong se sentait dos au mur. Par où commencer quand Ha-yeong rentrerait ? Elle décida de préparer d'abord son goûter.

Elle ferma le dossier de Byeong-do mais le rouvrit soudain. Quelque chose venait de lui traverser l'esprit. Elle appuya sur le bouton du magnétophone pour réécouter les dernières paroles du criminel :

« Pourriez-vous prendre dans vos bras un bébé singe aux mains couvertes de sang ? Le pourriez-vous ? »

Seon-gyeong se rappela le visage de Byeong-do quand il avait prononcé ces mots. Il ressemblait à un enfant assoiffé d'amour. Étrangement, dans l'esprit de Seon-gyeong, le visage de Ha-yeong se superposa à celui du criminel. Tous deux avaient été maltraités par leurs mères. Mais Byeong-do avait pris un chemin pour l'enfer, sans retour possible. Ha-yeong était différente. Il faudrait la guérir, soigner ses blessures, quel que soit le prix à payer. Elle était certainement à un moment décisif de son existence. Il était impératif de percer l'abcès qu'elle portait en elle, de le cicatriser.

De retour à la maison, Ha-yeong se comporta comme d'habitude. Seon-gyeong lui tendit un verre d'eau, sans mentionner sa rencontre avec sa professeure.

— Tu veux un gâteau ou bien des fruits ?

— Un gâteau.

Tout en avalant son goûter, la fillette jetait des coups d'œil vers Seon-gyeong. Son silence semblait la rendre nerveuse.

— Tu sais, il y a une nouvelle boulangerie au carrefour. Si on y allait ensemble la prochaine fois ? Tu aimes quoi comme gâteaux ?

— Ceux au chocolat...

— C'est vrai ? Moi aussi, j'aime tout ce qui est sucré. Ça remonte le moral.

Ha-yeong avait l'air de plus en plus mal à l'aise. Elle bafouilla une réponse vague et, son gâteau fini, elle se dépêcha de filer.

— Ha-yeong ! l'appela Seon-gyeong alors qu'elle montait les escaliers.

La fillette se retourna, le visage fermé, comme si elle savait déjà ce qui allait suivre. Elle s'assombrissait de seconde en seconde.

Seon-gyeong se précipita vers elle pour la prendre dans ses bras. Elle sentit l'enfant tressaillir. Contrairement à ses craintes, Ha-yeong ne la repoussa pas. Seon-gyeong pouvait sentir ses épaules fragiles, la chaleur de son petit corps. Elle se rendit compte que ce sentiment de distance qu'elle éprouvait avait peut-être été créé de toutes pièces par son esprit. La fillette se détendit peu à peu.

— Tout est nouveau, c'est dur pour toi, pas vrai ? Merci d'être aussi patiente. Ça ira de mieux en mieux, je te le promets. Si tu as des problèmes, quels qu'ils soient, n'hésite pas à nous en parler, d'accord ?

La gorge nouée, Seon-gyeong eut du mal à terminer sa phrase. Elle lâcha prise et dévisagea Ha-yeong qui demeurait immobile, confuse.

# 22

Avant l'entretien, le chef de la sécurité insista pour avoir une discussion avec Seon-gyeong. Il la conduisit dans son bureau qui se trouvait dans le plus ancien bâtiment de la prison. La porte était tellement vieille qu'il dut s'y reprendre à plusieurs fois pour la fermer. Un climatiseur hors d'âge ronronnait dans la pièce. Elle trouva l'endroit en parfait accord avec son propriétaire.

– Vous désirez un rafraîchissement ? demanda-t-il en avançant vers le frigo.

Il prenait tout son temps. Sans doute le faisait-il exprès, sachant que l'entretien devait bientôt commencer. Elle alla droit au but :

– Vous avez quelque chose à me dire ?

– Pas si vite ! Soufflons un peu d'abord.

Il attrapa quelques glaçons qu'il enfourna dans sa bouche. Puis il s'assit sur le canapé et inspecta Seon-gyeong des pieds à la tête, sans rien dire. Quelques instants plus tard, il avala d'un coup les glaçons et déclara :

– Arrêtons maintenant.

– Comment ?

– Vous n'imaginez pas combien de coups de fil je reçois, sans compter que...

L'appel du président Han l'avait visiblement agacé. Ce dernier l'avait prié de bien vouloir coopérer, mais sa demande avait produit l'effet inverse.

— ... depuis quelques jours, il ne va pas bien.

— C'est-à-dire ?

Que s'était-il passé ?

— Comme vous ne le voyez seulement que de temps à autre, un bref instant, vous ne vous êtes sûrement rendu compte de rien. Nous, en revanche, nous le surveillons vingt-quatre heures sur vingt-quatre. Le moindre changement ne peut pas nous échapper.

Il lui expliqua en détail ce qui s'était passé depuis leur dernière rencontre :

— Il ne dort plus. Il passe des heures à se regarder, l'air absent, dans le miroir ou à murmurer tout seul devant un mur. Des fois, il se bouche les oreilles et secoue la tête sans s'arrêter.

Il ne plaisantait pas. Si ce qu'il disait était vrai, l'état de Byeong-do était des plus préoccupants. Seon-gyeong décida d'accepter sa demande.

À vrai dire, elle avait de plus en plus de mal à communiquer avec Byeong-do. Elle le sentait de plus en plus instable. Elle-même était ébranlée par ces entretiens. Mais ce qui l'inquiétait plus encore était qu'elle projetait sur Ha-yeong la compassion qu'elle ressentait pour le tueur. Elle ne parvenait plus à garder la tête froide. Si elle ne pouvait plus être objective, cela ne valait pas la peine de continuer.

Elle était forcée d'admettre qu'elle manquait encore d'expérience pour ce genre de mission. Il valait mieux tout arrêter maintenant avant qu'elle ne perde totalement le contrôle de ses émotions.

Seon-gyeong ayant exprimé son accord, le chef de la sécurité changea d'attitude. Il avait l'air d'être débarrassé d'un lourd fardeau. C'était la première fois qu'elle le voyait aussi avenant.

— Franchement, je m'inquiétais pour vous. Parfois, j'avais l'impression qu'il vous avait eue. Bon, aujourd'hui, ce sera donc la dernière séance. Bonne chance.

Elle pouvait le comprendre. Les autres condamnés devaient se plaindre des privilèges accordés à Byeong-do. Sans compter qu'il ne pouvait pas fermer les yeux sur les répercussions qu'avaient ces entretiens sur l'état psychologique de son détenu. Après le suicide récent d'un autre condamné, il n'avait plus droit à l'erreur.

Seon-gyeong s'installa dans la salle et posa une pomme sur la table, en face de la chaise vide de Byeong-do. Elle regretta de ne pas avoir trouvé un plus beau fruit. Si seulement elle avait su qu'aujourd'hui serait leur dernière rencontre...

Quelques minutes plus tard, il fit son apparition. Seon-gyeong se leva et attendit qu'il prenne place. Leurs regards se croisèrent. Ils ne s'étaient pas vus depuis une semaine.

Quelle surprise !

Il n'était plus le même ; son air assuré, voire orgueilleux des premiers jours, avait fondu comme neige au soleil. Il ressemblait à une proie traquée. Le chef de la sécurité n'avait pas menti.

Il était incapable de la regarder dans les yeux. Il gardait la tête baissée ou la secouait comme pour chasser une mouche. Parfois, il l'inclinait sur un côté ou bien se bouchait les oreilles.

— Quelque chose ne va pas ? demanda Seon-gyeong, inquiète de son comportement étrange.

Il ne répondit pas.

Elle commença à lui poser les questions qu'elle avait préparées. Elle essaya de conserver un ton formel afin de dissimuler son trouble.

— Les enquêteurs ont découvert chez vous beaucoup d'affaires qui ne vous appartiennent pas. Où les avez-vous trouvées ?

— ...

— Y a-t-il d'autres victimes comme le supposent les inspecteurs ?

— ...

— S'il vous plaît... dit-elle en élevant la voix.

Il tourna enfin les yeux vers elle.

— Y a-t-il d'autres victimes ? répéta Seon-gyeong.

Il réfléchit un instant avant de hocher la tête.

— Qu'est-ce que vous leur avez fait ?

En guise de réponse, Byeong-do esquissa un sourire. Il semblait savourer son secret. Il ne parlerait pas facilement.

Seon-gyeong ne pourrait probablement pas répondre aux attentes des inspecteurs de Gangbuk. Elle attendit un long moment, mais Byeong-do se contentait de se masser les tempes, les sourcils froncés, comme s'il avait la migraine.

Elle décida de changer de sujet et de revenir à leur précédente conversation. Pour leur dernière entrevue, elle préférait se concentrer sur lui.

– Pouvez-vous m'en dire plus sur cette maman en peluche ?

Byeong-do lui jeta un regard interrogateur.

– Vous avez une deuxième maman, non ? Autre que celle qui vous a fait souffrir...

– Ça...

Entendant parler de sa mère, il sortit enfin de son mutisme obstiné.

– C'était juste un rêve... trop beau... donc trop cruel.

Son regard angoissé se perdit dans le vague. Son ton changea aussi. S'égarait-il dans son imagination ou dans ses souvenirs ?

Seon-gyeong voulait savoir si cette mère en peluche existait vraiment.

– Est-ce que... je lui ressemble ?

Byeong-do la fixa longuement. Puis il se mit à raconter son histoire très lentement, comme s'il fouillait au fin fond de sa mémoire.

– Peut-être que oui... Je ne sais pas. Cela fait tellement longtemps. Ou peut-être que j'ai changé mes souvenirs.

Les bons souvenirs ont tendance à se transformer, ils embellissent au fil du temps. Comme certains peuvent le faire de leur premier amour, Byeong-do avait dû redessiner le portrait de cette seconde mère gravé dans sa mémoire.

Soudain, son visage doux se durcit. Sa voix se fêla :

– C'était la seule chance ! L'unique chance... Et j'ai tout gâché !

Pour une raison inexplicable, il semblait furieux contre lui-même.

– La seule chance ? Que voulez-vous dire par là ?

– J'ai tout cassé. Je... déplora-t-il, tête baissée.

Il releva soudain la tête et, écarquillant les yeux, il demanda :

— Vous allez me donner une deuxième chance ? Pas vrai ?

Seon-gyeong ne comprenait rien mais, émue par son désespoir, elle hocha la tête. Le visage de Byeong-do se relâcha aussitôt. Il poussa un profond soupir de soulagement.

Cette réponse semblait l'avoir rassuré.

— C'est bon alors, ça me suffit.

— Comment ça ?

Il regarda longuement Seon-gyeong puis murmura presque imperceptiblement :

— Je n'irai plus en enfer... puisque vous êtes là.

Il s'éteignit ensuite, comme un jouet sans pile. Il était moins concentré et bougeait lentement. Un violent conflit intérieur devait avoir cours en lui. Curieuse de savoir ce qui se passait, Seon-gyeong demanda :

— Ça va ? Comment vous sentez-vous ?

Byeong-do secoua violemment la tête. Il regarda anxieusement autour de lui, comme s'il avait peur qu'on l'espionne. Puis il murmura, d'une voix si éraillée que c'en était presque inaudible :

— Non... pas encore. Je vous le dirai le moment venu.

Il semblait sur le point de craquer. Seon-gyeong ne pouvait pas le laisser dans cet état. Il fallait l'hospitaliser. Elle se dit qu'elle devrait en informer le chef de la sécurité en sortant.

Byeong-do frissonnait et avait du mal à se tenir droit sur sa chaise. Il se leva, prétextant qu'il était fatigué. Quand il sortit accompagné du surveillant, Seon-gyeong n'osa pas lui annoncer qu'il s'agissait de leur dernière rencontre, de peur qu'il soit encore plus déstabilisé.

Malgré tout, elle se dit que ces entretiens n'avaient pas été inutiles. Ce fut également l'occasion pour elle de vérifier son inexpérience. Elle regretta que tout se termine ainsi, mais prolonger l'expérience n'aurait fait que confirmer ses limites. Elle savait qu'elle n'arriverait pas à lui faire avouer d'autres crimes.

Elle n'avait jamais compris pourquoi il refusait de parler de ses autres victimes. Quoi qu'il en soit, elle était satisfaite de son travail et avait pu apprendre beaucoup de choses. Elle se sentait capable de rédiger un rapport qui satisferait les attentes du président Han.

Aussi contente que navrée, elle parcourut la salle du regard.

Le premier jour, cet endroit confiné l'avait mise extrêmement mal à l'aise ; au point d'en avoir du mal à respirer. Mais au fur et à mesure des entretiens, elle s'était rendu compte que cela les avait au contraire aidés à se concentrer sur leur conversation.

Seon-gyeong se leva enfin et remarqua la pomme sur la table. Elle la prit, l'observa un moment avant de croquer dedans avec prudence.

Son parfum rafraîchissant se répandit dans sa bouche. Elle la reposa sur la table pour la laisser à Byeong-do, puis sortit de la salle.

# IV

# 23

Ce matin-là, son mari était parti pour Washington.

La veille, elle lui avait parlé de la suggestion de Hui-ju: Ha-yeong devait voir un psychologue. Il s'était mis en colère:

— C'est vraiment nécessaire? Elle va à l'école et elle s'adapte plutôt correctement à sa nouvelle vie, non?

— Tu crois ça, toi?

— Tu veux dire qu'elle a un problème?

Depuis l'arrivée de Ha-yeong, Seon-gyeong avait remarqué que sa fille était un sujet sensible pour son mari.

Il se sentait coupable de ne pas avoir pris soin d'elle durant toutes ces années. Cette culpabilité l'empêchait de voir la réalité en face. Seon-gyeong lui avait alors raconté l'incident de l'école et sa discussion avec Hui-ju.

— Mais tu t'en doutais quand même un peu, non? avait-elle demandé.

— ...

— Jusqu'à présent Ha-yeong n'a pas eu la vie normale d'un enfant. Tu sais très bien ce qu'elle a traversé en vivant avec sa mère. Sa mère qui s'est suicidée devant elle! Ensuite, il y a eu cet incendie. Elle ne peut pas ne pas avoir de séquelles.

— Je pensais qu'avec le temps, elle oublierait... et que tout irait mieux.

— Ça, c'est ce que tu souhaites.

— Mais ça va, non ?

Il ne voulait pas admettre la vérité.

— En apparence, oui. Mais c'est ça le plus inquiétant. Peut-être qu'elle est incapable de parler de sa souffrance ? Qu'elle se replie peu à peu sur elle-même ?

Il n'avait pas répondu. Chaque fois qu'elle évoquait le sujet, il se renfrognait. Il refusait d'admettre que sa fille puisse avoir un problème. Car si tel était le cas, il s'en tiendrait pour responsable. Prenant la voix la plus douce possible, Seon-gyeong avait essayé de lui présenter les choses sous un autre angle :

— Consulter un psychologue, c'est exactement comme faire un bilan de santé à l'hôpital. T'es médecin, tu vois ce que je veux dire, non ? Ha-yeong a subi des choses qu'elle ne peut pas surmonter toute seule. Tu comprends qu'elle souffre, non ?

— ...

— Tu peux vraiment dire qu'il n'y a aucun problème parce qu'on ne voit rien ? Imagine qu'elle soit blessée, il faut guérir ses plaies avant qu'il ne soit trop tard.

Son obstination avait eu raison de son mari. Mécontent, il avait fini par céder.

Elle était soulagée. S'il avait refusé, elle aurait dû se montrer plus agressive pour qu'il prenne conscience de la gravité de la situation.

Il lui avait juste demandé d'attendre son retour pour qu'il puisse en parler lui-même à sa fille. Seon-gyeong était d'accord. Ha-yeong accepterait plus facilement la chose si elle venait de son père.

Le père et la fille avaient eu du mal à se quitter. Devant s'absenter durant dix jours, il lui avait longuement répété ce qu'elle devrait faire pendant ce temps-là. Il avait multiplié des promesses qu'il ne pourrait jamais tenir ; ils iraient ensemble dans un parc d'attractions dès son retour ou au bord de la mer pendant les vacances d'été. Sa tendresse contrastait franchement avec l'indifférence de sa fille. Comme si tout cela ne suffisait pas, il avait fini par lui jurer qu'il lui ramènerait un ours en peluche encore plus gros que la dernière fois. Enfin, il était parti.

Ha-yeong était ensuite montée dans sa chambre pour se préparer à aller à l'école.

Son mari serait absent durant dix jours...

Seon-gyeong était bien décidée à se consacrer entièrement à Ha-yeong durant tout ce temps. Leur relation future en dépendait. Depuis sa rencontre avec la professeure principale, elle prenait Ha-yeong dans ses bras ou lui brossait les cheveux le plus souvent possible. Ça n'avait pas l'air de déplaire à la petite. Elle venait même s'asseoir devant Seon-gyeong, un peigne à la main.

Elles étaient désormais beaucoup plus proches; ils étaient loin les premiers jours où elles ne se donnaient même pas la main. Pour Seon-gyeong c'était le fruit de leurs contacts physiques fréquents qui leur permettaient de sentir la chaleur de chacune.

Ha-yeong descendit, disant qu'elle était en retard pour l'école. Tandis qu'elle enfilait ses chaussures, Seon-gyeong l'appela. Elle courut aussitôt vers elle pour l'enlacer chaleureusement. Elles restèrent ainsi un moment, puis Ha-yeong se dépêcha de partir.

Seon-gyeong ouvrit toutes les fenêtres et commença à passer l'aspirateur.

Soudain, son téléphone sonna. Un numéro inconnu.

Elle décrocha. Une voix basse se fit entendre. Elle la reconnut immédiatement: c'était celle de l'inspecteur Yu. Ce coup de fil imprévu l'inquiéta. Elle se rappela le policier, debout dans le vestibule, la fixant du regard. Peut-être avait-il résolu l'affaire de l'incendie?

Ses attentes furent déçues: affirmant qu'il ne pouvait pas parler davantage au téléphone, il la pria de lui accorder sans trop tarder une rencontre.

Seon-gyeong lui répondit qu'elle viendrait le voir, puis raccrocha. Elle sentit un frisson lui parcourir le corps. Elle avait un mauvais pressentiment.

Il était presque onze heures du matin quand elle arriva au commissariat central de Séoul, à Gwanghwamun.

Elle sortit de la station de métro et emprunta la petite rue qui passait derrière le centre culturel de Sejong. Sous le soleil brûlant, l'asphalte était en train de fondre. Seon-gyeong avançait tant bien que mal, suivant les ombres des immeubles et des arbres. À l'accueil, un agent vérifia qu'elle avait bien rendez-vous avant de lui donner un badge visiteur.

Depuis le hall d'entrée, elle vit Dong-sik sortir de l'ascenseur. Il arriva vers elle en courant pour la saluer :

— Excusez-moi de vous faire venir jusqu'ici sous cette chaleur.

— Il n'y a aucun problème.

Ils entrèrent dans la salle de repos du rez-de-chaussée. Une fois Seon-gyeong installée, Dong-sik tira quelques pièces de sa poche et se posta devant le distributeur.

— Qu'est-ce que vous voulez ?

— Juste de l'eau, s'il vous plaît.

Dong-sik vint s'asseoir devant elle, un café et une bouteille d'eau à la main. Seon-gyeong en avala une grande gorgée pour se rafraîchir.

— Je voudrais encore vous présenter mes excuses.

Il ajouta qu'il ne pouvait pas s'absenter du bureau.

— Ne vous en faites pas. Vous vouliez me dire ?

— J'ai le résultat des autopsies.

— Ah oui ?

— Je ne sais pas comment vous dire ça. Mais comme vous êtes du métier, je pense que vous pourrez accepter avec sang-froid et objectivité ce que je vais vous raconter.

Il tournait autour du pot, ce qui rendit Seon-gyeong encore plus nerveuse. Pourquoi hésite-t-il tant ? se demandait-elle. Que va-t-il donc me dire ?

— L'incendie d'Eungam est d'origine criminelle. En fait, il a suivi les meurtres.

Elle ne comprit pas tout de suite le sens de ces paroles.

— Attendez... Les meurtres ? Vous voulez dire que...

— Je comprends votre surprise. Oui, l'incendie a été allumé pour dissimuler les meurtres. C'est notre hypothèse.

Elle n'aurait jamais imaginé ça. Son cœur martelait sa poitrine, elle avait du mal à respirer. Elle redoutait les mots qui allaient suivre.

— Par les autopsies, vous entendez celles des grands-parents de Ha-yeong?

— Oui, répondit Dong-sik d'un ton ferme.

Seon-gyeong secoua la tête sans s'en rendre compte. Elle avait toujours cru que cet incendie était un accident. Voilà qu'il s'agissait d'un crime? Inconcevable! Ce drame avait déjà changé la vie d'on ne sait combien de personnes!

— Vous avez arrêté le coupable?

— Parlons d'abord du résultat des autopsies.

Seon-gyeong trouva curieux qu'il l'ait fait venir ici rien que pour parler de cela. Il avait également exigé d'elle du sang-froid et de l'objectivité. Son mauvais pressentiment allait-il s'avérer exact?

— Ils étaient déjà morts avant l'incendie. Leurs œsophages, leurs poumons étaient intacts. S'ils étaient morts à cause du feu, on aurait dû y trouver des traces de fumée.

Ils ne seraient pas non plus restés immobiles sous leur couverture. Dong-sik repensa au vieux couple qu'il avait vu sur place.

— Dans ce cas, quelle est la cause du décès?

Le policier farfouilla dans la poche intérieure de son blouson pour en sortir une feuille de papier méticuleusement pliée. C'était le rapport du laboratoire.

— Mort par empoisonnement.

— Vous voulez dire... Mais il est possible qu'ils se soient donné la mort, non?

— Qui se suicide comme ça? Préparer l'incendie, avaler du poison, tout ça avec leur petite-fille dans la chambre d'à côté? Voyons!

— ...

— De plus, quand généralement on prend du poison, on se tord de douleur jusqu'à rendre son dernier souffle. Mais les grands-parents de Ha-yeong étaient allongés bien droits, les mains croisées sur le ventre. Ça veut dire que quelqu'un a attendu de vérifier qu'ils soient morts pour les installer sous leur couverture et allumer l'incendie.

— Si le feu a éclaté après les meurtres... j'imagine qu'aucune preuve n'a survécu aux flammes?

— Non, malheureusement. On n'a rien trouvé... Cependant...

— ...

— Nous avons un suspect.

— Qui est-ce?

Dong-sik n'osait pas se lancer. Il hésitait, les yeux posés sur Seon-gyeong. Son air embarrassé lui rappela sa visite de l'autre jour. Lorsqu'ils étaient venus, lui et son collègue, trempés de sueur, pour voir Ha-yeong. Elle tenta de se rappeler les questions qu'ils avaient posées ce jour-là.

— Ne me dites pas que...

— La seule personne qui était avec eux ce jour-là: Yun Ha-yeong.

— Que... Quoi? Ce n'est qu'une enfant. Elle n'a que onze ans!

Gêné, Dong-sik se gratta le front et demanda:

— Madame, parmi les affaires que vous avez étudiées durant votre formation, quel âge avait le tueur le plus jeune?

Seon-gyeong resta bouche bée. Il avait raison. L'âge ne signifiait rien.

Mary Bell, la plus jeune tueuse en série connue, avait onze ans au moment des faits. Accompagnée d'une amie, elle avait enlevé et étranglé un enfant de trois ans. Elle avait ensuite mutilé le corps de la victime à coups de ciseaux. Et pas besoin de partir aussi loin pour trouver des exemples. Récemment au Japon, un écolier avait assassiné un de ses camarades de classe, plongeant l'archipel dans un profond émoi. La Corée ne faisait pas exception. Un collégien avait mis le feu à sa maison juste parce que ses parents l'avaient grondé. Tous les membres de sa famille avaient perdu la vie.

— Plusieurs éléments m'ont fait arriver à cette conclusion, expliqua Dong-sik.

Seon-gyeong faisait de son mieux pour ne pas s'évanouir. Elle était prise d'une nausée insupportable. Elle avala coup sur coup quelques gorgées d'eau pour se calmer. Puis elle écouta attentivement les paroles du policier :

— En cas d'incendie, les victimes réagissent généralement de la même façon. Surprises, elles n'ont pas le temps de s'habiller pour se mettre à l'abri. Mais ce matin-là, Ha-yeong était différente. Au début, je ne saisissais pas ce qui clochait chez elle. Plus tard, j'ai compris qu'elle était beaucoup trop calme pour une rescapée.

Dong-sik se souvenait très clairement de ce jour-là. De cette petite fille dans les bras d'un pompier. Elle portait des chaussettes, des chaussures et serrait un ours en peluche contre son cœur. Elle avait raconté s'être échappée par la fenêtre. Mais comment aurait-elle pu enfiler ses baskets qui auraient dû être près de la porte d'entrée ? Parce qu'elle les portait avant même que l'incendie ne se déclare ! Il ne voyait aucune autre explication.

— Ce n'est pas tout. Elle avait aussi la carte de visite de son père dans sa poche.

— Ça... Peut-être qu'elle l'avait sur elle car elle comptait aller le voir en secret ?

D'une manière ou d'une autre, elle voulait réfuter tout ce qu'elle venait d'entendre.

Une voix hurlait en elle. Il ne voit qu'une seule pièce du puzzle ! Comment peut-il juger une personne aussi facilement ? Combien d'innocents ont déjà été accusés de crimes qu'ils n'ont pas commis ? Peut-être que Ha-yeong a voulu fuguer pour aller voir son papa, tout simplement !

À ce stade, il est hors de question de tirer une conclusion. Surtout pas ! Mais cette petite voix intérieure s'estompait déjà peu à peu.

— Ha-yeong n'a pas touché un mot à propos de ses grands-parents. Les enfants, dans ce genre de situation, cherchent les membres de leur famille et s'ils ne les trouvent pas, ils nous supplient d'aller les sauver. Ha-yeong n'a jamais voulu savoir si ses grands-parents étaient sains et saufs ou s'ils étaient toujours dans la maison. Elle savait déjà ce qui leur était arrivé.

Dong-sik se souvint encore d'autre chose.

L'image de Ha-yeong endormie dans la voiture de police. Elle venait d'apprendre que son père allait arriver. Maintenant qu'il y repensait, la fillette n'avait pas eu le moins du monde l'air choqué ou effrayé. Elle s'était endormie tranquillement, satisfaite de savoir que son père arrivait.

— Je ne sais vraiment pas quoi vous dire. C'est tellement inattendu.

Seon-gyeong avait de plus en plus de mal à écouter. Sa tête était comme emportée par un tourbillon. Elle avait l'impression d'étouffer.

— Bien sûr, ce ne sont que des hypothèses. Je n'ai aucune preuve matérielle pour les soutenir. À moins qu'on ne mette la main sur le poison responsable de la mort de ses grands-parents. Pour le moment, je n'en ai parlé à personne. Pas même à mon coéquipier.

— Dans ce cas, pourquoi...

— Parce que vous avez le droit de savoir. Vous êtes du métier et surtout, vous êtes la belle-mère de cette fille.

Seon-gyeong ne savait pas quoi répondre.

— Ne baissez pas votre garde. C'est tout ce que je peux vous conseiller.

Dong-sik se leva et sortit de la salle.

Une fois seule, Seon-gyeong fut incapable de bouger durant un moment.

Elle n'arrivait plus à réfléchir. Comment devait-elle prendre tout ça ? Comment en parler à son mari ? Toutes ces questions s'emmêlaient dans sa tête. Elle reprit péniblement ses esprits et prit une décision.

Il n'était pas encore nécessaire d'en parler.

Pour elle, il était absolument hors de question d'accuser une enfant d'un double homicide sans la moindre preuve.

Pourquoi aurait-elle tué ses grands-parents et mis le feu à la maison ? Pour aller voir son père ? Un coup de fil n'aurait-il pas suffi ? Pourquoi aurait-elle mis sa vie en danger ?

Son esprit avait beau raisonner, son cœur était incapable de le suivre.

Elle savait. Les meurtriers étaient capables de prendre une vie sans la moindre raison.

Une fois dehors, elle eut peur de rentrer chez elle. Elle ne savait pas si elle parviendrait à regarder Ha-yeong dans les yeux. En marchant vers le métro, elle changea subitement de direction pour se rendre dans le quartier d'Eungam. Elle ne pouvait pas rentrer comme ça. Elle n'avait aucune idée précise en tête. Elle avait simplement besoin de voir la maison où avait vécu Ha-yeong.

À l'endroit indiqué par l'inspecteur Yu se dressait une bâtisse en ruine témoignant de la férocité de l'incendie. Bouleversée par le spectacle, un sentiment qu'elle n'avait jamais connu jusque-là s'empara de Seon-gyeong.

Ne pouvant plus y tenir, elle s'éloigna précipitamment de la maison sinistrée.

Une dame dans la cinquantaine entra dans la ruelle et observa Seon-gyeong d'un air suspicieux. Elle attendit que Seon-gyeong arrive jusqu'à sa hauteur pour lui demander sèchement :

— Vous avez visité la maison au fond ?

Seon-gyeong n'avait aucune envie de s'arrêter. Elle se contenta de remuer la tête. La femme, devinant son état d'esprit, s'adoucit quelque peu. Elle paraissait gentille mais du genre à fourrer son nez partout. Elle observa Seon-gyeong de la tête aux pieds et émit un claquement de langue, comme pour exprimer sa pitié. Elle devait la prendre pour un membre de la famille ayant tardivement appris la nouvelle.

— Oh, ma pauvre petite... Vous les connaissiez comment ?

Seon-gyeong chercha une réponse mais ne trouva rien à dire. La voisine hocha la tête d'un air compréhensif.

— Ça a dû vous faire un choc. Et c'est bien normal ! Allez savoir la raison de tous ces malheurs... Et si tout ça c'était à cause du démon de leur fille...

— Leur fille ? Vous voulez dire la maman de Ha-yeong ?

— Oui. Vous saviez qu'elle s'est suicidée en avalant du poison ? Allez savoir pourquoi elle a fait ça. Vous imaginez ? Comment on peut partir comme ça, en laissant derrière ses parents et son enfant ? Après ça, la vieille dame de cette maison vivait comme un zombi.

— Ha-yeong était heureuse chez ses grands-parents ?

— Oh, la petite ? Eh ben... une fois la porte fermée, on ne peut jamais savoir ce qui se passe derrière !

La femme sembla vouloir ajouter quelque chose mais se ravisa. Jusque-là, elle parlait comme si elle connaissait tout de cette famille, mais son attitude changea subitement. Seon-gyeong fut curieuse de savoir pourquoi.

— Que s'est-il passé ?

— Dites-moi qui vous êtes d'abord ?

La dame trouvait suspect que Seon-gyeong la mitraille ainsi de questions.

— Je suis sa belle-mère. Ha-yeong vit avec moi maintenant.

Seon-gyeong joua la carte de la franchise. La dame prit un air confus. Soudain, comme si elle avait une affaire urgente à régler, elle tourna les talons.

— Attendez ! Racontez-moi tout ce que vous savez, s'il vous plaît.

— Vous croyez qu'on sait tout sur quelqu'un seulement parce qu'on est voisins ?

La dame rentra chez elle précipitamment. Seon-gyeong ne savait pas que penser de tout ça. Manifestement, elle ne souhaitait pas parler de la petite. Un sentiment étrange envahit Seon-gyeong. Elle avait une boule au ventre, de la sueur se mit à perler sur son front, elle sentit ses mains se glacer.

Elle s'empressa de quitter la ruelle.

# 24

La canicule n'en finissait pas.

Byeong-do demanda au surveillant d'organiser un nouvel entretien avec Seon-gyeong. Il n'obtint qu'un ricanement pour toute réponse. S'étant mis à faire un tapage de tous les diables, le chef de la sécurité fit son apparition.

– J'ai besoin de lui parler, j'ai des choses à lui dire !

– Mais elle, on dirait qu'elle n'a rien à te raconter et qu'elle ne veut rien entendre de toi.

– Non ! Je dois la voir à tout prix ! hurla Byeong-do.

Le chef de la sécurité s'approcha des barreaux et tonna :

– Fallait mieux te comporter ! Et puis à quoi ça servirait ? Il n'y a rien d'intéressant à tirer d'un type comme toi !

– Les femmes... Je vais lui dire où j'ai enterré mes autres victimes.

Il sortait son atout. Il s'était juré de ne jamais le dévoiler à personne, d'emporter son secret dans la tombe. Mais si cela lui permettait de revoir Seon-gyeong, il était prêt à tout avouer. Quand on désire quelque chose avec ardeur, rien d'autre ne compte.

Surpris, le chef de la sécurité le regarda. Il le jaugea du regard, plissant des yeux, cherchant à savoir s'il était sincère. Il lança une réponse à laquelle Byeong-do ne s'attendait pas :

— T'es chaud comme la braise, toi ! dit-il, un petit sourire au coin des lèvres.

Byeong-do vit son atout réduit à néant. Il n'en revenait pas. Il avait sorti le grand jeu pour rien. Le temps lui manquait. Il ne voulait pas revivre la même chose que par le passé. Il ne voulait pas manquer cette seconde chance obtenue avec tant de mal, et tout ça à cause de cet imbécile !

— Je t'avais prévenu, qu'à force de mal te conduire, tu finirais par le payer cher.

— T'as pas entendu ? Je vais tout avouer !

— Ça, ça concerne la police ou le procureur. Quant à moi, ça me suffit de te savoir enfermé ici.

— Je veux voir mon avocat. Ça va pas se passer comme ça !

— À ta guise ! Mais devine quoi ? Ton avocat en a marre de tes mensonges. Tu crois qu'il va prendre la peine de venir te voir juste parce que tu le siffles ? Et ton procès, il est déjà terminé.

Rouge de colère, Byeong-do se mit à hurler :

— Surveillant ! Surveillant ! Je veux voir le directeur. Le directeur !

Le surveillant arriva en courant du fond du couloir pour se poster en face du chef de la sécurité. Il ne jeta pas un regard vers le prisonnier.

— Vous n'avez pas le droit ! Vous savez qui je suis ? Je suis Lee Byeong-do ! Vous croyez que je vais vous laisser faire ?

— Allez, crie tant que tu veux.

La fureur de Byeong-do laissait de marbre le chef de la sécurité.

Alors les autres prisonniers se mirent à cogner avec force contre leurs portes. Des insultes fusèrent de toutes parts. Les autres condamnés ne supportaient plus ses hurlements.

Agrippé aux barreaux, Byeong-do tremblait de rage. Il n'avait plus de temps à perdre : la chanson avait repris. Cette chanson qui l'étouffait... Tic... Tac... Le moment approchait.

Le regard injecté de sang, il toisa le chef de la sécurité. Celui-ci s'éloigna, indifférent, accompagné du surveillant.

Byeong-do, laissé seul, s'effondra au sol. Le dos contre le mur, il se mit à réfléchir.

Il ne pouvait pas rester les bras croisés. Il devait revoir Seon-gyeong, quoi qu'il arrive.

Elle seule pourrait comprendre pourquoi cette chanson résonnait dans sa tête, elle seule pourrait l'arrêter définitivement. Et c'était à elle seule qu'il voulait raconter la longue histoire entre lui et sa mère.

Ce jour de pluie, après avoir vérifié que sa maman était morte, il avait creusé toute la nuit un trou dans le jardin pour y enterrer son cadavre. La pluie avait lavé le sang sur le sol, tout avait filé dans les égouts.

Tout comme sa naissance à lui, la mort de sa mère n'avait attiré l'attention de personne. Elle avait depuis longtemps rompu toute relation avec le monde extérieur. Personne n'était jamais venu lui rendre visite.

Quelque temps plus tard, Byeong-do avait signalé sa disparition à la police. Il avait déclaré qu'elle n'était pas rentrée depuis plusieurs jours. Ils lui avaient donné quelques papiers à remplir, par pure formalité. Quand il leur avait demandé s'ils entameraient des recherches, ils lui avaient répondu qu'ils avaient d'autres chats à fouetter. Ils avaient ajouté que sa mère n'était pas une gamine. Ils lui avaient simplement conseillé de rentrer et d'attendre. Comme elle était partie de sa propre volonté, peut-être qu'elle changerait d'avis et qu'elle rentrerait. Byeong-do avait feint l'inquiétude de bout en bout. Mais aussitôt sorti du commissariat, il avait fredonné tout au long du chemin jusqu'à la maison. Parce qu'il savait que sa mère ne reviendrait pas...

Pour la première fois de sa vie, il avait dormi profondément, sans la peur au ventre.

Jusqu'alors, il se réveillait en sursaut au moindre bruit, tremblant à l'idée que sa mère ne soit en train d'approcher, un oreiller à la main, pour l'étouffer. Même au verger, cela avait continué. Sa mère lui apparaissait en rêve pour le traîner jusqu'à leur maison. Il avait beau se débattre, il finissait toujours au fond d'une baignoire. Il se noyait, encore et encore, avant de finalement se réveiller. Il préférait ne pas dormir. Voilà comment il avait passé de nombreuses nuits à déambuler sous les pommiers.

Byeong-do avait découvert à quel point un profond sommeil pouvait être agréable. Après cette nuit-là, il n'avait plus pensé à sa mère. Pas un seul instant.

Quelques années plus tard, la police l'avait contacté pour lui demander de venir identifier un corps. Il s'était précipité au commissariat. Ils avaient découvert le cadavre d'une femme noyée dans un étang et ses traits ressemblaient au signalement de sa mère. En secouant la tête, il leur avait dit que ce n'était pas elle. Au passage, il s'était payé le luxe de se mettre en colère, se plaignant de la lenteur des recherches.

Sur le chemin du retour, il en était presque à se demander où elle avait pu partir. Il avait cru être enfin libre, mais il s'était trompé. Elle vivait dans un coin de sa tête et chaque soir, quand il était profondément endormi, elle venait lui chanter *Maxwell's Silver Hammer*. Il ne s'en était rendu compte que quinze ans plus tard.

À cette époque, il menait une vie monotone. Tous les matins, il partait travailler dans une usine des environs pour ne rentrer que le soir. Il s'était parfaitement mêlé aux gens. Le travail était simple. Parfois, il sortait boire avec ses collègues ou rencontrer des femmes. Dès qu'elles l'avaient remarqué, elles l'approchaient avec un grand sourire. Elles étaient toutes subjuguées par son visage d'ange. Mais plus elles étaient entreprenantes, plus il les repoussait. Il se sentait mal à l'aise avec elles.

Ses collègues le trouvaient timide. Ils étaient persuadés qu'il était puceau. De fait, Byeong-do ne ressentait aucune curiosité envers les femmes. Elles lui faisaient plutôt peur.

Un jour, il avait participé à une soirée très arrosée entre collègues. Au bout du troisième bar, il avait décidé de rentrer. Il se trouvait en banlieue et il était minuit passé. Seules quelques enseignes étaient encore allumées, les rues étaient presque désertes. Ivre, il titubait. À son insu, il avait commencé à fredonner :

*Bang! Bang! Maxwell's silver hammer*
*Came down upon her head*
*Clang! Clang! Maxwell's silver hammer*
*Made sure that she was dead*

S'étant lui-même surpris à chanter, il s'était arrêté. Une femme s'était approchée tout sourire. Cette nuit-là, il avait récidivé.

Byeong-do secoua la tête. À quoi bon déterrer ces vieux souvenirs ?

Il se rappela la pomme de Seon-gyeong.

La femme du verger lui donnait toujours une des pommes qui se trouvaient au sommet de l'arbre. Bien ronde, bien fraîche. Vingt ans avaient dû passer pour qu'il en goûte une presque aussi bonne. Il avait eu l'impression d'être transporté dans le verger, en plein mois de juin. Il voyait des pommes encore vertes se balancer sous le vent. Et trois filles qui rigolaient. Le moment où, pour la première fois de sa vie, il avait connu la paix.

Il était convaincu que s'il pouvait revoir Seon-gyeong, il pourrait retourner à cette époque. C'était sa dernière chance. Il ne pouvait pas la rater. Et elle était d'accord pour la lui accorder ! Si seulement il pouvait la revoir...

Elle pourrait arrêter la chanson de sa mère.

# 25

Depuis le début de l'après-midi, de gros nuages noirs flottaient dans le ciel, le rendant presque aussi sombre que l'humeur de Seon-gyeong. Ils épaississaient à vue d'œil, comme s'ils allaient crever d'un instant à l'autre. Bientôt, des étincelles commencèrent à crépiter, un vent humide se leva.

Son passage au commissariat et sa visite de l'ancienne maison de Ha-yeong avait profondément ébranlé Seon-gyeong.

Elle ouvrit le portail qui claquait au vent et contempla sa maison.

Une balle jaune pour le chien traînait dans la cour et le saule pleureur laissait ses longs cheveux se balancer dans les bourrasques. Une petite lampe éclairait le salon. Le silence régnait dans toute la maison. La chambre de Ha-yeong était éteinte. La petite n'était pas encore rentrée de l'école.

Seon-gyeong n'arrivait toujours pas à accepter ce que l'inspecteur Yu lui avait raconté.

Impossible de le croire sur parole. Lui-même avait avoué qu'il n'avait aucune preuve, que ce n'était qu'une hypothèse. Mais elle ne pouvait pas faire comme si elle n'avait rien entendu, surtout au vu du comportement de Ha-yeong.

Elle n'avait jamais parlé de ses grands-parents. Seon-gyeong s'était dit qu'elle refoulait simplement ses souvenirs.

En réalité, elle était trop paisible pour quelqu'un ayant échappé à une tragédie pareille. Elle avait si vite trouvé son rythme quotidien, comme si elle avait tout prévu depuis longtemps.

Est-ce vraiment elle qui a mis le feu ? s'inquiéta Seon-gyeong.

Ce n'était pas tout. Le policier avait émis une hypothèse plus horrible encore.

L'empoisonnement des grands-parents. Qui aurait bien pu tuer ce vieux couple et incendier leur maison ? Seon-gyeong secoua la tête pour chasser les images horribles qui y défilaient. Rien n'était encore prouvé. Gare aux conclusions hâtives, se dit-elle. Si seulement son mari était là...

Il rentrait de Washington dans dix jours. Pendant tout ce temps, elle serait seule avec Ha-yeong. Elle eut soudain l'impression d'être prise au piège.

Le vent redoubla. Des gouttes de pluie commencèrent à tomber. En se dirigeant vers la porte d'entrée, Seon-gyeong heurta la balle. Elle l'attrapa. C'est impensable ! se dit-elle. Comment un enfant qui aime tant un chien pourrait commettre une telle atrocité ? Pourtant, plus elle tentait de nier les faits, plus elle se tourmentait.

Elle se mordit les lèvres et serra la balle avant de la reposer. Une fois dans la maison, elle regarda l'escalier qui menait au premier étage. Elle oscillait entre le désir de connaître la vérité et la crainte de découvrir quelque horreur. Elle se décida à monter.

Quand elle ouvrit la porte, le chien lui sauta dessus. Elle le prit dans ses bras et entra. Sans même savoir ce qu'elle cherchait, elle parcourut la chambre du regard.

Tout était en ordre. Sur le bureau, des livres et un porte-crayon, soigneusement disposés, attendaient sagement leur maîtresse. Ils témoignaient du caractère méticuleux de Ha-yeong. Seon-gyeong ouvrit un tiroir. Plusieurs cahiers de différentes tailles ainsi que diverses fournitures étaient impeccablement rangés.

Le chien se mit à couiner. Elle devait le serrer trop fort. Elle le posa par terre puis ouvrit l'armoire. Les vêtements y étaient suspendus bien en ordre. Elle en tripota quelques-uns avant de refermer la porte.

Elle se rappela le jour où elle avait giflé Ha-yeong. Elle se demanda si l'inspecteur Yu ne l'induisait pas en erreur. Il était sûrement possible de justifier le comportement de cette enfant; elle n'avait simplement pas encore trouvé d'explication plausible.

Oublions ça! se dit-elle. Je ne vais pas laisser un parfait inconnu briser la paix de cette maison! Seon-gyeong ne pouvait plus rester dans cette chambre. Mais quand elle attrapa la poignée de la porte, le chien couina de nouveau. Elle tourna la tête vers lui.

Il grattait le tiroir du bas de la commode. Une odeur semblait l'attirer. Seon-gyeong hésita avant de l'ouvrir.

Il n'y avait que des couvertures supplémentaires.

Elle laissa échapper un soupir. Le chien couinait toujours plus fort. Sur le point de refermer le tiroir elle se ravisa et souleva lentement les couvertures. Elle découvrit une petite boîte de la taille de sa main. Elle eut un mauvais pressentiment. Elle aussi sentait une odeur étrange.

Elle ne pouvait plus faire marche arrière. Seon-gyeong sortit la boîte et s'assit sur le lit. Elle était légère. Elle l'ouvrit avec prudence. Saisie d'épouvante, elle laissa la boîte lui échapper des mains.

Le contenu s'éparpilla dans toute la chambre. Seon-gyeong secoua la tête. Elle n'en croyait pas ses yeux. La boîte contenait plusieurs cadavres d'oiseaux, déjà raides. Certains avaient été déplumés, d'autres éventrés. Il y avait également un cutter.

Un frisson lui parcourut le corps.

Dans sa tête défilaient des images de Ha-yeong. Comme le jour du changement d'école où elle avait essayé d'attraper un oiseau; ou encore lorsqu'elle avait manqué d'éventrer un chat avec son cutter.

Sachant pertinemment qui était le voleur d'oiseaux, Ha-yeong avait tout de même suivi ses camarades sur la colline. Était-ce par curiosité ? Et que se serait-il passé si les enfants n'avaient pas lâché l'animal ?

Seon-gyeong sentit ses cheveux se dresser sur la tête.

Voyant le chien en train de renifler les carcasses elle le prit dans ses bras. Puis, à l'aide d'un mouchoir, elle ramassa tout ce qui traînait par terre pour le remettre dans la boîte. Tout ce qu'elle avait appris jusqu'à présent s'affolait dans sa tête. Elle finit par s'affaisser sur le lit, la main sur le front.

Le chien sauta naïvement sur ses genoux. Elle le caressa tout en se demandant ce qu'elle allait bien pouvoir faire. Elle décida d'attendre jusqu'au retour de son mari.

Le regard rivé au sol, elle referma la boîte en se mordant les lèvres.

Seon-gyeong était assise dans le canapé du salon, perdue dans ses pensées. Elle n'avait prêté aucune attention à la pluie. Elle ne vit pas non plus Ha-yeong rentrer, trempée jusqu'aux os. Elle sursauta quand celle-ci l'appela. Voyant la fillette, elle tourna la tête vers la fenêtre.

— Mais il pleut ! Je ne savais pas.

— Je voudrais une serviette.

— Hein ? Ah, oui, attends. J'arrive.

Seon-gyeong, d'abord sans réaction, reprit enfin ses esprits. Sa tête était lourde, cotonneuse.

Elle fila dans la salle de bain pour revenir avec une grande serviette qu'elle tendit à Ha-yeong. Elle aurait dû s'occuper elle-même de la sécher, de changer ses vêtements, mais elle s'en sentait incapable. Les petites épaules de Ha-yeong tremblaient ; elle avait dû marcher un moment sous la pluie.

— J'ai froid.

Ha-yeong s'approcha pour qu'elle la prenne dans ses bras, mais Seon-gyeong recula d'un pas. Évitant le regard de l'enfant, elle se dirigea vers la salle de bain.

— Prends une douche chaude. Je vais te chercher des vêtements.

— Non, ça va. J'y vais.

Sans attendre la réponse de Seon-gyeong, elle grimpa dans sa chambre, dégoulinante d'eau.

Pendant que la fillette prenait sa douche, Seon-gyeong prépara son goûter : un verre de lait chaud et un morceau de gâteau au chocolat. Ha-yeong sortit de la salle de bain, les joues toutes rouges. Elle paraissait de meilleure humeur. Quand elle entra dans la cuisine et vit le goûter sur la table, elle enlaça Seon-gyeong.

Cette dernière se dégagea rapidement pour aller chercher une bouteille de jus de fruits dans le frigo. Le visage de la fillette se crispa mais Seon-gyeong fit semblant de ne rien remarquer. Elle continuait d'éviter le regard insistant de l'enfant, faisant mine d'être occupée à ranger la cuisine.

— J'aime bien les jours de pluie. Et vous, c'est quoi votre temps préféré ?

— Moi... Un beau jour de printemps ? répondit-elle sans vraiment réfléchir.

Tout ce qu'elle souhaitait, c'était que Ha-yeong finisse son goûter en vitesse et remonte dans sa chambre. Elle n'avait ni l'envie, ni le courage de bavarder avec elle. Elle avait besoin de temps pour se remettre les idées en ordre.

Mais Ha-yeong était exceptionnellement bavarde aujourd'hui. Elle voulait lui raconter tout ce qui s'était passé à l'école. Elle lui parla de comment elle avait jardiné avec ses camarades de classe. Tout ce qu'elle disait ne faisait qu'exaspérer Seon-gyeong davantage. Elle savait que, depuis l'incident du chat, Ha-yeong était tenue à l'écart par les autres élèves. Sa professeure lui avait même envoyé un message pour exprimer ses inquiétudes à ce sujet. En l'écoutant avec un peu d'attention, il n'était pas dur de se rendre compte qu'elle mentait. Était-ce pour cacher qu'elle avait des problèmes à l'école ou pour une autre raison ? Pas moyen de le savoir.

Perspicace, Ha-yeong sentit que quelque chose était différent aujourd'hui. Elle interrompit son papotage pour interroger Seon-gyeong.

— Vous ne vous sentez pas bien ? demanda la fillette.

— ... J'ai juste un peu mal à la tête.

Seon-gyeong avait parlé sans réfléchir, spontanément.

— Vous avez très mal ?

— Non, je vais prendre des médicaments et m'étendre un peu, ça ira mieux ensuite.

Ha-yeong clignait des yeux, tout en dévisageant Seon-gyeong.

Il y eut soudain une vive lumière. La foudre venait de tomber, immédiatement suivie par un bruit assourdissant. L'enfant sursauta puis regarda dehors.

Contemplant la pluie qui fouettait les fenêtres, elle murmura :

— C'est comme le jour où ma mère est morte...

— ...

— Il y avait un orage ce jour-là aussi, dit-elle d'une voix triste.

Le souvenir de sa mère semblait l'attrister et lui faire perdre l'appétit. Elle posa sa fourchette et se leva pour regagner sa chambre.

Seon-gyeong se réfugia dans la sienne. Elle ne se sentait pas bien du tout. Elle posa la main sur son front. Elle était brûlante. Sûrement un début de rhume, pensa-t-elle.

Elle avala un médicament trouvé dans l'armoire à pharmacie et s'allongea sur le lit. Elle ne cessait de tendre l'oreille pour savoir ce qui se passait à l'étage, mais n'entendait rien hormis le bruit de la pluie et du vent contre les fenêtres.

Elle sentit sa conscience s'estomper peu à peu et un profond sommeil envahir son corps.

# 26

Une fois dans sa chambre, Ha-yeong jeta un regard par la fenêtre avant de grimper sur son lit. Des flashs de lumière l'éblouirent, le tonnerre fit trembler les vitres. La fillette se réfugia sous sa couverture et ferma les yeux. À l'abri dans son cocon, elle se sentait déjà plus rassurée.

Si elle avait été tant bavarde tout à l'heure c'est surtout qu'elle ne voulait pas rester seule.

En rentrant de l'école, sous la pluie, un sentiment étrange la tenait. Elle avait eu l'impression d'être poursuivie. Elle n'avait pas eu le courage de se retourner, par crainte de tomber nez à nez avec sa mère. Tout ça à cause de son rêve de la nuit dernière.

La veille, son père était venu la voir dans sa chambre.

Annonçant qu'il ne serait pas là pendant dix jours, il lui avait recommandé d'être gentille avec Seon-gyeong durant son absence. Ha-yeong avait hoché la tête. Au début, elle n'appréciait pas trop cette femme. Puisque sa mère lui avait dit qu'elle était méchante. Que c'était elle qui lui avait volé son père. Qu'elle se fichait de détruire une famille pour son petit bonheur. Mais avec le temps, Ha-yeong avait compris que c'étaient des mensonges. Son père était beaucoup plus heureux avec cette dame. Elle ne criait pas, ne buvait pas, ne disait jamais de gros mots.

Elle l'avait giflée, c'est vrai, mais elle n'avait pas eu mal. Seon-gyeong s'était d'ailleurs excusée, ce que sa mère n'avait jamais fait.

Ha-yeong avait trouvé bizarre que son père lui répète plusieurs fois d'être sage et obéissante. S'il insistait ainsi, peut-être était-ce car cette dame la détestait? Elle avait pris les paroles de son père pour un avertissement. À présent, elle savait que ce n'était pas le cas. Ces derniers temps, la dame la prenait souvent dans ses bras. Son étreinte était si douce que Ha-yeong manquait de s'endormir contre elle. Elle s'y sentait bien. Sa mère en prime ne l'avait jamais enlacée. Ou seulement quand il y avait des gens.

Une fois son père sorti, Ha-yeong, étendue sur le lit, avait pensé à sa mère et à cette femme, Seon-gyeong. Elle en avait conclu qu'elle aimait mieux vivre avec elle. Elle s'était endormie sur cette pensée. Dans son rêve, elle avait rencontré sa mère, furieuse. Comme ce jour-là.

— Ramène ton père, et vite!

Ha-yeong avait beau se boucher les oreilles, elle entendait toujours la voix perçante de sa maman. Celle-ci lui avait tordu le bras. Ha-yeong avait eu tellement mal qu'elle s'était réveillée, soulagée de voir que ce n'était qu'un cauchemar.

La foudre tomba encore une fois. Il pleuvait, le vent soufflait. Par un jour pareil, sa mère était devenue totalement folle. Ha-yeong ne voulait plus penser à elle.

Maman est morte. Morte! Arrête d'y penser! se dit-elle.

Mais les jours de mauvais temps elle avait toujours l'impression que celle-ci allait surgir d'un coup pour lui hurler dessus. Elle était terrifiée. Elle se leva et descendit du lit, son oreiller dans les bras. Si elle pouvait s'endormir dans les bras de la dame, elle n'aurait plus peur. En sortant, elle marcha par erreur sur le chien.

Surpris, il se réfugia sous le lit. Ha-yeong avait beau l'appeler, il ne voulait pas sortir. Elle passa alors le bras pour l'attraper, mais sa main toucha quelque chose. Quelque chose de désagréable.

Une plume d'oiseau. Ha-yeong se rua sur la commode. Elle ne trouva rien sous les couvertures. La boîte avait disparu! Ha-yeong fit la moue, elle était en colère. Elle comprenait maintenant pourquoi la dame l'avait repoussée. Elle était furieuse de voir qu'elle avait une fois de plus fouillé sa chambre.

Elle comptait bien lui demander des comptes. Mais le plus urgent était de s'occuper du chien. C'était lui qui l'avait mouchardée. Cette boîte était un secret entre eux. S'il se cachait comme ça sous le lit, c'est qu'il savait très bien qu'il avait à se reprocher.

Un chien qui trahissait un secret devait être puni !

Elle réussit à l'attraper. Tout en le tenant par la peau du cou, elle le fixa droit dans les yeux. Tandis que l'animal se débattait, elle se saisit d'un flacon brun qu'elle tenait caché dans un lieu secret.

Seon-gyeong marchait dans le long couloir d'un immense manoir. De part et d'autre de ce corridor haut de plafond, une multitude de chambres s'alignaient. Vêtue d'une robe noire, elle ouvrait chacune de ces portes à la recherche de quelque chose.

Tout au fond, une personne se tenait debout dans la lumière. Seon-gyeong se précipita vers elle. À l'instant où elle comprit que c'était Ha-yeong, celle-ci entra dans une chambre en courant, comme pour jouer à cache-cache. Le rire de l'enfant résonnait dans tout l'espace.

Seon-gyeong se bouchait les oreilles. Elle fuyait, fuyait pour échapper à ce rire. Soudain, une corde de pendu tomba du plafond, comme une invitation. Épouvantée, Seon-gyeong la repoussa violemment et s'enfuit à toutes jambes. Elle arriva au fond d'une impasse où se trouvait une porte.

En entrant, elle tomba sur Ha-yeong qui l'attendait, les mains pleines de médicaments contre le rhume. Tout en secouant la tête, Seon-gyeong tenta de la repousser, mais Ha-yeong, furieuse, se jeta sur elle pour lui enfourner de force les pilules dans la bouche.

Réussissant à se dégager, Seon-gyeong repoussa la fillette. Ha-yeong, les yeux écarquillés, agita un instant les bras dans le vide avant de tomber dans un gouffre. Allongée sur le sol, les jambes brisées, elle hurlait en tendant les bras vers Seon-gyeong.

Inexplicablement, ses bras commencèrent à s'étirer, encore et encore, jusqu'à atteindre le cou de Seon-gyeong. L'enfant s'y agrippa fermement. Le contact de cette peau tiède et délicate la fit frissonner.

Elle ouvrit brusquement les yeux. Elle était en sueur. Elle sentait encore les petites mains de Ha-yeong s'accrochant à elle. Elle frémit. Elle se toucha le cou. Il n'y avait rien.

Elle remarqua alors Ha-yeong, debout à côté du lit, qui la regardait. Elle tressaillit d'horreur. La sensation de son rêve était-elle réelle ?

— Qu'est-ce qu'il y a ?

Ha-yeong tenait son oreiller dans les bras. Elle ne voulait probablement pas dormir seule à cause de la tempête. L'enfant tendit la main. Elle toucha le front de Seon-gyeong, puis le sien.

— Vous êtes brûlante, remarqua-t-elle.

— Oui, je sais... Je ne me sens pas très bien. Tu ne veux pas retourner dans ta chambre ?

— Non, je veux rester avec vous.

Seon-gyeong voulut la repousser, mais son corps refusait de bouger. Les mains froides de Ha-yeong l'enlacèrent comme des serpents. Seon-gyeong était terrorisée.

— Écarte-toi un peu !

— Non, je veux être près de vous.

L'enfant resserra un peu plus son étreinte et se colla contre Seon-gyeong. Celle-ci luttait pour garder les yeux ouverts mais, sous l'effet du médicament, elle replongea dans un profond sommeil.

# 27

Les éclairs couraient dans le ciel sombre et, le vent redoublant de violence, une pluie torrentielle se mit à tomber.

Byeong-do s'arrachait les cheveux à cause de la chanson qui lui tournait dans la tête. Même en s'extirpant une partie du cerveau, il lui semblait qu'il ne pourrait pas s'en débarrasser. La souffrance de toute sa vie était comme gravée dans chacun de ses neurones.

Il divaguait.

Maman m'attrape par la gorge, me traîne jusqu'à la salle de bain, me jette dans la baignoire. Je distingue sa tête crispée à travers l'ondulation de l'eau. Elle est en larmes, elle sourit, tout à la fois. Son visage est si triste que j'en pleure. Ou peut-être est-ce à cause de mes poumons qui se déchirent ?

Maman me voit sans me voir. Elle distingue seulement les traits de mon père quelque part dans mon visage.

Elle ne m'a jamais parlé de lui. J'avais vite compris : il ne fallait surtout pas évoquer le sujet devant elle. Une fois, une seule, elle l'a mentionné. Pour me dire que c'était un salopard.

Le tonnerre et l'éclair éclatèrent en même temps sur la prison. La foudre devait être tombée tout près.

La lumière aveugla Byeong-do un instant. Il ne pouvait plus rester là. Il leva les yeux vers la caméra de surveillance.

Ils me surveillent, sans cesse, pensa-t-il.

Il regarda ses poignets, ses chevilles menottés. Il avait cru pouvoir en finir comme ça. Et, pendant un moment, dans cette cellule, il avait cru avoir réussi.

Plus il tuait, plus il sentait un vide grandir en lui. Au travers de ses meurtres, il avait voulu étouffer cette chanson, mais elle revenait chaque fois. Elle n'avait cessé qu'après sa vingtième victime. Mais d'autres choses le tourmentaient.

En fait, depuis le début, la chanson n'y était pour rien.

Après avoir tué sa mère, Byeong-do avait mené une vie normale. Mais le soir de sa récidive, juste avant le meurtre, il avait eu comme une révélation:

À partir de maintenant, je déambulerai comme un fou dans les rues la nuit. Quand je croiserai quelqu'un, je trouverai son point faible, je le tuerai dans mon imagination. Puis un soir, je laisserai mon désir me guider, je passerai à l'acte, comme on se laisse entraîner dans un bar par sa soif d'alcool. J'ai déjà du sang sur les mains. Sur les pieds aussi. Jusqu'à présent... je ne cherchais qu'un prétexte pour tuer.

Quand il avait repris ses esprits, il était en train d'étrangler une femme tout en fredonnant. Sa maman venait de renaître dans cette victime. Au début, il avait cru qu'il tuait pour éteindre cette voix dans sa tête. Mais au fur et à mesure, il avait compris qu'au contraire, c'était pour l'entendre encore une fois.

Il n'avait pas tué sa mère par haine. Il l'avait fait car une soif d'amour insatiable l'habitait. À tel point, qu'il avait pu se sentir jaloux d'un chat errant.

Rien qu'une fois, il aurait voulu recevoir un regard affectueux de sa mère. Il aurait voulu sentir sa main caresser avec tendresse ses cheveux. Il aurait voulu qu'elle lui chante une berceuse, pouvoir s'endormir dans ses bras.

Son âme ressemblait à une feuille morte dévorée par les insectes. Et quand le vent passait au travers de ces trous, il tuait. Mais les meurtres ne les refermaient jamais.

Tout n'est pas encore fini, se dit-il.

S'il pouvait revoir Seon-gyeong, son âme serait guérie, le vide qui se répandait en lui comme de l'encre noire se comblerait. Seulement s'il la revoyait...

Byeong-do s'absorba dans ses pensées, le regard rivé à la caméra de surveillance.

Comment sortir d'ici ? Récemment, ils avaient renforcé la surveillance depuis qu'un prisonnier s'était suicidé. Un condamné à mort ne quitterait jamais ces murs que par la morgue.

Il y eut encore un éclair. Il pleuvait des cordes. L'orage était si violent qu'il semblait vouloir engloutir le monde entier. Byeong-do trouva enfin la solution. Il se mit à préparer son évasion.

Le surveillant se leva d'un bond. Son mouvement brusque réveilla son collègue qui somnolait à côté, les jambes étendues sur une chaise.

– Quoi ?

– Ce salaud vient de se trancher la gorge ! cria-t-il.

Abasourdi, son collègue jeta un regard vers l'écran. Une dizaine de prisonniers dormaient, immobiles. Mais ce n'était pas la même histoire dans la cellule de Byeong-do.

Ce dernier était debout, le regard tourné vers la caméra. Il riait à pleines dents. Il paraissait avoir perdu l'esprit. Du sang noir coulait de sa gorge, recouvrait tout son corps, se répandait en une grande flaque sur le sol.

– Vite ! Appelle le chef ! Déclenche l'alarme !

Le chef de la sécurité ordonna à l'infirmier de garde et aux surveillants d'aller vérifier sur place l'état du détenu et, en cas d'urgence, de le transporter vers l'hôpital le plus proche. Sa voix tremblait de fureur.

Les surveillants, accompagnés de l'infirmier, se dépêchèrent d'obéir. Ils ouvrirent la porte à la hâte. Byeong-do gisait dans une mare de sang, une main pressant son cou. Leurs pieds glissaient sur le sol.

L'infirmier tenta de vérifier l'étendue des dégâts, mais Byeong-do ne cessait de se tordre de douleur en gémissant. En vain, ils essayèrent d'enlever la main de son cou pour pouvoir arrêter l'hémorragie.

— Il perd beaucoup trop de sang ! Il faut le transporter à l'hôpital le plus vite possible ! jugea l'infirmier.

Les deux surveillants, dépassés, échangèrent un regard, avant de sortir la clé pour détacher le détenu.

— Dis aux ambulanciers de se garer le plus près possible. Appelle le chef aussi !

L'ambulance se gara devant la maison d'arrêt sous une pluie diluvienne.

On chargea Byeong-do sur une civière. Les surveillants montèrent avec lui dans le véhicule. Malgré l'obscurité et la pluie, l'ambulance roula à toute vitesse vers l'hôpital.

# 28

Ouvrant les yeux, Seon-gyeong découvrit Ha-yeong endormie à ses côtés.

Elle se retourna sans pouvoir réprimer un tremblement. Elle n'avait pas le courage de voir son visage. Un coup de tonnerre retentit. La lampe de chevet s'éteignit. Une panne de courant: la foudre devait être tombée tout près.

Remuant à tâtons dans l'obscurité, l'enfant chercha Seon-gyeong pour l'enlacer. L'orage la terrifiait jusque dans son sommeil.

Une envie irrésistible s'empara de Seon-gyeong. Elle voulait se défaire de cette étreinte, repousser l'enfant. Elle voulait hurler: « Retire tes mains! Tu me dégoûtes! » Mais ce n'était pas possible. Elle avait si mal au cœur en regardant cette petite fille dormir. Quand est-ce que les choses avaient mal tourné?

Ce n'était pas la faute de Ha-yeong. Un enfant, c'est comme une feuille blanche. Il grandit selon les dessins que les adultes peignent dessus. Avec une autre maman, avec un papa plus présent, Ha-yeong ne serait probablement jamais tombée dans la violence.

On ne choisit pas ses parents. On ne peut qu'accepter le destin qui nous est donné.

Seon-gyeong caressa la tête de la fillette. Elle était fiévreuse. Ses cheveux étaient trempés de sueur. Dans son sommeil, l'enfant marmonnait des phrases incompréhensibles. Seon-gyeong crut comprendre qu'elle avait peur.

— Ne t'inquiète pas. La lumière va bientôt revenir, murmura-t-elle.

Mais le temps passait et l'électricité ne se rétablissait toujours pas.

Ses sentiments pour cette petite fille étaient complexes et délicats, indescriptibles.

Elle se rappela son cauchemar: Ha-yeong, les mains pleines de médicaments. Ce rêve troublant était sûrement dû à sa rencontre avec l'inspecteur Yu. Mais il lui avait permis d'y voir plus clair. Le poison. Comment une gamine aurait pu mettre la main dessus? Voilà pourquoi Seon-gyeong n'avait d'abord pas adhéré au raisonnement du policier. En vérité, la solution était simple.

La mère de Ha-yeong s'était suicidée en avalant du poison. Ha-yeong aurait parfaitement pu découvrir le flacon à côté du corps de sa maman et l'avoir caché quelque part sans que personne ne s'en aperçoive. C'était plausible. Seon-gyeong se rangeait de plus en plus à l'opinion de l'inspecteur.

Ha-yeong dormait toujours, le souffle court. Ses joues potelées étaient à croquer. Rêvait-elle? De temps à autre, elle fronçait les sourcils en gémissant. Seon-gyeong lui caressa doucement la poitrine. Ha-yeong se rendormit profondément.

Seon-gyeong se sentait aussi tourmentée que le temps: la forte pluie et les vents violents semblaient faire rage en elle.

Voir cette enfant au cœur complètement brisé n'avait rien de comparable avec ses rencontres avec Byeong-do.

C'était un étranger. Parler avec lui faisait partie de son travail. L'entretien terminé, ils retournaient chacun dans leur monde respectif. Ha-yeong était différente: c'était la fille de son mari, elle l'avait acceptée sous son toit. Cette enfant n'était pas un objet d'étude, mais faisait partie de sa vie.

Si Byeong-do était déjà damné, précipité au fin fond de l'enfer, Ha-yeong avait encore une chance. Elle pouvait guérir et vivre comme les autres petites filles. Ils avaient encore le temps de la sauver ; à condition de s'y prendre dès maintenant.

Tout en effleurant les cheveux de Ha-yeong, Seon-gyeong se demandait combien l'âme de cette enfant était touchée. Elle avait toujours été convaincue qu'avec de la volonté même les plaies les plus profondes pouvaient guérir. Jusqu'alors Seon-gyeong avait été d'un naturel optimiste.

Mais maintenant, elle était sceptique. N'était-il pas trop tard ?

Ha-yeong aurait donc gardé le poison pendant presque un an pour finir par empoisonner ses grands-parents. Elle aurait ensuite mis le feu pour que personne ne découvre son crime... Une cruauté digne d'un Lee Byeong-do. Ce n'était pas quelque chose qu'une gamine, ayant encore l'air d'un poupon, pouvait normalement commettre.

Que se passait-il dans cette petite tête ?

Seon-gyeong se rappela le visage de la fillette brandissant des ciseaux dans sa direction. Pour la première fois, ce jour-là, elle avait eu peur de sa belle-fille. Elle avait vu quelque chose d'inimaginable dans l'âme de cette enfant. L'âge n'avait aucune importance.

Le médicament ne faisant plus effet, Seon-gyeong sentit une douleur atroce lui traverser tout le côté gauche de la tête. Il était plus d'une heure du matin. Elle ne se sentait pas le courage de rester plus longtemps aux côtés de Ha-yeong. Elle se leva doucement et sortit de la chambre.

# 29

Le chef de la sécurité attendait à l'entrée des urgences. Complètement trempé, il avait une allure pitoyable.

L'air dégoûté, il regarda Byeong-do sortir de l'ambulance : son visage ainsi que son uniforme de prisonnier étaient couverts de sang.

Le personnel soignant, prévenu de son arrivée, le transfera en urgence sur une civière pour le conduire à l'intérieur.

— Qu'est-ce qui s'est passé, bon sang ! Comment se fait-il qu'il soit dans cet état ? demanda le chef de la sécurité, exaspéré, en saisissant un des surveillants par le bras.

— Je n'en ai aucune idée. Je regardais les écrans et tout d'un coup il a soulevé quelque chose et s'est tranché la gorge avec.

Le chef se massa le visage d'une main puis poussa un grand soupir.

— Putain ! Il veut vraiment nous en faire baver ! Seong Ki-cheol nous a fait chier, et maintenant c'est son tour !

Il ne savait pas combien de sang il avait perdu mais, s'il s'était vraiment tranché la gorge, son état devait être critique.

Le chef implora le ciel pour que ça ne lui attire pas de nouveaux ennuis. Après le suicide de Seong Ki-cheol, il avait traversé une période difficile. Il avait été convoqué partout pour rendre des comptes. Si un autre accident arrivait, il devrait prendre ses responsabilités et quitter son poste. Il fallait sauver Byeong-do. À tout prix.

Il entra dans l'hôpital, retenant péniblement une salve d'injures.

Byeong-do, transporté directement au bloc opératoire, avait reçu une transfusion et s'était fait suturer la gorge. Le médecin expliqua au chef de la sécurité que, les artères étant intactes, l'état du patient devrait se stabiliser rapidement. Il ajouta que la perte importante de sang était avant tout due à ses blessures à la tête qui présentait de nombreuses coupures. Le diagnostic du médecin rassura le chef de la sécurité.

L'opération terminée, Byeong-do fut transféré en post-opératoire, dans une salle à l'écart des autres patients. Toujours sous transfusion, il dormait avec une respiration régulière. Le chef de la sécurité, soulagé, regarda sa montre tout en bâillant.

Réveillé en pleine nuit, rongé d'inquiétude, il avait roulé à tombeau ouvert sous la pluie jusqu'à l'hôpital. Tordre le cou de Byeong-do ne suffirait probablement pas à apaiser son ressentiment. Il sortit de la salle, se promettant de lui faire payer tout ça un jour.

Il ordonna aux surveillants de monter la garde : l'un à l'intérieur de la chambre, l'autre dans le couloir. Dans son état, Byeong-do pourrait difficilement se lever. Sa fuite était impensable mais la vigilance restait de mise.

Rentré chez lui, le chef de la sécurité tenta de se rendormir, mais un mauvais pressentiment le tiraillait.

Byeong-do lui tapait sur les nerfs depuis le premier jour de son incarcération. Tout comme Yoo Young-chul, c'était une personnalité narcissique ; il voulait toujours avoir un traitement de faveur. Il était excessivement exigeant. Si quelque chose lui déplaisait, il n'hésitait pas à se plaindre, ce qui fatiguait beaucoup les surveillants. C'était un fauteur de troubles.

Le visage d'une femme traversa l'esprit du chef de la sécurité.

À bien y réfléchir, Byeong-do se comportait différemment depuis les entretiens avec Seon-gyeong. Peut-être était-ce pour lui un nouveau jouet pour passer le temps ? Toujours est-il qu'il était devenu calme et n'embêtait plus personne. Hélas, au fur et à mesure des rencontres, il était devenu de plus en plus anxieux. Et quand il avait appris qu'elle ne reviendrait plus, il avait explosé de colère. Sa tentative de suicide avait certainement un rapport avec elle.

La revoir, était-ce si important que ça pour lui ?

Depuis le début, le chef n'appréciait pas ces entretiens. Tout avait commencé sur un caprice de Byeong-do. Il n'avait jamais compris pourquoi tant de gens devaient être mobilisés pour qu'il rencontre cette femme à sa guise. Était-il si important de savoir comment le cerveau de ce bon à rien fonctionnait ?

Il demandait à voir cette femme et personne d'autre.

Comment un prisonnier pouvait avoir le privilège de faire venir à la prison qui il voulait, à l'heure qu'il voulait ? Cette Seon-gyeong n'avait pas l'air de comprendre pourquoi il l'avait choisie. Personne ne savait ce que le criminel avait derrière la tête avec ces entrevues. Mais il devait forcément y trouver son compte. Cela satisfaisait sans doute son amour-propre. Cette femme, tout de même, n'était pas banale.

Byeong-do avait été effondré en apprenant qu'elle refusait de le revoir. Il avait semblé aussi retourné que le jour de sa condamnation. Son désespoir l'avait finalement poussé à commettre l'irréparable. Mais était-ce vraiment la fin de cette histoire ?

Voilà ce qui taraudait le chef de la sécurité. Personne ne pouvait savoir ce que Byeong-do manigançait. Toutes ces idées noires qui s'enchaînaient dans sa tête avaient définitivement chassé son sommeil. Angoissé, il se retournait sans cesse dans son lit.

Il décida de retourner à l'hôpital. À ce moment, son téléphone sonna. C'était un des surveillants. Byeong-do s'était évadé. Ce qui devait arriver est arrivé, se dit le chef de la sécurité, désemparé.

Reprenant avec peine ses esprits, il passa un sérieux savon au surveillant à l'autre bout du fil.

Comment Byeong-do avait-il pu s'enfuir ?

# 30

Trouver l'adresse de Seon-gyeong fut un jeu d'enfant pour le fugitif.

Arrivé devant la maison, il parcourut du regard les alentours. La nuit étant déjà avancée et la tempête faisant rage, la rue était déserte. D'un bond, il franchit le mur d'enceinte. Sa blessure à la gorge le lançait encore, mais la douleur était supportable. Un peu plus tôt, à l'hôpital, la suture avait failli éclater lorsqu'il avait étranglé le surveillant avec le tuyau de sa perfusion.

Pendant ses incarcérations, il avait appris pas mal de choses des prisonniers les plus expérimentés. Entre autres, comment dégoter l'adresse de quelqu'un ou comment déclencher une hémorragie spectaculaire avec une blessure superficielle.

Il traversa le jardin sans hésitation.

La tempête couvrait tous les bruits. Il s'approcha de la porte et tenta de l'ouvrir. Fermée. Il contourna la maison par la droite et repéra une fenêtre. Les rideaux étaient tirés; une faible lumière tremblait derrière. Sûrement des bougies. Il comprit enfin pourquoi tous les lampadaires de la rue étaient éteints. Il y avait une panne de courant. Une aubaine pour lui.

S'il y avait des bougies, c'est que quelqu'un était à l'intérieur. Byeong-do avança jusque derrière la maison.

Il remarqua une petite fenêtre et un tuyau de gaz à proximité. Ce devait être la cuisine. Il s'approchait prudemment pour vérifier si elle était ouverte quand il vit soudain quelqu'un entrer dans la pièce.

Il se blottit contre le mur. La personne se dirigea dans sa direction.

Il entendit un bruit de vaisselle puis le gaz s'allumer. Il tourna légèrement la tête. Une femme était debout devant la cuisinière. Seon-gyeong !

Elle contemplait la bouilloire sur le feu. Elle se préparait sans doute une boisson chaude. Les flammes bleues illuminaient son visage à moitié caché par ses cheveux. Elle était pensive.

Il avait envie de tendre le bras vers elle, de relever sa frange. De lui raconter son passé tout en sirotant le café qu'elle lui aurait préparé. Il avait tellement de choses à lui dire, mais elle, elle n'avait pas envie de l'écouter. Il se rappela combien elle avait été froide l'autre jour.

*Elle m'avait pourtant promis une seconde chance... Elle va payer pour son mensonge !*

Il se mit à fredonner la chanson. *Ça y est, ça recommence. Mais ce sera vraiment la dernière fois*, se dit-il.

La bouilloire siffla. Seon-gyeong sortit une tasse à café et y versa de l'eau. Elle ne savait pas qu'il était là. Elle se moquait de lui.

Et ce, depuis le début. Tout ce qu'elle voulait, c'était savoir comment il avait tué toutes ces femmes. Elle avait essayé de le duper en faisant semblant de s'intéresser à lui. Voilà pourquoi il avait mis fin aussi rapidement à leur premier entretien. Et puis, à vrai dire, ce n'était pas pour discuter qu'il avait voulu la rencontrer. Il avait tenté, autant que faire se peut, de dissimuler sa véritable intention.

Il voulait juste voir son visage.

Qu'elle le regarde en souriant. Qu'elle l'écoute et comprenne sa solitude. Mais dès qu'elle lui avait confié son premier souvenir d'enfance, ses attentes partirent en fumée. Pourquoi toutes les femmes qu'il rencontrait avaient-elles un premier souvenir aussi minable ?

Il aurait voulu qu'elle soit différente. Qu'elle considère son âme avec plus de sérieux. Comme la dame du verger qui l'avait pris sous son aile sans un mot. Il avait souhaité qu'il y ait au moins une autre personne dans ce monde qui puisse ressentir le vide immense et triste qui l'habitait. Il avait cru que Seon-gyeong en serait capable. Et elle l'avait beaucoup déçu.

Il la vit s'éloigner, sa tasse à la main. Il garda en tête dans quelle pièce elle entrait avant de refermer derrière elle. Il attendit encore un moment sous la pluie.

Il s'approcha doucement d'une porte.

Elle s'ouvrit sans le moindre bruit. Une fois dedans, il la referma aussitôt, de peur que le vacarme de la pluie n'attire l'attention de quelqu'un. L'obscurité l'aveugla. Il ferma les yeux pour s'habituer au noir. En les rouvrant, il distinguait déjà mieux les formes. Il y avait une chaudière et une machine à laver. Il était sûrement dans l'arrière-cuisine.

Il attrapa une serviette dans le panier à linge et s'essuya doucement. Il était trempé jusqu'aux os; des gouttes d'eau dégoulinaient par terre.

Il jeta la serviette et ouvrit la porte qui donnait sur la cuisine.

Il entra, tourna la tête vers l'évier, puis fit quelques pas.

Un porte-couteaux en bois était posé sur une étagère. Il en sortit quelques-uns pour vérifier leur tranchant et choisit le plus aiguisé. Son manche épousait parfaitement sa paume. Il eut l'impression que ce couteau l'attendait. Il resserra son étreinte.

Il se dirigea précautionneusement vers la pièce où se trouvait Seon-gyeong.

Ha-yeong se réveilla pour se rendre compte qu'elle était seule. Le grand lit était vide. Elle regarda autour d'elle comme si la chambre lui était étrangère.

Où était passée la dame?

Des ombres noires dansaient à la fenêtre. Cela lui faisait un peu peur. Mais à y regarder de plus près, elle comprit que ce n'était que des branches secouées par le vent.

Elle s'assit sur le lit et plongea dans ses pensées.

Elle se rappela la manière dont Seon-gyeong l'avait regardée plus tôt. Exactement comme ses camarades de classe le jour où elle avait attaqué le chat. Depuis, plus personne ne lui parlait à l'école. Tout le monde l'évitait. Cette dame ferait sûrement de même : elle l'abandonnerait à son sort. Elle sentit un courant d'air froid tourner dans son ventre. Elle était de mauvaise humeur. D'abord, si elle avait toléré cette dame, c'était pour être avec son papa. Mais maintenant, elle voulait vivre avec elle aussi. Apparemment, celle-ci n'en avait pas envie.

Papa était absent. Elle devait réfléchir et décider de tout toute seule. Elle n'avait personne sur qui s'appuyer.

Elle n'aurait jamais imaginé que Seon-gyeong finisse par tout découvrir. Tout ça à cause de ce monsieur.

La veille, en entrant dans la chambre de la dame, elle avait entendu son téléphone sonner. Seon-gyeong avait reçu un message. Elle ne s'était pas réveillée, assommée qu'elle était par les médicaments. Pensant que c'était peut-être son père, Ha-yeong avait lu le message. Elle n'en avait d'abord pas cru ses yeux.

« Réouverture de l'enquête sur le suicide de Park Eun-ju. Utilisation du même poison dans l'affaire d'Eungam confirmée – Yu Dong-sik. »

Yu Dong-sik. Elle avait lu ce nom sur la carte de visite du monsieur qui était venu la voir. Park Eun-ju, c'était sa mère. Ha-yeong avait gardé les yeux rivés sur l'écran pendant un moment. Elle ne comprenait pas tout, mais lire le nom de sa maman lui avait fait un effet étrange. Cet homme avait sans doute deviné ce qui était arrivé à sa mère. Et s'il écrivait maintenant à la dame, c'était parce qu'ils connaissaient tous les deux son secret.

Ha-yeong avait effacé le message et reposé le téléphone sur la table de chevet.

Elle a découvert mon secret ! Si j'en parlais à papa d'abord ? Mais comment il va réagir s'il apprend que j'ai mis le feu à la maison de papi ?

Ha-yeong avait imaginé la tête de son père si elle lui disait la vérité.

Elle avait peur qu'il devienne fou de rage. Mais elle n'avait pas voulu se casser la tête avec ça pour le moment. Je vais d'abord dormir, s'était-elle dit. Quand elle s'était approchée du lit, la dame avait gémi. Est-elle malade ? s'était interrogée Ha-yeong en posant la main sur son front. Elle était brûlante ! La dame s'était alors réveillée et lui avait dit de retourner dans sa chambre. Mais elle n'avait pas obéi, elle s'était allongée à côté d'elle.

À son réveil, Seon-gyeong n'était plus là.

Elle est où ? se demandait-elle nerveusement.

Elle craignait que la dame n'ait déjà appelé son père mais en voyant le téléphone, toujours sur la table de chevet, elle fut soulagée.

C'est moi qui dois lui parler en premier.

Ha-yeong prépara ce qu'elle allait dire.

Bien sûr, son papa n'allait pas du tout apprécier qu'elle ait mis le feu à la maison de ses grands-parents. En plus de ça, elle gardait toujours ce qu'elle lui avait promis de jeter. Il le découvrirait sûrement et ça le mettrait encore plus en colère. Mais elle ne pouvait pas garder le silence : dès qu'il reviendrait, la dame ne manquerait pas de cafarder.

Elle sait trop de choses sur moi.

C'était cette dame qui avait pris les oiseaux cachés dans son tiroir. À cette pensée, l'angoisse s'empara de Ha-yeong. Elle était curieuse de savoir ce que Seon-gyeong faisait en ce moment.

Elle ouvrit doucement la porte de la chambre et fit quelques pas. Prenant soin de faire le moins de bruit possible, elle arriva devant la porte du bureau. La dame devait sûrement être là. Ha-yeong colla son oreille contre la porte. Elle entendit une voix d'homme. Elle manqua de crier. Son papa ne devait rentrer que dans quelques jours. Curieuse, elle tendit l'oreille pour mieux écouter.

Une grosse main d'homme lui bâillonna la bouche.

Seon-gyeong, assise sur sa chaise et perdue dans ses pensées, n'avait pas entendu que quelqu'un pénétrait dans la pièce. L'homme s'était jeté sur elle sans lui donner le temps de réagir ; il l'avait immobilisée tout en la réduisant au silence. Elle ne comprenait pas ce qui lui arrivait. En voyant qu'il tenait un couteau, elle fut prise de panique.

Comment cet inconnu avait-il pu entrer ? Avait-il franchi le mur du jardin, profitant de l'obscurité et de la pluie ? Elle ne pouvait plus bouger. L'intrus ouvrit enfin la bouche. Il avait une voix familière.

— Je suis venu... puisque vous ne vouliez plus venir.

Lee Byeong-do. Elle fut d'abord soulagée de voir que c'était quelqu'un qu'elle connaissait. Mais très vite, elle fut saisie d'horreur.

Il s'était donc évadé de prison ?

Comment avait-il pu s'échapper et trouver son adresse ? Seon-gyeong pouvait deviner ce qui se cachait derrière l'audace du tueur. Le désespoir d'un animal pris au piège. Il n'avait plus peur de la mort, il n'avait plus peur de rien.

Sa peau était froide, il était trempé. Il devait avoir déambulé longtemps sous la pluie. À le sentir derrière elle, Seon-gyeong eut la chair de poule. Tant bien que mal, elle tenta de relâcher ses muscles, pour avoir l'air aussi calme que possible.

Aussitôt, Byeong-do desserra légèrement sa prise.

— Je vais enlever ma main de votre bouche. Promettez-moi de ne pas crier.

Il était si proche qu'elle pouvait sentir son haleine contre sa joue.

Elle hocha la tête ; il ôta lentement sa main.

— Pourquoi... ne pas lâcher votre couteau ? À moins que vous ne soyez venu pour me tuer.

— Ça... je ne l'ai pas encore décidé.

Elle ne réagit pas. Il enfonça la tête dans ses cheveux et prit une profonde inspiration. Il la relâcha enfin. Quelque peu soulagée, Seon-gyeong soupira et se tourna vers Byeong-do. Celui-ci se gratta la tête et recula d'un pas pour poser le couteau sur le bureau.

Le voyant trembler de froid, elle lui tendit la chemise de son mari accrochée à la chaise. Il secoua la tête en signe de refus.

— Vous allez tomber malade... dit-elle.

Byeong-do ricana. Il parcourut du regard le bureau.

— Ici... c'est donc votre petit monde à vous ?

Seon-gyeong le dévisageait, comme si elle ne l'avait pas entendu. Elle ne comprenait pas comment cet homme, qui aurait dû être en cellule, était là devant elle. C'était un véritable cauchemar.

— Vous pouvez m'expliquer pourquoi vous êtes là ?

Contemplant les livres de la bibliothèque, il se tourna vers elle et gloussa.

— C'est si important l'endroit où l'on se trouve ? Pour moi, être avec vous, c'est ça qui compte le plus.

Le visage du chef de la sécurité traversa l'esprit de Seon-gyeong. Était-il déjà au courant de son évasion ?

— C'est le moment parfait pour répondre à vos questions.

Il lui raconta pour la première fois les années qu'il avait passées au verger. Il lui dévoila enfin l'identité du singe en peluche. Voyant qu'elle l'écoutait attentivement, il eut la sensation de se retrouver avec cette dame qui lui manquait tant.

Il souhaitait mettre un terme à son long voyage.

Personne ne naît de son propre chef. Mais continuer sa vie ou l'arrêter, voilà un choix personnel.

Il ne trouvait la paix que lorsqu'il n'entendait plus cette chanson. Tuer ne relevait pas de sa volonté. C'était un choix forcé. Il se moquait bien d'avoir été arrêté puis jeté en prison. La seule chose qui comptait était que cette mélodie cesse de le torturer. Une fois enfermé, il avait beau tendre l'oreille, il n'entendait plus rien. Il avait enfin pu dormir paisiblement ! Pour lui, cette cellule avait été une bénédiction. Il avait cru que le fantôme de sa mère était parti pour de bon.

Il l'avait cru... jusqu'à ce qu'il aperçoive Seon-gyeong pour la première fois. Elle l'avait bouleversé. Il avait eu l'impression de revoir la personne qui lui avait le plus manqué au monde : la dame du verger. Son sentiment était mitigé : s'il ne voulait pas qu'elle voie ce qu'il était devenu, il ne voulait pas non plus rater l'occasion qu'il avait attendue si longtemps. Le désir de la revoir l'avait finalement emporté.

Mais Seon-gyeong n'était pas cette dame. Il avait goûté la pomme qu'elle lui avait donnée, mais elle n'était pas aussi délicieuse. Le verger était un paradis inaccessible.

— Pourquoi me traiter ainsi ? Pourquoi partir sans dire adieu ? dit Byeong-do comme pour lui-même.

— J'ai cru que ce serait mieux...

Byeong-do secoua la tête.

— Non, vous m'avez menti ! Vous m'aviez promis de m'accorder une deuxième chance et vous n'avez pas tenu votre promesse ! Cette chanson me rendait dingue, mais vous, vous vous foutiez de moi, complètement ! Vous êtes comme les autres. J'ai cru que vous étiez la dame du verger mais vous êtes comme ma mère !

— Je ne suis ni l'une ni l'autre. Il n'y a pas que ces deux femmes dans le monde...

Seon-gyeong n'avait pas terminé sa phrase, mais il ne voulut pas en entendre davantage. Il se rua sur elle, serra son cou entre ses mains. Il la regardait droit dans les yeux. Il n'entendait plus rien ; seule la chanson retentissait avec fureur dans sa tête.

C'est le seul moyen pour qu'elle s'arrête ! se dit-il en la fredonnant pour la dernière fois.

— Tu n'avais... tu n'avais qu'une chose à me dire. Maman, j'étais si répugnant que ça à tes yeux ? Je t'ai jamais fait sourire ?

Désormais, c'était sa mère qui se tenait en face de lui. Seon-gyeong se débattit de toutes ses forces. Il la maîtrisa sans effort. Sentant les veines gonfler dans ses bras, il compta dans sa tête.

Il la poussa violemment contre le mur, resserra encore son étreinte. Seon-gyeong ne résistait plus, elle avait de plus en plus de mal à respirer. Il ne relâcha pas pour autant sa prise ; au contraire, il l'étranglait sans retenue. Les mains qui griffaient ses bras retombèrent dans le vide.

Mourir, c'était aussi simple que ça.

Il enleva une de ses mains pour soulever les cheveux de Seon-gyeong. Appuyant sa tête contre son visage, il ferma les yeux. Des larmes dévalèrent le long de ses joues.

Quand une douleur atroce le traversa soudain.

Il tourna la tête, et vit un couteau planté au niveau de son flanc.

C'est étrange, le couteau était pourtant sur le bureau... se dit-il en relevant la tête. Une petite fille se tenait devant lui et le dévisageait. Il comprit que c'était elle qui l'avait poignardé. La fillette n'était pas le moins du monde paniquée. Au contraire, elle observait ce qui se passait avec de grands yeux innocents.

Le voilà donc... son chat, se dit-il.

Il se toucha le flanc. Il ne saignait pas beaucoup. Il serra les dents et enleva le couteau d'un coup sec. Comme s'il n'attendait que ça, le sang gicla de la plaie.

L'arme avait traversé les côtes et perforé un poumon. Un sifflement accompagnait chacune de ses respirations. Il sentit ses forces le quitter. Seon-gyeong qui avait repris conscience, le poussa de toutes ses forces.

Byeong-do s'écroula au sol. Son corps s'engourdissait.

Son esprit quittait sa chair. Instinctivement, il comprit que la mort était proche. Le sang lui remontait du fond du poumon blessé. Il toussait sans pouvoir s'arrêter. Il se mit à cracher du sang. Il avait du mal à respirer.

Sa vision se troubla comme si le brouillard était tombé dans la pièce. Il fit des efforts surhumains pour ouvrir les yeux. Il aperçut avec peine la fillette s'approcher de lui, le regard luisant de curiosité. Son sang coulait jusqu'à ses petits pieds. Inerte, Byeong-do lâcha un faible rire.

Une vive lueur l'éblouit tout à coup. Toujours allongé sur le sol, il regarda la lampe au plafond. L'électricité venait d'être rétablie. La lumière lui faisait mal aux yeux.

Seon-gyeong se releva et se mit devant la fillette. Elle l'attrapa par la main et recula de quelques pas. Il tenta de tendre le bras vers elle, mais il était épuisé. Il avait du mal à garder les yeux ouverts.

Mourir, ce n'est rien, avait-il l'habitude de penser. S'il mourait, tout serait terminé, tout basculerait dans l'obscurité et il disparaîtrait pour toujours, tout simplement. Mais sa mort approchant, il comprit enfin. La mort n'avait rien à voir avec les ténèbres, c'était juste une simple coupure d'électricité ; ce n'était pas disparaître, mais passer dans un autre monde.

Dans son agonie, une chose le terrifiait : que sa conscience et les souvenirs de cette vie l'accompagnent dans la mort. Que son esprit et sa conscience survivent et renaissent avec lui dans une autre vie. Cette pensée lui donna la chair de poule. Il avait toujours cru que l'au-delà était une invention humaine pour surmonter la peur de la mort. Ce n'était pas le cas. C'était un univers parallèle que la conscience se contentait de traverser. Bizarrement, la seule chose qui le consolait à présent était la chanson de sa mère qui l'avait tant tourmenté toute son existence.

Il ferma les yeux pour l'écouter.

Contrairement à son premier souvenir, la voix de sa mère était douce et joyeuse. Il attendait calmement que sa maman le prenne dans ses bras. Sa main chaude lui caressa les cheveux, les yeux, le nez et les joues. Pour la première fois de sa vie, il sentit que le trou béant qu'il portait en lui se refermait. La chanson prit fin.

— Il est... mort ? prononça la voix de la fillette qui s'éloignait de plus en plus.

Ha-yeong se penchait sur le cadavre pour mieux l'observer. Seon-gyeong l'attrapa pour l'entraîner dehors. Elle jeta un coup d'œil en arrière de peur que Byeong-do ne se relève, mais il demeurait immobile, les yeux clos. Toute vie avait quitté son visage. Il paraissait paisible : il avait trouvé le repos dans la mort.

En entrant dans le salon, Seon-gyeong entendit son portable sonner dans la chambre. Elle se précipita pour décrocher. C'était le chef de la sécurité. Son appel arrivait bien trop tard. Elle n'avait même plus assez d'énergie pour lui reprocher sa négligence.

Sans lui laisser le temps d'ouvrir la bouche, elle prononça dans un souffle :

— Il est là. Venez... le récupérer.

Après avoir indiqué son adresse, elle raccrocha sans attendre.

Elle s'écroula sur le canapé. Elle tremblait tellement qu'elle ne pouvait plus tenir debout. Ha-yeong l'observait à distance, d'un air étourdi. Ce qui venait de se passer dans le bureau l'avait déboussolée.

Sans elle, Seon-gyeong serait morte. Elle lui en était reconnaissante et se sentait embarrassée tout en même temps.

— Tu vas bien ? demanda-t-elle.

La fillette ne répondit rien. Elle se contentait de regarder sa belle-mère. Seon-gyeong s'approcha d'elle pour vérifier qu'elle n'était pas blessée. Tout en lui palpant le corps, elle lui demanda si elle n'avait pas mal quelque part.

Sans un mot, Ha-yeong lui montra ses mains.

Du sang ! Ses deux mains étaient pleines de sang !

Ha-yeong semblait sous le choc. Elle gardait les mains en l'air, comme si elle ne savait pas quoi en faire. Elle fixait Seon-gyeong d'un regard aussi profond et calme que l'océan la nuit. Elle ouvrait et fermait sans cesse les mains, sentant le sang du tueur sécher sur sa peau.

Seon-gyeong l'attrapa par le bras et l'entraîna dans la salle de bain.

Après avoir ouvert le robinet, elle tira fermement les mains de Ha-yeong sous l'eau. Le sang s'écoula dans le siphon. Seon-gyeong la savonna, la frotta vigoureusement, encore et encore. À force de les frotter, les mains de la fillette devinrent toutes rouges. Mais Seon-gyeong refusait catégoriquement que le sang de ce criminel ne s'infiltre dans le corps de cette enfant et contamine son âme innocente.

Cette idée la terrifiait.

— Arrêtez ! Ça fait mal, dit Ha-yeong en se dégageant.

Seon-gyeong retrouva ses esprits. La fillette fit quelques pas en arrière, effrayée de voir sa belle-mère lui frotter les mains comme si elle avait perdu la tête.

Elle refusa la serviette que Seon-gyeong lui tendait et sortit de la salle de bain. Seon-gyeong se passa le visage sous l'eau froide pour reprendre ses esprits.

Elle leva la tête et se regarda dans le miroir. Une mine effroyable. Elle vérifia son cou. Les marques rouges laissées par les mains de Byeong-do ressortaient nettement. Elle sentit une douleur déchirante lui traverser tous les muscles.

Dans le salon, elle retrouva Ha-yeong, assise sur le canapé. Comme le jour où elle était arrivée, elle contemplait le jardin par la fenêtre. Son air pensif inquiéta Seon-gyeong.

— Ha-yeong, ça va ? demanda-t-elle en s'asseyant à ses côtés.

— Le vent s'est arrêté, répondit-elle en pointant le doigt vers la fenêtre.

Seon-gyeong tourna la tête pour regarder dehors. Sa fureur assouvie, la tempête s'était éloignée. Le saule pleureur, encore secoué par les bourrasques quelques instants plus tôt, laissait pendre ses branches ruisselantes de pluie.

Les yeux toujours rivés dehors, Ha-yeong se taisait. Seon-gyeong, inquiète de son silence, l'observa. Son visage impassible la rendait anxieuse. N'y tenant plus, elle détourna la tête :

— Vous... ne voulez plus vivre avec moi, c'est ça ?

Stupéfaite, Seon-gyeong se tourna de nouveau vers elle. Leurs regards se croisèrent, mais trop embarrassée, elle ne trouva rien à répondre. Ha-yeong attendait calmement qu'elle ouvre la bouche.

— ... On parlera de tout ça quand ton père rentrera, d'accord ? balbutia Seon-gyeong.

La déception pouvait se lire sur le visage de la fillette. Sans dire un mot, elle monta dans sa chambre.

Nerveuse, Seon-gyeong attendait l'arrivée de la police.

En pensant à Ha-yeong, une boule lui remonta le long de la gorge. Elle tenta de la ravaler, mais éclata finalement en sanglots.

Sans elle, Ha-yeong n'aurait jamais connu les événements dramatiques de cette nuit. Seon-gyeong fut prise de terreur. Pourquoi est-ce que le sort s'acharnait sur cette enfant fragile ? Le destin de Ha-yeong lui semblait tout tracé. Elle avait peur de voir ce qui se trouvait au bout du chemin. Elle secoua violemment la tête, sans trop savoir à qui elle s'adressait. Non, ce n'est pas possible ! C'est absurde ! Arrêtez !

Laissez-la tranquille !

# 31

La police refusa l'accès du bureau au chef de la sécurité.

Ce dernier, attendant devant la pièce que les experts terminent leur travail se mit à aller et venir devant Seon-gyeong. Elle le regardait du coin de l'œil tout en discutant avec les inspecteurs assis sur le canapé.

Il paraissait soulagé. En réalité, c'était une chance inattendue que Byeong-do soit mort ici. Il n'échapperait pas aux réprimandes mais, au moins, le problème de l'évasion était réglé. Il avait donc échappé au pire.

— ... il était en train de vous étrangler, puis il a été surpris par le rétablissement de l'électricité. Vous en avez alors profité pour lui donner un coup de couteau. C'est bien ça ? demanda un des inspecteurs.

— ... Oui, répondit Seon-gyeong en baissant les yeux.

Poussant une grimace de douleur, elle se frotta le cou. Les policiers ne manquèrent pas d'y remarquer les traces rouges qui le striaient. L'un d'eux se pencha pour les examiner plus attentivement, puis gribouilla quelque chose sur son calepin. Un agent de la police scientifique la mitrailla de photos.

Si Seon-gyeong avait décidé de mentir, c'était pour Ha-yeong.

S'ils découvraient que c'était elle qui avait tué Byeong-do, ils la harcèleraient de questions. Ils finiraient bien sûr par conclure qu'il s'agissait d'un cas de légitime défense, mais elle refusait que Ha-yeong endure ces interrogatoires. Elle avait donc décidé de modifier un peu l'histoire.

Sans oublier qu'il y avait aussi cette affaire d'incendie. À la moindre réponse étrange de Ha-yeong, tout pouvait dérailler. Il fallait la protéger jusqu'au retour de son père.

— Vous ne voulez vraiment pas voir un médecin ? s'inquiéta un inspecteur en fermant son calepin.

Ils n'avaient plus de question à lui poser. Ils avaient tous l'air de croire à sa version des faits.

Le couteau découvert sur les lieux était couvert des empreintes de Seon-gyeong. Au moment des faits, il n'y avait qu'une petite fille dans la maison. Dans sa chambre, à l'étage. Elle dormait à poings fermés malgré la tempête. Rien qui puisse jeter le doute dans l'esprit des inspecteurs.

Au contraire, ils se montraient pleins de compassion pour cette femme, menacée de mort par un détenu qu'elle avait simplement interrogé en prison. Ils se levèrent pour se diriger vers le bureau.

Le chef de la sécurité qui guettait une occasion de parler avec Seon-gyeong s'assit rapidement à ses côtés.

— Mais qu'est-ce qui s'est passé ? s'exclama-t-il.

— C'est bien ce que je me demande !

Le visage du chef se crispa. D'une certaine manière, il était responsable du chaos de cette nuit. Quoi qu'elle dise, il devrait baisser la tête et l'accepter. Conscient de sa responsabilité, il se rendit aussi conciliant que possible.

— Je me suis laissé piéger par sa petite comédie ! Tout comme vous ! Mais il avait perdu tellement de sang... Qui aurait pu deviner qu'il s'évaderait de l'hôpital dans un état pareil ?

Elle apprit enfin comment Byeong-do avait pu s'échapper. Il avait d'abord dû trouver un moyen de se retrouver hors de sa cellule. Il avait dû juger que l'hôpital serait l'endroit où il serait le moins surveillé.

— Qu'est-ce que ce salopard vous a dit ? demanda le chef de la sécurité, les yeux brillants de curiosité.

Il était stupéfait d'apprendre que ce tueur était venu jusqu'ici au péril de sa vie. Depuis le début, il trouvait ça louche que Byeong-do ait spécifiquement désigné cette femme.

Il se doutait bien qu'elle représentait quelque chose d'important pour lui, mais il n'avait jamais compris quoi. Qu'est-ce qui en elle avait pu tellement l'ébranler?

— Qu'il pouvait venir me voir quand il le voulait, répondit sèchement Seon-gyeong, se disant que la meilleure défense était l'attaque.

Elle ne voulait pas écouter ses jugements à l'emporte-pièce sur Byeong-do. Elle aurait beau essayer, elle ne pourrait jamais lui expliquer ce qu'elle avait vu dans les yeux de cet homme au moment de sa mort. Ce dernier regard valait mieux que mille mots. Elle ne voulait pas voir la solitude qui avait rongé cette âme devenir l'objet d'un vulgaire bavardage.

Certains naissent avec un don pour se torturer tout seul. Seon-gyeong, enfant unique, avait grandi étreinte par la solitude, avait connu ce qu'était le vide suite à la mort de sa mère. Ce que lui avait dit Byeong-do s'était enfoncé jusqu'au plus profond de son cœur. Elle n'avait aucune envie d'expliquer la compassion qu'elle éprouvait pour lui. Personne ne pourrait la comprendre.

Vexé, le chef de la sécurité lui jeta un regard noir. Voyant le cadavre du tueur évacué, il se leva d'un bond et emboîta le pas aux policiers. Sur le point de sortir, il se tourna subitement et lança:

— Je vous l'avais bien dit, non? Que vous n'aviez rien à gagner à rencontrer ce type!

Il lui fit un signe de tête en guise d'adieu puis sortit.

Seon-gyeong entra dans le bureau où un des inspecteurs avec qui elle avait parlé plus tôt s'apprêtait à partir.

— Il vaut mieux laisser la porte fermée. Demain, j'appellerai le centre d'aide aux victimes pour qu'ils viennent s'occuper du nettoyage.

Seon-gyeong hocha la tête avant de parcourir la pièce du regard.

Sur le sol, là où Byeong-do s'était effondré, s'étalait une flaque de sang.

L'inspecteur ferma la porte et demanda à un policier en uniforme de condamner les lieux.

Une fois tout le monde parti, la maison plongea dans un profond silence.

Seon-gyeong en contempla un moment l'intérieur, qui semblait avoir été ravagé par la tempête puis monta à l'étage.

Ha-yeong dormait dans son lit, la couverture à ses pieds. Seon-gyeong la recouvrit et sortit de la pièce.

Une envie irrésistible de dormir s'empara d'elle. Elle sentait toutes ses forces la quitter. Elle éteignit la lumière du salon et rejoignit sa chambre.

Elle se glissa sous la couverture et sombra dans le sommeil.

Un sommeil sans rêves.

# 32

Seon-gyeong se réveilla avec l'impression d'avoir dormi pendant une semaine. L'horloge n'indiquait que huit heures du matin. Elle n'avait donc dormi que trois heures. Le tumulte de la veille l'avait tellement épuisée qu'elle en avait perdu la notion du temps.

Elle sortit de son lit pour écarter les rideaux. Le soleil se levait dans un ciel bleu. La tempête semblait n'avoir été qu'un mauvais rêve. Mais le chaos régnant dans le jardin prouvait le contraire.

Les violentes bourrasques avaient dispersé des débris un peu partout. En vérité, cela arrangeait Seon-gyeong : elle préférait être occupée. Tout en rangeant, elle aurait le temps de réfléchir à l'avenir.

En faisant son lit, elle entendit du bruit venir du salon. Ha-yeong est déjà debout ? se demanda-t-elle. La porte de sa chambre s'ouvrit alors qu'elle s'apprêtait à sortir.

C'était Ha-yeong, tenant un plateau avec un verre de lait.

Seon-gyeong fut étonnée de la voir aussi imperturbable après cette affreuse nuit. Était-elle aussi habituée que ça à la mort ?

La veille, en lavant les mains ensanglantées de Ha-yeong, une idée atroce avait germé en elle. Si elle frottait aussi frénétiquement ces petites mains, c'était parce qu'elle savait que tout était de sa faute. Ce sang était là à cause d'elle. Elle avait amené cette âme fragile jusqu'à son point de non-retour.

Un drame comme celui-ci ne serait jamais arrivé si elle avait été une mère ordinaire. Ha-yeong avait déjà tué deux personnes. La veille, elle avait dû recommencer. Qu'avait-elle pensé en regardant ses mains pleines de sang ? Seon-gyeong frissonna.

Peut-être aurait-il mieux valu qu'elles ne se rencontrent jamais.

– Vous vous sentez mieux ? demanda l'enfant en posant le plateau sur la table de chevet.

Visiblement, elle voulait prendre soin de sa belle-mère malade. Seon-gyeong fixa d'abord le verre de lait puis détourna le regard, confuse.

– J'ai une question, déclara Ha-yeong en s'asseyant au coin du lit.

– Laquelle ?

– Est-ce que vous allez tout dire à papa ?

– À propos de quoi ?

– Je sais que vous avez rencontré le monsieur de la dernière fois.

L'audace de Ha-yeong laissa Seon-gyeong sans voix.

– C'est toi... qui a mis le feu ? demanda-t-elle péniblement.

Ha-yeong sourit sans rien dire. Un sourire qui, sur ce visage innocent, ressemblait à celui du diable.

Le diable n'est jamais loin. Il est toujours prêt à user de tous les moyens, de tous les stratagèmes possibles pour aider quelqu'un à acquérir ce qu'il veut. Ha-yeong souriait, heureuse d'avoir obtenu ce qu'elle désirait. Peu lui importait d'avoir ôté la vie à deux personnes.

– Vous allez lui dire ou non ? insista-t-elle.

Elle était terrifiée à l'idée que son père apprenne son secret. Qu'elle ne puisse plus vivre avec lui. Après tout, si elle avait commis toutes ces horreurs, c'était pour qu'ils soient ensemble.

– Non, moi, je ne lui dirai rien.

D'abord soulagée, Ha-yeong se crispa en entendant la phrase suivante :

— Je veux que ce soit toi qui lui dises. Si tu ne le fais pas, je m'en chargerai.

— C'est vraiment... obligé ?

Seon-gyeong la regarda dans les yeux, en silence.

— ... Entendu, marmonna Ha-yeong en baissant la tête résignée.

Elle s'absorba un instant dans ses pensées avant de reprendre ses esprits. Elle lui tendit le verre de lait qu'elle avait posé sur la table.

Seon-gyeong n'avait envie de rien, elle secoua la tête. La déception gagna le visage de l'enfant. Alors, elle n'eut pas le cœur de refuser. Elle attrapa le verre.

Ha-yeong n'avait pas l'air de vouloir quitter la pièce. Faisant face à sa belle-mère, elle demanda :

— Vous ne m'aimez pas, c'est ça ?

Seon-gyeong hésita. La réponse ne lui venait pas facilement.

Est-ce que je la hais ?

Non, ce n'est pas le genre d'émotion qu'on résume en un seul mot.

Des sentiments contradictoires s'entremêlaient dans son cœur : pitié, tristesse, affection mais aussi de la gêne...

— Non, je t'aime bien.

— Menteuse. Vous me connaissez même pas... lui reprocha Ha-yeong à voix basse.

— Tu peux apprécier quelqu'un même sans le connaître parfaitement. Je voudrais vraiment qu'on s'entende bien toutes les deux.

C'était la stricte vérité. En vivant avec Ha-yeong, elle avait commencé à découvrir ce qu'était une famille.

— Papa vous aime bien. Mais... moi je vous déteste ! lui répondit Ha-yeong d'une voix froide.

Seon-gyeong en avait mal au cœur. Elle sentit sa gorge se nouer. Sans savoir quoi répondre, elle avala une gorgée de lait.

— Je voulais juste vivre avec papa ! murmura Ha-yeong, furieuse.

— Tu vas vivre avec lui, ne t'en fais pas. Mais d'abord, tu dois lui tout dire.

Ha-yeong leva la tête en éclatant de rire.

— Vous voulez que je vous dise un secret?

— Quel secret?

Le regard souriant de la fillette lui fit froid dans le dos. Seon-gyeong se sentit suffoquer. Elle avait envie de vomir.

— Vous savez comment maman est morte?

Son mari lui avait dit qu'elle s'était suicidée en avalant des médicaments. Un mauvais pressentiment lui tordit l'estomac.

— Elle est morte... comment?

— Après avoir bu un verre de lait. Comme vous.

— ...

— J'ai fait comme papa m'a dit. Que si maman me faisait trop mal, de le mettre dans son lait.

— Alors les médicaments...

— Je lui ai promis de ne rien vous dire... mais bon, tant pis. C'est papa qui me l'a donné. Il m'a dit que c'est pour dormir. Je pense que j'en ai mis un peu trop, car elle est morte.

Seon-gyeong avait la tête vide. Elle sentait ses membres s'engourdir. Elle se frottait les mains pour se réveiller. Sa tête devenait de plus en plus lourde.

— C'est un secret entre papa et moi. Il m'a demandé de m'en débarrasser, mais je l'ai gardé.

Ha-yeong sortit quelque chose de sa poche et le lui tendit. C'était un petit flacon.

— Je l'avais caché dans mon ours en peluche, parce que j'ai pensé que je pourrais en avoir besoin un jour.

Ha-yeong le souleva dans sa main, tout doucement, comme s'il s'agissait d'une pierre précieuse.

Comment n'y ai-je pas pensé plus tôt? se demanda Seon-gyeong. Avec un père médecin, trouver du poison devait être un jeu d'enfant. Elle se rappela combien son mari était susceptible quand elle lui parlait de son ex-femme. Elle croyait que c'était à cause de son passé douloureux, mais de toute évidence, elle s'était trompée.

Ne supportait-il plus de voir sa femme torturer sa fille ? Ou voulait-il se débarrasser d'elle ? Peu importait sa véritable intention. Ce poison avait déjà tué trois personnes. À présent c'était désormais son tour.

Elle laissa échapper un petit rire. Ha-yeong inclina la tête, ne comprenant pas pourquoi sa belle-mère rigolait. La nuit dernière, Seon-gyeong se sentait coupable d'avoir fait vivre à cette gamine une terrible épreuve. Elle comprenait à présent que le cas de Ha-yeong était bien plus grave que ce qu'elle avait cru.

Ha-yeong la regardait de ses grands yeux profonds. Ils brillaient d'excitation. Comment cette enfant allait donc grandir ? Qu'est-ce qui l'attendait dans l'avenir ?

Elle ne parvenait plus à réfléchir correctement, elle avait de plus en plus sommeil. C'était étrange. Elle venait pourtant de se réveiller. Pourquoi se sentait-elle si fatiguée ?

Voyant Seon-gyeong sur le point de s'écrouler, Ha-yeong lui reprit des mains le verre de lait.

Seon-gyeong s'effondra sur son lit. Comme si elle n'attendait que ça, Ha-yeong la recouvrit d'un geste sûr avec la couverture. Puis la pressant contre elle, elle déclara :

– Tu sais quoi ? Hier, je t'aimais bien.

– ...

– Je voulais même que tu deviennes ma maman...

Seon-gyeong avait de plus en plus de mal à garder les yeux ouverts. Le visage de Byeong-do lui revint soudainement à l'esprit.

Cette idée d'entretien avec lui semblait avoir été soufflée par le diable en personne.

Pour remplacer Byeong-do, le diable avait créé un autre monstre. Son meurtre venait couronner la naissance d'un nouveau démon. Ha-yeong, riait innocemment, sans se rendre compte des artifices du diable. Ou peut-être était-elle simplement le Mal. Le Mal que ses parents, que tous les adultes qui l'entouraient avaient créé.

Seon-gyeong savait déjà comment la vie de cette enfant finirait.

Elle avait tout vu en regardant Byeong-do mourir.

Elle était curieuse de savoir quelle tête tirerait Ha-yeong lorsqu'elle ferait face à sa mort, dans un avenir lointain.

Tandis qu'elle sombrait dans un profond sommeil, elle entendit la voix enjouée de l'enfant prononcer ces mots :

— Bonne nuit maman.

## PUBLIÉS CHEZ MATIN CALME:

*Sang chaud* de Kim Un-su
Traduit par Kyungran Choi et Lise Charrin,
janvier 2020

*Bonne nuit maman* de Seo Mi-ae
Traduit par Kwon Jihyun et Rémi Delmas,
mars 2020

*Le Portrait de la Traviata* de Do Jinki
Traduit par Kyungran Choi et Delphine Bourgoin,
mai 2020

*Sur les lieux du crime* de Lee Jong-kwan
Traduit par Hyonhee Lee et Isabelle Ribadeau-Dumas,
juin 2020

Cet ouvrage a été achevé d'imprimer sur Roto-Page en France
par l'Imprimerie Floch à Mayenne en février 2020
pour le compte de Matin Calme éditions.
Dépôt légal : mars 2020 – N° d'édition : 01 – N° d'impression : 95745